KEY·可以文化

莫言｜主要作品

红高粱家族
天堂蒜薹之歌
十三步
酒国
食草家族
丰乳肥臀
红树林
檀香刑
四十一炮
生死疲劳
蛙

○●○

白狗秋千架（小说集）
爱情故事（小说集）
与大师约会（小说集）
欢乐（小说集）
怀抱鲜花的女人（小说集）
战友重逢（小说集）
师傅越来越幽默（小说集）

○●○

姑奶奶披红绸（剧作集）
我们的荆轲（剧作集）

Winner of
the Nobel Prize
in Literature

透明的红萝卜

莫言中篇小说
精品系列

透明的红萝卜

浙江文艺出版社

目录

透明的红萝卜 / 001
球状闪电 / 076
金发婴儿 / 184

透明的红萝卜

一

秋天的一个早晨,潮气很重,杂草上、瓦片上都凝结着一层透明的露水。槐树上已经有了浅黄色的叶片,挂在槐树上的红锈斑斑的铁钟也被露水打得湿漉漉的。队长披着夹袄,一手里拃着一块高粱面饼子,一手里捏着一棵剥皮的大葱,慢吞吞地朝着钟下走。走到钟下时,手里的东西全没了,只有两个腮帮子像秋田里搬运粮草的老田鼠一样饱满地鼓着。他拉动钟绳,钟锤撞击钟壁,"嘡嘡嘡"响成一片。老老少少的人从胡同里涌出来,汇集到钟下,眼巴巴地望着队长,像一群木偶。队长用力把食物吞咽下去,抬起袖子擦擦被络腮胡子包围着的嘴。人们一齐瞅着队长的嘴,只听到那张嘴一张开——那张嘴一张开就骂:"他娘的腿!公社里这些狗娘养的,今日抽两个瓦工,明日调两个木工,几个劳力全被他们给零打碎敲了。小石匠,公社要加宽村后的滞洪闸,每个生产队里抽调一个石匠,一个小工,只好你去了。"队长对着一个高个子宽肩膀的小伙子说。

小石匠长得很潇洒,眉毛黑黑的,牙齿是白的,一白一黑,衬托得满面英姿。他把脑袋轻轻摇了一下,一绺滑到额头上的头发轻轻地甩上去。他稍微有点口吃地问队长去当小工的人是谁,队长怕冷似的把膀子抱起来,双眼像风车一样旋转着,嘴里嘟嘟地说:"按说去个妇女好,可妇女要拾棉花。去个男劳力又屈了料。"最后,他的目光停在墙角上。墙角上站着一个十岁左右的男孩子。孩子赤着脚,光着脊梁,穿一条又肥又长的白底带绿条条的大裤头子,裤头上染着一块块的污渍,有的像青草的汁液,有的像干结的鼻血。裤头的下沿齐着膝盖。孩子的小腿上布满了闪亮的小疤点。

"黑孩儿,你这个小狗日的还活着?"队长看着孩子那凸起的瘦胸脯,说:"我寻思着你该去见阎王了。打摆子好了吗?"

孩子不说话,只是把两只又黑又亮的眼睛直盯着队长看。他的头很大,脖子细长,挑着这样一个大脑袋显得随时都有压折的危险。

"你是不是要干点活儿挣几个工分?你这个熊样子能干什么?放个屁都怕把你震倒。你跟上小石匠到滞洪闸上去当小工吧,怎么样?回家找把小锤子,就坐在那儿砸石头子儿,愿意动弹就多砸几块,不愿动弹就少砸几块,根据历史的经验,公社的差事都是糊弄洋鬼子的干活。"

孩子慢慢地蹭到小石匠身边,扯扯小石匠的衣角。小石匠友好地拍拍他的光葫芦头,说:"回家跟你后娘要把锤子,我在桥头上等你。"

孩子向前跑了。有跑的动作,没有跑的速度,两只细胳膊使劲甩动着,像谷地里被风吹动着的稻草人。人们的目光都追着他,看着他光着的背,忽然都感到身上发冷。队长把夹袄使劲扯了扯,对着孩子喊:"回家跟你后娘要件褂子穿着,嘻,你这个小可怜虫儿。"

他跷腿蹑脚地走进家门。一个挂着两条清鼻涕的小男孩正蹲在院子里和着尿泥,看着他来了,便扬起那张扁乎乎的脸,扠挲着手叫:"可……可……抱……"黑孩弯腰从地上捡起一个浅红色的杏树叶儿,给后母生的弟弟把鼻涕擦了,又把粘着鼻涕的树叶像贴传单一样"叭唧"拍到墙上。对着弟弟摆摆手,他向屋里溜去,从墙角上找到一把铁柄羊角锤子,又悄悄地溜出来。小男孩又冲着他叫唤,他找了一根树枝,围着弟弟画了一个大大的圆圈,扔掉树枝,匆匆向村后跑去。他的村子后边是一条不算大也不算小的河,河上有一座九孔石桥。河堤上长满垂柳,由于夏天大水的浸泡,树干上生满了红色的须根。现在水退了,须根也干巴了。柳叶已经老了,橘黄色的落叶随着河水缓缓地向前漂。几只鸭子在河边上游动着,不时把红色的嘴插到水草中,"呱唧呱唧"地搜索着,也不知吃到什么没有。

孩子跑上河堤,已经累得气喘吁吁。凸起的胸脯里像有只小母鸡在打鸣。

"黑孩!"小石匠站在桥头上大声喊他,"快点跑!"

黑孩用跑的姿势走到小石匠跟前,小石匠看了他一眼,问:"你不冷?"

黑孩怔怔地盯着小石匠。小石匠穿着一条劳动布的裤子,一件劳动布夹克式上装,上装里套一件火红色的运动衫,运动衫领子耀眼地翻出来,孩子盯着领口,像盯着一团火。

"看着我干什么?"小石匠轻轻拨拉了一下孩子的头,孩子的头像货郎鼓一样晃了晃。"你呀,"小石匠说,"生被你后娘给打傻了。"

小石匠吹着口哨,手指在黑孩头上轻轻地敲着鼓点,两人一起走上了九孔桥。黑孩很小心地走着,尽量使头处在最适宜小石匠敲打的位置上。小石匠的手指骨节粗大,坚硬得像小棒槌,敲在光头上很痛,黑孩忍着,一声不吭,只是把嘴角微微吊起来。小石匠的嘴非常灵巧,两片红润的嘴唇忽而噘起,忽而张开,从他唇间流出百灵鸟的婉转啼声,响,脆,直冲到云霄里去。

过了桥上了对面的河堤,向西走半里路,就是滞洪闸,滞洪闸实际上也是一座桥,与桥不同的是它插上闸板能挡水,拨开闸板能放洪。河堤的漫坡上栽着一簇簇蓬松的紫穗槐。河堤里边是几十米宽的河滩地,河滩细软的沙土上,长着一些大水落后匆匆生出来的野草。河堤外边是辽阔的原野,连年放洪,水里挟带的沙土淤积起来,改良了板结的黑土,土地变得特别肥沃。今年洪水不大,没有危及河堤,滞洪闸没开闸泄洪,放洪区里种植了大片的孟加拉国黄麻。黄麻长得像原始森林一样茂密。正是清晨,还有些薄雾缭绕在黄麻梢头,远远看去,雾下的黄麻地像深邃的海洋。

小石匠和黑孩悠悠逛逛地走到滞洪闸上时,闸前的沙地上已集合了两堆人。一堆男,一堆女,像两个对垒的阵营。一个公社干部拿着一个小本子站在男人和女人之间说着什么,他的胳膊忽而扬起来,忽而垂下去。小石匠牵着黑孩,沿着闸头上的水泥台阶,走到公社干部面前。小石匠说:"刘副主任,我们村来了。"小石匠经常给公社出官差,刘副主任经常带领人马完成各类工程,彼此认识。黑孩看着刘副主任那宽阔的嘴巴。那构成嘴巴的两片紫色嘴唇碰撞着,发出一连串音节:"小石匠,又是你这个滑头小子!你们村真他妈的会找人,派你这个笊篱捞不住的滑蛋来,够我淘的啦。小工呢?"

孩子感到小石匠的手指在自己头上敲了敲。

"这也算个人?"刘副主任捏着黑孩的脖子摇晃了几下,黑孩的脚跟几乎离了地皮。"派这么个小瘦猴来,你能拿动锤子吗?"刘副主任虎着脸问黑孩。

"行了,刘副主任,刘太阳。社会主义优越性嘛,人人都要吃饭。黑孩家三代贫农,社会主义不管他谁管他?何况他没有亲娘跟着后娘过日子,亲爹鬼迷心窍下了关东,一去三年没个影,不知是被熊瞎子舔了,还是被狼崽子吃了。你的阶级感情哪儿去了?"小石匠把黑孩从刘太阳副主任手里拽过来,半真半假地说。

黑孩被推搡得有点头晕。刚才靠近刘副主任时,他闻到了那张阔嘴里喷出了一股酒气。一闻到这种味儿他就恶心,后娘嘴里也有这种味。爹走了以后,后娘经常让他拿着地瓜干子到小卖铺里去换酒。后娘一喝就醉,喝醉了他就要挨打,挨拧,挨咬。

"小瘦猴!"刘副主任骂了黑孩一句,再也不管他,继续训起话来。

黑孩提着那把羊角铁锤,蔫儿不唧地走上滞洪闸。滞洪闸有一百米长,十几米高,闸的北面是一个和闸身等长的方槽,方槽里还残留着夏天的雨水。孩子站在闸上,把着石栏杆,望着水底下的石头,几条黑色的瘦鱼在石缝里笨拙地游动。滞洪闸两头连接着高高的河堤,河堤也就是通往县城的道路。闸身有五米宽,两边各有一道半米高的石栏杆。前几年,有几个骑自行车的人被马车搡到闸下,有的摔断了腿,有的摔折了腰,有的摔死了。那时候他当然比现在还小,但比现在身上肉多,那时候父亲还没去关东,后娘也不喝酒。他跑到闸上来看热闹,他来得晚了点,摔到闸下的人已被拉走了,只有闸下的水槽里还有几团发红发浑的地方。他的鼻子很灵,嗅到了水里飘上来的血腥味……

他的手扶住冰凉的白石栏杆,羊角锤在栏杆上敲了一下,栏杆和锤子一齐响起来。倾听着羊角铁锤和白石栏杆的声音,往事便从眼前消散了。太阳很亮地照着闸外大片的黄麻,他看到那些薄雾匆匆忙忙地在黄麻里钻来钻去。黄麻太密了,下半部似乎还有间隙,上半部的枝叶挤在一起,湿漉漉,油亮亮。他继续往西看,看到黄麻地西边有一块地瓜地,地瓜叶子紫勾勾地亮。黑孩知道这种地瓜是新品种,蔓儿短,结瓜多,面大味道甜,白皮红瓤儿,煮熟了就爆炸。地瓜地的北边是一片菜园,社员的自留地统统归了公,队里只好种菜园。黑孩知道这块菜园和地瓜都是五里外的一个村庄的,这个村子挺富。菜园里有白菜,似乎还有萝卜。萝卜缨儿绿得发黑,长得很旺。菜园子中间有两间孤独的房屋,住着一个孤独的老头,孩子都知道。菜园的北边是一望无际的黄麻。菜园的西边又是一望无际的黄麻。三面黄麻一面堤,使地瓜地和菜地变成一个方方的大井。孩子想着,想着,那些紫色的叶片,绿色的叶片,在一瞬间变成井中水,紧跟着黄麻也变成了水,几只在黄麻梢头飞蹿的麻雀变成了绿色的翠鸟,在水面上捕食鱼虾……

刘副主任还在训话。他的话的大意是,为了农业学大寨,水利是农业的命脉,八字宪法水是一法,没有水的农业就像没有娘的孩子,有了娘,这个娘也没有奶子,有了奶子,这个奶子也是个瞎奶子,没有奶水,孩子活不了，活了也像那个瘦猴。（刘副主任用手指指着闸上的黑孩。黑孩背对着人群，他脊梁上有两块大疤瘌，被阳光照得呼啦呼啦打闪电。）而且这个闸太窄，不安全，年年摔死人，公社革委会特别重视，认真研究后决定加宽这个滞洪闸。因此调来了全公社各大队共合二百余名民工。第一阶段的任务是这样的，姑娘媳妇半老婆子加上那个瘦猴（他又指指闸上的孩子，阳光照着大疤瘌，像照着两面小镜子），把那五百方石头砸成柏子养心丸或者是鸡蛋黄那么大的石头子儿。石匠们要把所有的石料按照尺寸剥磨整齐。这两个是我们的铁匠（他指着两个棕色的人，这两个人一个高，一个低，一个老，一个少），负责修理石匠们秃了尖的钢钻子之类。吃饭嘛，离村近的回家吃，离村远的到前边村里吃，我们开了一个伙房。睡觉嘛，离村近的回家睡，离村远的睡桥洞（他指指滞洪闸下那几十个桥洞）。女的从东边向西睡，男的从西边向东睡。桥洞里铺着麦秸草，暄得像钢丝床，舒服死你们这些狗日的。

"刘副主任，你也睡桥洞吗？"

"我是领导。我有自行车。我愿意在这儿睡不愿意在这儿睡是我的事，你别操心烂了肺。官长骑马士兵也骑马吗？狗日的，好好干，每天工分不少挣，还补你们一斤水利粮,两毛水利钱,谁不愿干就滚蛋。连小瘦猴也得一份钱粮,修完闸他保证要胖起来……"

刘副主任的话,黑孩一句也没听到。他的两根细胳膊拐在石栏杆上,双手夹住羊角锤。他听到黄麻地里响着鸟叫般的音乐和音乐般的秋虫鸣唱。逃逸的雾气碰撞着黄麻叶子和深红或是淡绿的茎秆,发出震耳欲聋的声响。蚂蚱剪动翅羽的声音像火车过铁桥。他在梦中见过一次火车,那是一个独眼的怪物,趴着跑,比马还快,要是站着跑呢?那次梦中,火车刚站起来,他就被后娘的扫炕笤帚打醒了。后娘让他去河里挑水。笤帚打在他屁股上,不痛,只有热乎乎的感觉。打屁股的声音好像在很远的地方有人用棍子抽一麻袋棉花。他把扁担钩儿挽上去一扣,水桶刚刚离开地皮。担着满满两桶水,他听到自己的骨头"咯嘣咯嘣"地响。肋条跟胯骨连在了一起。爬陡峭的河堤时,他双手扶着扁担,摇摇晃晃。上堤的小路被一棵棵柳树扭得弯弯曲曲。柳树干上像装了磁铁,把铁皮水桶吸得摇摇摆摆。树撞了桶,桶把水洒在小路上,很滑,他一脚踏上去,像踩着一块西瓜皮。不知道用什么姿势他趴下了,水像瀑布一样把他浇湿了。他的脸碰破了,鼻子尖成了一个平面,一根草梗在平面上印了一个小沟沟。几滴鼻血流到嘴里,他吐了一口,咽了一口。铁桶一路欢唱着滚到河里去了。他爬起来,去追赶铁桶。两个桶一个歪在河边的水草里,一个被河水载着向前漂。他沿着水边追上去,脚下长满了四个棱的、被他和一班孩子们称之为"狗蛋子"的野草。尽管他用脚指头使劲扒着草根,还是滑到了河里。河水温暖,没到了他的肚脐。裤头湿了,漂起来,围在他的腰间,像一团海蜇皮。他呼呼隆隆蹚着水追上去,抓住水桶,逆着水往回走。他把两只胳膊扎煞开,一只手拖着桶,另一只手一下一下划着水。水很硬,顶得他趔趔趄趄。他把身体斜起来,弓着脖子往前用力。好像有一群鱼把他包围了,两条大腿之间有若干温柔的鱼嘴在吻他。他停下来,仔细体会着,但一停住,那种感觉顿时就消逝了。水面忽地一暗,好像鱼群惊惶散开。一走起来,愉快的感觉又出现了,好像鱼儿又聚拢过来。于是他再也不停,半闭着眼睛,向前走啊,走……

"黑孩儿!"

"黑孩儿!"

他猛然惊醒,眼睛大睁开,那些鱼儿又忽地消失了。羊角铁锤从他手中挣脱了,笔直地钻到闸下的绿水里,溅起了一朵白菊花一样的水花。

"这个小瘦猴,脑子肯定有毛病。"刘太阳上闸去,拧着黑孩的耳朵,大声说,"过去,跟那些娘们砸石子去,看你能不能从里边认个干娘。"

小石匠也走上来,摸摸黑孩凉森森的头皮,说:"去吧,去摸上你的锤子来。砸几块,算几块,砸够了就耍耍。"

"你敢偷奸磨滑我就割下你的耳朵下酒。"刘太阳张着大嘴说。

黑孩哆嗦了一下。他从栏杆空里钻出去,双手勾住最下边一根石杆,身子一下子挂在栏杆下边。

"你找死!"小石匠惊叫着,猫腰去扯孩子的手。黑孩往下一缩,身体贴在桥墩菱状突出的石棱上,轻巧地溜了下去。黑孩子贴在白桥墩上,像粉墙上一只壁虎。他哧溜到水槽里,把羊角锤摸上来,然后爬出水槽,钻进桥洞不见了。

"这小瘦猴!"刘太阳摸着下巴说,"他妈的这个小瘦猴!"

黑孩从桥洞里钻出来,畏畏缩缩地朝着那群女人走去。女人们正在笑骂着。话很脏,有几个姑娘夹杂在里边,想听又怕听,脸儿一个个红扑扑的,像鸡冠子花。男孩黑黑地出现在她们面前时,她们的嘴一下子全封住了。愣了一会儿,有几个咬着耳朵低语,看着黑孩没反应，声音就渐渐大了起来。

"瞧瞧，这个可怜样儿！都什么节气了还让孩子光着。"

"不是自己腔里养出来的就是不行。"

"听说他后娘在家里干那行呢……"

黑孩转过身去，眼睛望着河水，不再看这些女人。河水一块红一块绿，河南岸的柳叶像蜻蜓一样飞舞着。

一个蒙着一条紫红色方头巾的姑娘站在黑孩背后，轻轻地问："哎，小孩，你是哪个村的？"

黑孩歪歪头，用眼角扫了姑娘一下。他看到姑娘的嘴上有一层细细的金黄色的茸毛，她的两眼很大，但由于眼睫毛太多，毛茸茸的，显出一副睡眼惺忪的样子。

"小孩，你叫什么名字？"

黑孩正和沙地上一棵老蒺藜作战，他用脚指头把一个个六个尖或是八个尖的蒺藜撕下来，用脚掌去捻。他的脚像骡马的硬蹄一样，蒺藜尖一根根断了，蒺藜一个个碎了。

姑娘愉快地笑起来："真有本事，小黑孩，你的脚像挂着铁掌一样。哎，你怎么不说话？"姑娘用两个手指戳着孩子的肩头说："听到了没有，我问你话呢！"

黑孩感觉到那两个温暖的手指顺着他的肩头滑下

去,停到他背上的伤疤上。

"哎,这,是怎么弄的?"

孩子的两个耳朵动了动。姑娘这才注意到他的两耳长得十分夸张。

"耳朵还会动,哟,小兔一样。"

黑孩感觉到那只手又移到他的耳朵上,两个指头在捻着他漂亮的耳垂。

"告诉我,黑孩儿,这些伤疤,"姑娘轻轻地扯着男孩的耳朵把他的身体调转过来,黑孩齐着姑娘的胸口。他不抬头,眼睛平视着,看见的是一些由红线交叉成的方格,有一条梢儿发黄的辫子躺在方格布上。"是狗咬的?生疮啦?上树拉的?你这个小可怜……"

黑孩感动地仰起脸来,望着姑娘浑圆的下巴。他的鼻子吸了一下。

"菊子,想认个干儿吗?"一个脸盘肥大的女人冲着姑娘喊。

黑孩的眼睛转了几下,眼白像灰蛾儿扑棱。

"对,我就叫菊子,前屯的,离这儿十里,你愿意说话就叫我菊子姐好啦。"姑娘对黑孩说。

"菊子,是不是看上他了?想招个小女婿吗?那可够你熬的,这只小鸭子上架要得几年哩……"

"臭老婆,张嘴就喷粪。"姑娘骂着那个胖女人。她把黑孩牵到像山岭一样的碎石堆前,找了一块平整的石头摆好,说:"就坐在这儿吧,靠着我,慢慢砸。"她自己也找了一块光滑石头,给自己弄了个座位,靠着男孩坐下来。很快,滞洪闸前这一片沙地上,就响起了"噼噼啪啪"的敲打石头声。女人们以黑孩为话题议论着人世的艰难和造就这艰难的种种原因,这些"娘儿们哲学"里,永恒真理羼杂着胡说八道,菊子姑娘一点都没往耳里入,她很留意地观察着孩子。黑孩起初还以那双大眼睛的偶然一瞥来回答姑娘的关注,但很快就像入了定一样,眼睛大睁着,也不知他看着什么,姑娘紧张地看着他。他左手摸着石头块儿,右手举着羊角锤,每举一次都显得精疲力竭,锤子落下时好像猛抛重物一样失去控制。有时姑娘几乎要惊叫起来,但什么也没发生,羊角铁锤在空中划着曲里拐弯的轨迹,但总能落到石头上。

黑孩的眼睛本来是专注地看着石头的,但是他听到了河上传来了一种奇异的声音,很像鱼群在喽喋,声音细微,忽远忽近,他用力地捕捉着,眼睛与耳朵并用,他看到了河上有发亮的气体起伏上升,声音就藏在气体里。只要他看着那神奇的气体,美妙的声音就逃跑不了。他的脸色渐渐红润起来，嘴角上漾起动人的微笑。他早忘记了自己坐在什么地方在干什么，仿佛一上一下举着的手臂是属于另一个人的。后来，他感到右手食指一阵麻木，右胳膊也不由自主地抽搐了一下。他的嘴里突然迸出了一个音节，像哀叫又像叹息。低头看时，发现食指指甲盖已经破成好几瓣，几股血从指甲破缝里渗出来。

"小黑孩，砸着手了是不？"姑娘耸身站起，两步跨到孩子面前蹲下，"亲娘哟，砸成了什么样子？哪里有像你这样干活的？人在这儿，心早飞到不知哪国去了。"

姑娘数落着黑孩。黑孩用右手抓起一把土按在砸破的手指上。

"黑孩儿，你昏了？土里什么脏东西都有！"姑娘拖起黑孩向河边走去，孩子的脚板很响地扇着油光光的河滩地。在水边上蹲下，姑娘抓住孩子的手浸到河水里。一股小小的黄浊流在孩子的手指前形成了。黄土冲光后，血丝又渗出来，像红线一样在水里抖动，孩子的指甲像砸碎的玉片。

"痛吗？"

他不吱声。这时候他的眼睛又盯住了水底的河虾，河虾身体透亮,两根长须冉冉飘动,十分优美。

姑娘掏出一条绣着月季花的手绢,把他的手指包起来。牵着他回到石堆旁,姑娘说:"行了,坐着耍吧,没人管你,冒失鬼。"

女人们也都停下了手中的锤子,把湿漉漉的目光投过来,石堆旁一时很静。一群群绵羊般的白云从青蓝蓝的天上飞奔而过,投下一团团稍纵即逝的暗影,时断时续地笼罩着苍白的河滩和无可奈何的河水。女人们脸上都出现一种荒凉的表情,好像寸草不生的盐碱地。待了好长一会儿,她们才如梦初醒,重新砸起石子来,锤声寥落单调,透出了一股无可奈何的情绪。

黑孩默默地坐着,目不转睛地看着手绢上的红花儿。在红花旁边又有一朵花儿出现了,那是指甲里的血渗出来了。女人们很快又忘了他,"嘎嘎咕咕"地说笑起来。黑孩把伤手举起来放在嘴边,用牙齿咬开手绢的结儿,又用右手抓起一把土,按到伤指上。姑娘刚要开口说话,却发现他用牙齿和右手又把手绢扎好了。她长长地叹了一口气,举起锤子,沉重地打在一块酱红色的石片上。石片很坚硬,石棱儿像刀刃一样,石棱与锤棱相接,碰出了几个很大的火星,大白天也看得清。

中午,刘副主任骑着辆乌黑的自行车从黑孩和小石匠的村子里蹿出来。他站在滞洪闸上吹响了收工哨。他接着宣布，伙房已经开伙，离家五里以外的民工才有资格去吃饭。人们匆匆地收拾着工具。姑娘站起来。孩子站起来。

"黑孩儿，你离家几里？"

黑孩不理她，脑袋转动着，像在寻找什么。姑娘的头跟着黑孩的头转动，当黑孩的头不动了时，她也把头定住，眼睛向前望，正碰上小石匠活泼的眼睛，两人对视了几十秒钟。小石匠说："黑孩儿，走吧，回家吃饭，你不用瞪眼，瞪眼也是白瞪眼，咱俩离家不到二里，没有吃伙房的福分。"

"你们俩是一个村的？"姑娘问小石匠。

小石匠兴奋地口吃起来，他用手指指村子，说他和黑孩就是这村人，过了桥就到了家。姑娘和小石匠说了一些平常但很热乎的话。小石匠知道了姑娘家住前屯，可以吃伙房，可以睡桥洞。姑娘说，吃伙房愿意，睡桥洞不愿意。秋天里刮秋风，桥洞凉。姑娘还悄悄地问小石匠黑孩是不是哑巴。小石匠说绝对不是，这孩子可灵性哩，他四五岁时说起话来就像竹筒里晃豌豆，咯嘣咯嘣脆。可是后来，话越来越少，动不动就像尊小石像一样发呆，谁也不知道他寻思着什么。你看看他那双眼睛吧，黑洞洞的，一眼看不到底。姑娘说看得出来这孩子灵性，不知为什么我很喜欢他，就像我的小弟弟一样。小石匠说，那是你人好心眼儿善良。

小石匠、姑娘、黑孩，不知不觉落到了最后边，他和她谈得很热乎，恨不得走一步退两步。黑孩跟在他俩身后，高抬腿、轻放脚，那神情和动作很像一只沿着墙边巡逻的小公猫。在九孔桥上，刚刚在紫穗槐树丛里耽误了时间的刘太阳骑着车子"嘎嘎啦啦"地赶上来，桥很窄，他不得不跳下车子。

"你们还在这儿磨蹭？黑猴，今天上午干得怎么样？噢，你的爪子怎么啦？"

"他的手让锤子打破了。"

"他妈的。小石匠，你今天中午就去找你们队长，让他趁早换人，出了人命我可担不起。"

"他这是工伤，你忍心撵他走？"姑娘大声说。

"刘副主任，咱俩多年的老交情了，你说，这么大个工地，还多这么个孩子？你让他瘸着只手到队里去干什么？"小石匠说。

"瘦猴儿，真你妈的，"刘太阳沉吟着说，"给你调个活儿吧，给铁匠炉拉风匣，怎么样？会不会？"

孩子求援似的看看小石匠，又看看姑娘。

"会拉,是不是黑孩儿?"小石匠说。

姑娘也冲着他鼓励地点点头。

二

黑孩在铁匠炉上拉风箱拉到第五天,赤裸的身体变得像优质煤块一样乌黑发亮;他全身上下,只剩下牙齿和眼白还是白的。这样一来,他的眼睛就更加动人,当他闭紧嘴角看着谁的时候,谁的心就像被热铁烙着一样难受。他的鼻翼两侧的沟沟里落满煤屑,头发长出有半寸长了,半寸长的头发间也全是煤屑。现在,全工地的男人女人们都叫他"黑孩儿",他谁也不理,连认真看你一眼也不。只有菊子姑娘和小石匠来跟他说话时,他才用眼睛回答他们。昨天中午,工地上的人们全去吃饭了,铁匠师傅的一把小锤和一个淬火用的新水桶被人偷走了。刘太阳在滞洪闸上大骂了半个小时。他分派给黑孩一个新任务:每天中午放工吃饭后,留在工地看守工具,午饭由铁匠师傅从伙房里带来。刘副主任说,便宜黑孩这个狗小子一顿午饭。

人全走了,喧闹了一上午的工地静得很。黑孩走出桥洞,在闸前的沙地上慢慢地踱步。他倒背着胳膊,双手捂着屁股,蹙着眉毛,额头上出现三道深深的皱纹。他翻来覆去地数着桥洞,从两片嘴唇间"叭儿叭儿"地吐出一个个小泡泡儿。在第七个桥墩前,他站住了,然后双腿夹住桥墩的菱状石棱,一耸一耸地往上爬。爬到半截时,他滑了下来,肚皮上擦破了一大块,渗出一层血珠来。他弯腰抓起一把土,按到肚子上。然后倒退几步,抬起手掌打着眼罩,看着桥墩与桥面相接处那道石缝,他放心了。

很快地他又走到了妇女们砸石子的地方,他曾经坐过的那块石头没有了。他很准地找到了菊子姑娘的座位,他认识她那把六棱石匠锤。他坐在姑娘的座位上,不断地扭动着身体,变换着姿势,一直等调整到眼睛跟第七个桥墩上那条石缝成一条直线时,才稳稳地坐住,双眼紧盯着石缝里那个东西……

那天中午,他早早地跑到滞洪闸下,在西边第一个桥洞里蹲下来。他眼睛一遍遍地抚摸红炉、铁钳、大锤、小锤、铁桶、煤铲,甚至每块煤,甚至每块煤渣。快到上工时间了,他右手拿起煤铲,捅开了压住火的红炉,左手用力一拉风箱,煤烟和着煤灰飞起来,迷了眼睛,他使劲揉着,眼眶处充血发了紫。风箱里新勒了鸡毛,很沉,他一只手拉起来有些吃力。右手食指被碰了一下。看手指时才想起那条包着伤指的手绢。手绢已经不白了，月季花还是鲜红的。他转了一个念头，走出桥洞，四下打量着。在第七个桥墩前，他解下手绢用口叼着，费力地爬上去，把手绢塞到石缝里……三捅两戳，火灭了。他的额上沁出一层汗珠。这时桥洞外响起踢踢踏踏的脚步声，他惶恐地倒退着，一直退到脊背贴着凉凉的石壁。黑孩看到一个短腿的青年弯着腰走进桥洞，那姿势好像要证明桥洞很低他人很高。黑孩咧了咧嘴。短腿青年看着被捅灭的火炉和拉出半截的风箱，又看看紧贴石壁站着的他，骂一声："小狗崽子！你来折腾什么？火也捅灭了，风匣也拉歪了，欠揍的小混蛋。"黑孩听到头上响起一阵风声，感到有一个带棱角的巴掌在自己头皮上扇过去，紧接着听到一个很脆的响，像在地上摔死一只青蛙。

"滚出去砸你的石头子儿，小混蛋！"青年人骂着。

黑孩这才知道这就是小铁匠。小铁匠的脸上布满密集的粉刺疙瘩，鼻子像牛犊的鼻子一样，扁扁的，平平的，上边布满汗珠。黑孩看到小铁匠麻利地清理炉膛。又看着他从桥洞的角上抓过一把金黄的麦秸塞到炉膛里，点燃，轻轻地拉几下风箱，麦秸先冒出又轻又白的烟，紧跟着蹿出火苗。小铁匠铲了一铲湿漉漉的煤，薄薄地撒在正在燃烧的麦秸上，拉风箱的手一直不停。又撒了一层煤。又撒了一层煤。炉里蹿起焦黄的烟，烟里夹带着呛鼻子的煤味。小铁匠用铁铲尖儿把炉中煤一戳，几缕强劲有力的暗红色的火苗蹿了出来，煤着了。

黑孩兴奋地"噢"了一声。

"你还不滚，小混蛋！"

一个又高又瘦的老头子慢吞吞地走进桥洞，问小铁匠："不是压住火了吗？怎么又生？"他的语声沉闷，声音像是从胸膈以下发出来的。

"被这个小混蛋给捅灭了。"小铁匠抬起煤铲指指黑孩。

"你让他拉吧。"老头说。他把一块蛋黄色的油布围在腰间，把两块蛋黄色的油布绑在脚脖子上护住了脚面。油布上布满了火星烧成的洞洞眼眼。黑孩知道这就是老铁匠了。

"让他拉风匣，你专管打锤，这样你也轻松一点。"老铁匠说。

"让这么个毛孩子拉风匣？你看他瘦得那个猴样，在火炉边还不给烤成干柴棍儿！"小铁匠不满意地嘟哝着。

刘太阳一步闯进来，翻着眼皮说："怎么啦？不是你说的要个拉火的吗？"

"要拉火的不要他！刘副主任，你看看他瘦得那个样子，恐怕连他妈的煤铲都拿不动，你派他来干什么？臭杞摆碟凑样数！"

"我知道你小子的鬼心眼子。你想要个大姑娘来给你拉火是不是？挑个最漂亮的，让那个蒙着紫红色方头巾的来？美得你这个臊包狗蛋！黑孩儿，拉风箱吧。"刘太阳冲着小铁匠说，"你他妈的好好教教他！"

黑孩畏畏缩缩地走到风箱前站定，目光却期待什么似的望着老铁匠的脸。孩子发现，老铁匠的脸色像炒焦了的小麦，鼻子尖像颗熟透了的山楂。他走上前来，教给黑孩一些烧火的要领。黑孩的耳朵抖动着，把老铁匠的话儿全听进去了。

刚开始拉火时，他手忙脚乱，满身都是汗水，火焰烤得他的皮肤像针尖刺着一样疼痛。老铁匠面部没有表情，僵硬犹如瓦片，连看也不看他一眼。黑孩咬着下嘴唇，不断地抬起黑胳膊擦着流到眼睛上边的汗水。他的鸡胸脯一起一伏，嘴和鼻孔像风箱一样"呼哧呼哧"喷着气。

小石匠送来磨秃的钢钻待修，看着黑孩那副样子，说:"能不能挺住?挺不住就吱声,还去砸你的石头子儿。"

黑孩连头都没抬。

"这㞎种!"小石匠把钢钻扔在地上,走了。但很快他又折了回来,和菊子姑娘一起。菊子把方头巾扎在脖子上,整个脸显得更加完整。

桥洞里的小铁匠忽然感到眼前一亮,使劲咽了一口唾液,又用肥厚的舌头舔了舔干裂的嘴唇。他的两只眼睛不比黑孩的眼睛小,但右眼里有一个鸭蛋皮色的"萝卜花"遮盖了瞳孔。天长日久地用左眼看东西,养成了脑袋往右歪的习惯。他的头枕在右肩上,左眼里射出一道灼热的光,直盯着姑娘红扑扑的脸膛。十八磅的大铁锤头朝下站在他的两腿间,他手扶锤把子,像拄着一根拐棍。

炉中烟火升腾,黑烟夹带着火星直冲到桥面上,又愤怒地反扑下来。孩子的脸笼罩在烟雾里,他咳嗽着,胸脯里"呲呲"地响。老铁匠冷冷地看了黑孩一眼,从磨得油亮的皮口袋里掏出烟袋,慢吞吞地装上烟,就着炉火点燃,把两股白色烟喷进黑色烟里,鼻孔里两撮黑毛抖动着,他从烟雾里漠然地看了一眼桥洞口的小石匠和菊子,这才对黑孩说:"少加煤,撒匀一点。"

孩子急促地拉着风箱,瘦身子前倾后仰,炉火照着他汗湿的胸脯,每一根肋巴条都清清楚楚。左胸脯的肋条缝中,他的心脏像只小耗子一样可怜巴巴地跳动着。

老铁匠说:"拉长一点,一下是一下。"

菊子姑娘看到黑孩的下唇流出深红的血,眼睛里顿时充满泪水。她喊道:"黑孩儿,不给他们干了。走,回去跟我砸石子儿。"她走到风箱前,捏住了黑孩那两条干柴棍一样的细胳膊。黑孩拼命挣扎着,喉咙里呜呜地响着,像一条要咬人的小狗。他身体很轻,姑娘架着他的胳膊把他端出了桥洞,他粗糙的脚趾划着地面,地上的碎石片儿哗哗地响着。

"黑孩儿,咱不给他们干了,你顶不住烟熏火燎,你这么瘦,流光了汗,就烤成锅巴啦。还是跟姐姐去砸石子儿轻松。"一边说着,一边把他放下,用一只手拖着他往石堆那边走。她的胳膊粗壮有力,手很大很柔软,捏着黑孩的手腕,像捏着一条小山羊腿。黑孩打着坠,脚后跟哗哗啦啦犁着地上的碎石片。"小傻瓜,小拗种,好好跟我走。"姑娘停住脚,回头对他说着,手用力捏捏他的腕子,"看看你这小狗腿,我要一用劲,保准捏碎了,那么重的活你怎么干得了?"黑孩恨恨地盯了她一眼,猛地低下头,在姑娘胖胖的手腕上狠狠地咬了一口。她"哎哟"了一声，松开手，黑孩转身跑回了桥洞。

黑孩的牙齿十分锋利，姑娘的手腕上被咬出了两排深深的牙印。他的犬齿是两个锥牙儿，这两个锥牙在姑娘腕上钻出了两个流血的小洞。小石匠关切地走上前去，掏出一条皱巴巴的手绢要给姑娘包扎。她推开他，眼睛也不看他，弯腰从地上抓起一把土，按在伤口上。

"有病菌！"小石匠吃惊地叫喊。

姑娘走回乱石堆前，寻着自己的座位坐下来，呆呆地瞅着河水上层出不穷的波纹，一块石头儿也不砸。

"看看，又傻了一个。"

"黑孩儿八成会使魔法。"

女人们咬着耳朵低语。

"黑孩儿，你给我滚出来！狗崽子，狗咬吕洞宾，不识好人心。"小石匠骂着往铁匠炉所在的桥洞里走。

一股脏乎乎、热烘烘的水泼出来，劈头盖脸蒙住了小石匠。小石匠对得正，桥洞里瞄得准，半桶水几乎没浪费一滴。他柔软的黄头发上，劳动布夹克衫上、大红运动衫翻领上，沾满了铁屑和煤灰，脏水像小溪一样从头往脚流。

"瞎了狗眼了！"小石匠大骂着冲进桥洞，"谁干的?说,谁干的?"

没有人搭理他。桥洞里黑烟散尽,炉火正旺,紫红色的老铁匠用一把长长的铁钳子把一根烧得发白透亮的钢钻子从炉里夹出来,钻子尖上"噼噼"地爆着耀眼的钢花。老铁匠把钻子放在铁砧上,用小叫锤敲了一下铁砧的边缘,铁砧清脆地回答着他。他的左手操着长把铁钳,铁钳夹着钻子,钻子按着他的意思翻滚着;右手的小叫锤很快地敲着钢钻。他的小锤敲到哪儿,独眼小铁匠的十八磅大铁锤就打到哪儿。老铁匠的小锤像鸡啄米一样迅疾,小铁匠的大锤一步不让,桥洞里习习生出热风。在惊心动魄的锻打声中,钢钻子火星四溅,火星溅到老铁匠和小铁匠围腰护脚的油布上,"嗞嗞"地冒着白色的烟。火星也飞到了黑孩裸露的皮肤上,他咧着嘴,龇出两排雪白的小狼牙齿。钢火在他肚皮上烫起几个大燎泡,他一点都没有痛的表情,眼睛里跳动着心荡神迷的火苗,两个瘦削的肩头耸起来,脖子使劲缩着,双臂交叠在胸前,手捂着下巴和嘴巴,挤得鼻子上满是皱纹。

秃钻子被打出了尖,颜色暗淡下来——先是殷红,继而是银白。地下落着一层灰白的铁屑,铁屑引燃了一根草梗,草梗悠闲地冒着袅袅的白烟。

"谁他妈的泼了我?"小石匠盯着小铁匠骂。

"老子泼的,怎么着?"小铁匠遍体放光,双手拄着锤把,优雅地歪着头,说。

"你瞎眼了吗?"

"瞎了一个。老爹泼水你走路,碰上了算你运气。"

"你讲理不讲?"

"这年头,拳头大就有理。"小铁匠捏起拳头,胳膊上的肉隆起来。

"来吧,独眼龙!老子今天把你这只狗眼也打瞎。"小石匠怒气冲冲地靠了前,老铁匠好像无意地往前跨了一步,撞了他一下。小石匠猛然觉得老人那双深深地眍䁖着的眼窝里射出了一股物质,好像暗示着什么,他顿时感到浑身肌肉松弛。老铁匠微微扬起脸,极随便地哼唱了一句说不出是什么味道的戏文或是歌词来。

恋着你刀马娴熟通晓诗书少年英武,跟着你闯荡江湖风餐露宿吃尽了世上千般苦。

老铁匠只唱了这一句,声音戛然而止,听得出他把一大截悲怆凄楚的尾音咽进了肚子。老铁匠又看了小石匠一眼,低下头去给刚打出尖的钻子淬火。淬火前,他捋起右手衣袖，把手伸进水桶里试着水温，他的小臂上有一个深紫色的伤疤，圆圆的，中间凸出，尽管这个伤疤不像一只眼睛，但小石匠却觉得这个紫疤像一只古怪的眼睛盯着自己。他撇了一下嘴，恍恍惚惚像中了魔怔，飘飘地出了桥洞，红炉这边，一下午没见到他的影子。

……孩子的眼睛酸了，头皮也晒得发烫。他从姑娘的座位上站起来，踱回到铁匠炉边。桥洞里很暗，他摸摸索索地坐在老铁匠的马扎上，什么都不想的时候，双手便火烧火燎地痛起来，他把手放在凉森森的石壁上，赶快去想过去的事情。

三天前，老铁匠请假回家拿棉衣和铺盖，他说人老了腿值钱，不愿天天往家跑，在红炉边絮个铺，冻不着的。（黑孩抬眼看看老铁匠的铺。桥洞的北边已经用闸板堵起来了。几缕亮光从板缝里漏进来，斜照着老铁匠那件油晃晃的棉袄和那条狗毛脱落的皮褥子。）老师傅回了家，小铁匠成了一洞之主。那天上午进桥洞来，他挺着胸，凸着肚，好颜好色地说："黑孩儿，生火，老东西回家了，咱们俩干。"

黑孩看着他。

"瞪什么眼，兔崽子！你瞧不起老子是不？老子跟着老东西已经熬了整三年啦,他那点把戏我全知道。"小铁匠说。

黑孩懒洋洋地生起火来。小铁匠得意地哼着什么。他把几支头天没来得及修的钢钻插进炉膛烧着。黑孩把火拉得很旺,照着自己的黑脸透出红来。小铁匠忽然笑起来,说:"黑孩儿,你小子冒充老红军准行,浑身是疤。"

孩子使劲拉火。

"这几天怎么也不见你那个浪干娘来看你啦?你咬了她一口,把她得罪啦,狗儿子。她的胳膊什么味儿?是酸的还是甜的?你狗日的好口福。要是让我捞到她那条白嫩胳膊,我像吃黄瓜一样啃着吃了。"

黑孩提起长钳,夹起一根烧透了的钢钻扔到砧子上。

"哟,儿子,好快!"小铁匠抄起一把比大锤小比小锤大的中锤,一手掌钳,一手抡锤,狠狠地打起来。黑孩呆呆地看着。小铁匠一身好力气,铁锤耍得出神出鬼,打出的钢钻尖儿棱角分明,像支削好的铅笔。黑孩很悲哀地看着老铁匠那把小叫锤儿。小铁匠用铁钳夹着打好的钢钻到桶边淬火,他淬火的动作跟老铁匠一模一样。黑孩背过脸,又去看那把躺在砧子旁边的小叫锤,小叫锤的木把儿像老牛的角尖一样又光又滑。

小铁匠好马快刀,一会儿工夫就修好十几支钢钻。他得意地坐在师傅的马扎上卷烟。卷好烟,插进嘴。吩咐黑孩夹过一块通红的炭给他点着。

"儿子,看到了吧?没有老梆子我们照样干!"

小铁匠正得意着,刚才拿走钻子的石匠们找他来了。

"小铁匠,你淬的什么鸟火?不是崩头就是弯尖,这是剥石头,不是打豆腐。没有弯弯肚子,别吞镰头刀子。等你师傅回来吧,别拿着我们的钢钻练功夫。"

石匠们把那十几支坏钻子扔在地上。走了。小铁匠脸变了色,咋呼着黑孩拉火烧钻子。一会儿工夫他又把钻子打好,淬好,亲自抱着送到工地上。他前脚进了桥洞,石匠们后脚就跟来了。坏钻子扔在地上,脏话扔在小铁匠头上:"去你娘的蛋,别耍我们的大头了,看看你淬的火!全崩了你娘的尖啦!"

黑孩看看小铁匠,嘴角上漾出两道纹来,谁也不知道他是高兴还是难过。小铁匠把工具摔得"噼哩咔啦"响,蹲到地上,呼呼地吐闷气。他抽了一支烟,那只独眼骨碌碌地转着,射出迷茫暴躁的光线,两条大蝌蚪一样的眉毛急遽地扭动着。他扔掉烟屁股,站起来,说:

"妈的,就不信羊不吃蒿子!黑孩,拉火再干!"

黑孩无精打采地拉着风箱,动作一下比一下迟缓。小铁匠催他,骂他,他连头都不抬。钻子又烧好了。小铁匠草草打了几锤,就急不可耐地到桶边淬火。这次他改变了方式,不是像老铁匠那样一点点地淬,而是把整个钻子一下插到水里。桶里的水吱吱地叫着,一股白气绞着麻花冲起来。小铁匠把钢钻提起来,举到眼前,歪着头察看花纹和颜色。看了一阵,他就把这支钻子放在砧子上,用锤轻轻一敲,钢钻断成两半。他沮丧地把锤子扔到地上,把那半截钻子用力甩到桥洞外边去。坏钻子躺在洞前石片上,怎么看都难受。

"去把那根钻子捡回来!"小铁匠怒冲冲地吩咐黑孩。黑孩的耳朵动了动,脚却没有动。他的屁股上挨了一脚,肩膀上被捅了一钳子,耳边响起打雷一样的吼声:"去把钻子捡回来。"

黑孩垂着头走到钻子前,一点一点弯下腰去,伸手把钻子抓起来。他听到手里"嗞嗞啦啦"地响,像握着一只知了。鼻子里也嗅到炒猪肉的味道。钻子沉重地掉在地上。

小铁匠一愣,紧接着大笑起来:"兔崽子,老子还忘了钻子是热的,烫熟了猪爪子,啃吧!"

黑孩走回桥洞,一眼也不看小铁匠,把烫熟了皮肉的手淹到水桶里泡了泡,又慢悠悠走出桥洞。他弯下腰去,仔细地端详着那半截钢钻子。钢钻是银灰色的,表面粗糙,有好多小颗粒。地上的湿土在钢钻下冒着白气,那白气很细,若有若无。他更低地俯下身去,屁股高高地翘起来,大裤头全褪到屁股上,露出比小腿颜色略浅的大腿。他的一只手捂在背上,一只手从肩前垂下去,慢慢地接近钢钻,水珠沿着指尖滴下去,钢钻子哧啦一声响。水珠在钻子上跳动着,叫着,缩小着,变成一圈波纹,先扩大一下,立即收缩,终于消逝了。他的指尖已经感到了钢钻的灼热,这种灼热感一直传导到他心里去。

"你他妈的在那儿干什么,弯腰撅腚,冒充走资派吗?"小铁匠在桥洞里喊他。

他一把攥住钢钻,哆嗦着,左手使劲抓着屁股,不慌不忙走回来。小铁匠看到黑孩手里冒出黄烟,眼像风瘫病人一样喎斜着叫:"扔、扔掉!"他的嗓子变了调,像猫叫一样。"扔掉呀,你这个小混蛋!"

黑孩在小铁匠面前蹲下,松开手,抖了两抖,钻子打了两滚儿躺在小铁匠脚前。然后就那么蹲着,仰望着小铁匠的脸。

小铁匠浑身哆嗦起来:"别看我,狗小子,别看我。"他拧过脸去。黑孩站起来,走出桥洞……他记得他走出桥洞后望了一会儿西天,天上连一丝云彩也没有,只有半个又白又薄的月亮,像一块小小的云……

他想得很累,耳朵里有蜜蜂的叫声。从马扎子上起来,走到老铁匠的铺前躺下来。头枕着棉袄,眼皮不知不觉合上了。他感到有一个人在抚摸自己的脸,抚摸自己的手,痛,他忍着。有两滴沉甸甸的水珠落下来,一滴落在两片唇间,他咽下了;一滴打到鼻尖上,鼻子被砸得酸溜溜的。

"黑孩儿,黑孩儿,醒醒,吃饭啦。"

他觉得鼻子酸得厉害,匆忙爬起来,看着姑娘。有两股水儿想从眼窝里滚出来,他使劲憋住,终于让水儿流进喉咙。

"给你。"姑娘解开那条紫红色头巾。头巾里包着两个窝窝头。一个窝窝头的眼里塞着一根腌黄瓜,一个窝窝头眼里栽着一根大葱。一根长长的梢儿发黄的头发沾在窝窝头上。姑娘用两个指头拈起头发,轻轻一弹,头发落地时声音很响,黑孩听到了。

"吃吧,你这条小狗!"姑娘摸着他的脖子说。

黑孩咬葱咬黄瓜咬窝窝头,一边咀嚼一边看姑娘。

"手是怎么烫的?是不是独眼龙使坏?还咬我吗?看看你的狗牙多快。"

孩子的耳朵使劲呼扇着,左手举起窝窝头,右手举起大葱腌黄瓜,遮住了脸。

三

夜里,莫名其妙地下了一场雷阵雨。清晨上工时,人们看到工地上的石头子儿被洗得干干净净,沙地被拍打得平平整整。闸下水槽里的水增了两拃,水面蓝汪汪地映出天上残余的乌云。天气仿佛一下子冷了,秋风从桥洞里穿过来,和着海洋一样的黄麻地里的窸窣之声,使人感到从心里往外冷。老铁匠穿上了他那件亮甲似的棉袄,棉袄的扣子全掉光了,只好把两扇襟儿交错着掩起来,拦腰捆上一根红色胶皮电线。黑孩还是只穿一条大裤头子,光背赤足,但也看不出他有半点瑟缩。他原来扎腰的那根布条儿不知是扔了还是藏了,他腰里现在也扎着一节红胶皮电线。他的头发这几天像发疯一样地长,已经有二寸长,头发根根竖起,像刺猬的硬毛。民工们看着他赤脚踩着石头上积存的雨水走过工地,脸上都表现出怜悯加敬佩的表情来。

"冷不冷？"老铁匠低声问。

黑孩惶惑地望着老铁匠，好像根本不理解他问话的意思。"问你哩！冷吗？"老铁匠提高了声音。惶惑的神色从他眼里消失了，他垂下头，开始生火。他左手轻拉风箱，右手持煤铲，眼睛望着燃烧的麦秸草。老铁匠从草铺上拿起一件油腻腻的褂子给黑孩披上。黑孩扭动着身体，显出非常难受的样子。老铁匠一离开，他就把褂子脱下来，放回到铺上去。老铁匠摇摇头，蹲下去抽烟。

"黑孩儿，怪不得你死活不离开铁匠炉，原来是图着烤火暖和哩，妈的，人小心眼儿不少。"小铁匠打了一个百无聊赖的呵欠，说。

工地上响起哨子声，刘副主任说，全体集合。民工们集合到闸前向阳的地方，男人抱着膀子，女人纳着鞋底子。黑孩偷觑着第七个桥墩上的石缝，心里忐忑不安。刘副主任说，天就要冷，因此必须加班赶，争取结冰前浇完混凝土底槽。从今天起每晚七点到十点为加班时间，每人发给半斤粮，两毛钱。谁也没提什么意见。二百多张脸上各有表情。黑孩看到小石匠的白脸发红发紫，姑娘的红脸发灰发白。

当天晚上，滞洪闸工地上点亮了三盏汽灯。汽灯发着白炽刺眼的光,一盏照耀石匠们的工场,一盏照着妇女们砸石子儿的地方。妇女们多数有孩子和家务,半斤粮食两毛钱只好不挣。灯下只围着十几个姑娘。她们都离村较远,大着胆子挤在一个桥洞里睡觉,桥洞两头都堵上了闸板,只在正面留了个洞,钻进钻出。菊子姑娘有时钻桥洞,有时去村里睡(村里有她一个姨表姐,丈夫在县城当临时工,有时晚上不回家睡,表姐就约她去做伴)。第三盏汽灯放在铁匠炉的桥洞里,照着老年青年和少年。石匠工场上锤声叮当,钢钻子啃着石头,不时迸出红色的火星。石匠们干得还算卖劲,小石匠脱掉夹克衫,大红运动衣像火炬一样燃烧着。姑娘们围灯坐着,产生许多美妙联想。有时嘎嘎大笑,有时窃窃私语,砸石子的声音零零落落。在她们发出的各种声音的间隙里,充填着河上的流水声。菊子放下锤子,悄悄站起来,向河边走去。灯光把她的影子长长地投在沙地上。"当心光棍子把你捉去。"一个姑娘在菊子身后说。菊子很快走出灯光的圈子。这时她看到的灯光像几个白亮亮的小刺球,球刺儿伸到她面前停住了,刺尖儿是红的、软的。后来她又迎着灯光走上去。她忽然想去看看黑孩在干什么,便躲避着灯光,闪到第一个桥墩的暗影里。

她看到黑孩像个小精灵一样活动着,雪亮的灯光照着他赤裸的身体,像涂了一层釉彩。仿佛这皮肤是刷着铜色的陶瓷橡皮,既有弹性又有韧性,撕不烂也扎不透。黑孩似乎胖了一点点,肋条和皮肤之间疏远了一些。也难怪么,每天中午她都从伙房里给他捎来好吃的。黑孩很少回家吃饭,只是晚上回家睡觉,有时候可能连家也不回——姑娘有天早晨发现他从桥洞里钻出来,头发上顶着麦秸草。黑孩双手拉着风箱,动作轻柔舒展,好像不是他拉着风箱而是风箱拉着他。他的身体前倾后仰,脑袋像在舒缓的河水中漂动着的西瓜,两只黑眼睛里有两个亮点上下起伏着,如萤火虫幽雅地飞动。

小铁匠在铁砧子旁边以他一贯的姿势立着,双手拄着锤柄,头歪着,眼睛瞪着,像一只深思熟虑的小公鸡。

老铁匠从炉子里把一支烧熟的大钢钻夹了出来,黑孩把另一支坏钻子捅到大钢钻腾出的位置上。烧透的钢钻白里透着绿。老铁匠把大钢钻放到铁砧上,用小叫锤敲敲砧子边,小铁匠懒洋洋地抄起大锤,像抡麻秆一样抡起来,大锤轻飘飘地落在钢钻子上,钢花立刻光彩夺目地向四面八方飞溅。钢花碰到石壁上,破碎成更多的小钢花落地，钢花碰到黑孩微微凸起的肚皮，软绵绵地弹回去，在空中画出一个个漂亮的半圆弧，坠落下去。钢花与黑孩肚皮相撞以及反弹后在空中飞行时，空气摩擦发热发声。打过第一锤，小铁匠如同梦中猛醒一般绷紧肌肉，他的动作越来越快，姑娘看到石壁上一个怪影在跳跃，耳边响彻"咣咣咣咣"的钢铁声。小铁匠塑铁成形的技术已经十分高超，老铁匠右手的小叫锤只剩下干敲砧子边的份儿。至于该打钢钻的什么地方，小铁匠是一目了然。老铁匠翻动钢钻，眼睛和意念刚刚到了钢钻的某个需要锻打的部位，小铁匠的重锤就敲上去了，甚至比他想的还要快。

　　姑娘目瞪口呆地欣赏着小铁匠的好手段，同时也忘不了看着黑孩和老铁匠。打得最精彩的时候，是黑孩最麻木的时候（他连眼睛都闭上了，呼吸和风箱同步），也是老铁匠最悲哀的时候，仿佛小铁匠不是打钢钻而是打他的尊严。

　　钢钻锻打成形，老铁匠背过身去淬火，他意味深长地看了小铁匠一眼，两个嘴角轻蔑地往下撇了撇。小铁匠直勾勾地看着师傅的动作。姑娘看到老铁匠伸出手试试桶里的水，把钻子举起来看了看，然后身体弯着像对虾，眼瞅着桶里的水，把钻子尖儿轻轻地、试试探探地触及水面,桶里水"呲呲"地响着,一股很细的蒸气蹿上来,笼罩住老铁匠的红鼻子。一会儿,老铁匠把钢钻提起来举到眼前,像穿针引线一样瞄着钻子尖,好像那上边有美妙的画图,老头脸上神采飞扬,每条皱纹里都溢出欣悦。他好像得出一个满意答案似的点点头,把钻子全淹到水里,蒸气轰然上升,桥洞里形成一个小小的蘑菇烟云。汽灯光变得红殷殷的,一切全都朦胧晃动。雾气散尽,桥洞里恢复平静,依然是黑孩梦幻般拉风箱,依然是小铁匠公鸡般冥思苦想,依然是老铁匠如枣者脸如漆者眼如屎壳郎者臂上疤痕。

老铁匠又提出一支烧熟的钢钻,下面是重复刚才的一切,一直到老铁匠要淬火时,情况才发生了一些变化。老铁匠伸手试水温。加凉水。满意神色。正当老铁匠要为手中的钻子淬火时,小铁匠耸身一跳到了桶边,非常迅速地把右手伸进了水桶。老铁匠连想都没想,就把钢钻戳到小伙子的右小臂上。一股烧焦皮肉的腥臭味儿从桥洞里飞出来,钻进姑娘的鼻孔。

小铁匠"嗷"地号叫一声,他直起腰,对着老铁匠恶狠狠地笑着,大声喊:"师傅,三年啦!"

老铁匠把钢钻扔在桶里,桶里翻滚着热浪头,蒸气又一次弥漫桥洞。姑娘看不清他们的脸了,只听到老铁匠在雾中说："记住吧！"

没等烟雾散尽她就跑了，她使劲捂住嘴，有一股苦涩的味儿在她胃里翻腾着。坐在石堆前，旁边一个姑娘调皮地问她："菊子，这一大会儿才回来，是跟着大青年钻黄麻地了吗？"她没有回腔，听凭着那个姑娘奚落。她用两个手指捏着喉咙，极力不让自己发出声音。

收工的哨声响了。三个钟头里姑娘恍惚在梦幻中。"想汉子了吗？菊子？""走吧，菊子。"她们招呼着她。她坐着不动，看着灯光下憧憧的人影。

"菊子，"小石匠板板正正地站在她身后说，"你表姐让我捎信给你，让你今夜去做伴，咱们一道走吗？"

"走吗？你问谁呢？"

"你怎么啦？是不是冻病啦？"

"你说谁冻病啦？"

"说你哩！"

"别说我。"

"走吗？"

"走。"

石桥下水声响亮，她站住了。小石匠离她只有一步远。她回过头去，看到滞洪闸西边第一个桥洞还是灯火通明，其他两盏汽灯已经熄灭。她朝滞洪闸工地走去。

"找黑孩儿吗?"

"看看他。"

"我们一块去吧,这小混蛋,别迷迷糊糊掉下桥。"

菊子感觉到小石匠离自己很近了,似乎能听到他"怦怦"的心跳声。走着,走着。她的头一倾斜,立刻就碰到小石匠结实的肩膀,她又把身子往后一仰,一只粗壮的胳膊便把她揽住了。小石匠把自己一只大手捂在姑娘窝窝头一样的乳房上,轻轻地按摩着,她的心在乳房下像鸽子一样乱扑棱。脚不停地朝着闸下走,走进亮圈前,她把他的手从自己胸前移开。他通情达理地松开了她。

"黑孩儿!"她叫。

"黑孩儿!"他也叫。

小铁匠用只眼看着她和他,腮帮子抽动一下。老铁匠坐在自己的草铺上,双手端着烟袋,像端着一杆盒子炮。他打量了一下深红色的菊子和淡黄色的小石匠,疲惫而宽厚地说:"坐下等吧,他一会儿就来。"

……黑孩提着一只空水桶,沿着河堤往上爬。收工后,小铁匠伸着懒腰说:"饿死啦。黑孩儿,提上桶,去北边扒点地瓜,拔几个萝卜来,我们开夜餐。"

黑孩睡眼迷蒙地看看老铁匠。老铁匠坐在草铺上,像只羽毛凌乱的败阵公鸡。

"瞅什么？狗小子，老子让你去你尽管去。"小铁匠腰挺得笔直，脖子一抻一抻地说。他用眼扫了一下瘫坐在铺上的师傅。胳膊上的烫伤很痛，但手上愉快的感觉完全压倒了臂上的伤痛，那个温度可是绝对地舒适绝对地妙。

黑孩拎起一只空水桶，踢踢踏踏往外走。走出桥洞，仿佛"呼通"一声掉下了井，四周黑得使他的眼睛里不时迸出闪电一样的虚光，他胆怯地蹲下去，闭了一会眼睛，当他睁开眼睛时，天色变淡了，天空中的星光暖暖地照着他，也照着瓦灰色的大地……

河堤上的紫穗槐枝条交叉伸展着，他用一只手分拨着枝条，仄着肩膀往上走。他的手捋着湿漉漉的枝条和枝条顶端一串串结实饱满的树籽，微带苦涩的槐枝味儿直往他面上扑。他的脚忽然碰到一个软绵绵热乎乎的东西，脚下响起一声"唧喳"，没及他想起这是只花脸鹌，这只花脸鹌就蒙头转向地飞起来，像一块黑石头一样落到堤外的黄麻地里。他惋惜地用脚去摸花脸鹌适才趴窝的地方，那儿很干燥，有一簇干草，草上还留着鸟儿的体温。站在河堤上，他听到姑娘和小石匠喊他。他拍了一下铁桶，姑娘和小石匠不叫了。这时他听到了前边的河水明亮地向前流动着,村子里不知哪棵树上有只猫头鹰凄厉地叫了一声。后娘一怕天打雷,二怕猫头鹰叫。他希望天天打雷,夜夜有猫头鹰在后娘窗前啼叫。槐枝上的露水把他的胳膊濡湿了,他在裤头上擦擦胳膊。穿过河堤上的路走下堤去。这时他的眼睛适应了黑暗,看东西非常清楚,连咖啡色的泥土和紫色的地瓜叶儿的细微色调差异也能分辨。他在地里蹲下,用手扒开瓜垄儿,把地瓜撕下来,"叮叮当当"地扔到桶里。扒了一会儿,他的手指上有什么东西掉下,打得地瓜叶儿哆嗦着响了一声。他用右手摸摸左手,才知道那个被打碎的指甲盖儿整个儿脱落了。水桶已经很重,他提着水桶往北走。在萝卜地里,他一个挨一个地拔了六个萝卜,把缨儿拧掉扔在地上,萝卜装进水桶……

"你把黑孩儿弄到哪儿去了?"小石匠焦急地问小铁匠。

"你急什么?又不是你儿子!"小铁匠说。

"黑孩儿呢?"姑娘两只眼盯着小铁匠一只眼问。

"等等,他扒地瓜去了。你别走,等着吃烤地瓜。"小铁匠温和地说。

"你让他去偷?"

"什么叫偷?只要不拿回家去就不算偷!"小铁匠

理直气壮地说。

"你怎么不去扒？"

"我是他师傅。"

"狗屁！"

"狗屁就狗屁吧！"小铁匠眼睛一亮，对着桥洞外骂道，"黑孩儿，你他妈的去哪里扒地瓜？是不是到了阿尔巴尼亚？"

黑孩歪着肩膀，双手提着桶鼻子，翘翘趔趔地走进桥洞，他浑身沾满了泥土，像在地里打过滚一样。

"哟，我的儿，真够下狠的了，让你去扒几个，你扒来一桶！"小铁匠高声地埋怨着黑孩，说，"去，把萝卜拿到池子里洗洗泥。"

"算了，你别指使他了。"姑娘说，"你拉火烤地瓜，我去洗萝卜。"

小铁匠把地瓜转着圈子垒在炉火旁，轻松地拉着火。菊子把萝卜提回来，放在一块干净石头上。一个小萝卜滚下来，沾了一身铁屑停在小石匠脚前，他弯腰把它捡起来。

"拿来，我再去洗洗。"

"算了，光那五个大萝卜就尽够吃了。"小石匠说着，顺手把那个小萝卜放在铁砧子上。

黑孩走到风箱前,从小铁匠手里把风箱拉杆接过来。小铁匠看了姑娘一眼,对黑孩说:"让你歇歇哩,狗日的。闲着手痒痒?好吧,给你,这可不怨我,慢着点拉,越慢越好,要不就烤煳了。"

小石匠和菊子并肩坐在桥洞的西边石壁前。小铁匠坐在黑孩后边。老铁匠面南坐在北边铺上,烟锅里的烟早烧透了,但他还是双手捧烟袋,双肘支在膝盖上。

夜已经很深了,黑孩温柔地拉着风箱,风箱吹出的风犹如婴孩的鼾声。河上传来的水声越加明亮起来,似乎它既有形状又有颜色,不但可闻,而且可见。河滩上影影绰绰,如有小兽在追逐,尖细的趾爪踩在细沙上,声音细微如同毳毛纤毫毕现,有一根根又细又长的银丝儿,刺透河的明亮音乐穿过来。闸北边的黄麻地里,"泼啦啦"一声响,麻秆儿碰撞着,摇晃着,好久才平静。全工地上只剩下这盏汽灯了,开初在那两盏汽灯周围寻找过光明的飞虫们,经过短暂的迷惘之后,一齐麇集到铁匠炉边来,为了追求光明,把汽灯的玻璃罩子撞得"哗哗啪啪"响。小石匠走到汽灯前,捏着汽杆,"噗唧噗唧"打气。汽灯玻璃罩破了一个洞,一只蝼蛄猛地撞进去,炽亮的石棉纱罩撞掉了,桥洞里一团黑暗。待了一会儿,才能彼此看清嘴脸。黑孩的风箱把炉火吹得如几片柔软的红绸布在抖动,桥洞里充溢着地瓜熟了的香味。小铁匠用铁钳把地瓜挨个翻动一遍。香味越来越浓,终于,他们手持地瓜红萝卜吃起来。扒掉皮的地瓜白气袅袅,他们一口凉,一口热,急一口,慢一口,咯咯吱吱,吸吸溜溜,鼻尖上吃出汗珠。小铁匠比别人多吃了一个萝卜两个地瓜。老铁匠一点也没吃,坐在那儿如同石雕。

"黑孩儿,回家吗?"姑娘问。

黑孩伸出舌头,舔掉唇上残留的地瓜渣儿,他的小肚子鼓鼓的。

"你后娘能给你留门吗?"小石匠说,"钻麦秸窝儿吗?"

黑孩咳嗽了一声。把一块地瓜皮扔到炉火里,拉了几下风箱,地瓜皮卷曲,燃烧,桥洞里一股焦煳味。

"烧什么你?小杂种,"小铁匠说,"别回家,我收你当个干儿吧,又是干儿又是徒弟,跟着我闯荡江湖,保你吃香的喝辣的。"

小铁匠一语未了,桥洞里响起凄凉亢奋的歌唱声。小石匠浑身立时爆起一层幸福的鸡皮疙瘩,这歌词或是戏文他那天听过一个开头。

恋着你刀马娴熟，通晓诗书，少年英武，跟着你闯荡江湖，风餐露宿，受尽了世上千般苦——

老头子把脊梁靠在闸板上，从板缝里吹进来的黄麻地里的风掠过他的头顶，他头顶上几根花白的毛发随着炉里跳动不止的煤火轻轻颤动。他的脸无限感慨，腮上很细的两根咬肌像两条蚯蚓一样蠕动着，双眼恰似两粒燃烧的炭火。

……你全不念三载共枕，如云如雨，一片恩情，当作粪土。奴为你夏夜打扇，冬夜暖足，怀中的香瓜，腹中的火炉……你骏马高官，良田万亩，丢弃奴家招赘相府，我我我我是苦命的奴呀……

姑娘的心高高悬着，嘴巴半张开，睫毛也不眨动一下地瞅着老铁匠微微仰起的表情无限丰富的脸和他细长的脖颈上那个像水银珠一样灵活地上下移动着的喉结。凄婉哀怨的旋律如同秋雨抽打着她心中的田地，她正要哭出来时，那旋律又变得昂扬壮丽浩渺无边，她的心像风中的柳条一样飘荡着，同时，有一种麻酥酥的感觉从脊椎里直冲到头顶，于是她的身体非常自然地歪在小石匠肩上，双手把玩着小石匠那只厚茧重重的大手，眼里泪光点点，身心沉浸在老铁匠的歌里，意里。老铁匠的瘦脸上焕发出夺目的光彩，她仿佛从那儿发现了自己像歌声一样的未来……

小石匠怜爱地用胳膊揽住姑娘，那只大手又轻轻地按在姑娘硬邦邦的乳房上。小铁匠坐在黑孩背后，但很快他就坐不住了，他听到老铁匠像头老驴一样叫着，声音刺耳，难听。一会儿，他连驴叫声也听不到了。他半蹲起来，歪着头，左眼几乎竖了起来，目光像一只爪子，在姑娘的脸上撕着，抓着。小石匠温存地把手按到姑娘胸脯上时，小铁匠的肚子里燃起了火，火苗子直冲到喉咙，又从鼻孔里、嘴巴里喷出来。他感到自己蹲在一根压缩的弹簧上，稍一松神就会被弹射到空中，与滞洪闸半米厚的钢筋混凝土桥面相撞，他忍着，咬着牙。

黑孩双手扶着风箱杆儿，炉中的火已经很弱了，一绺蓝色火苗和一绺黄色火苗在煤结上跳跃着，有时，火苗儿被气流托起来，离开炉面很高，在空中浮动着，人影一晃动，两个火苗又落下去。孩子目中无人，他试图用一只眼睛盯住一个火苗，让一只眼黄一只眼蓝，可总也办不到，他没法把双眼视线分开。于是他懊丧地从火上把目光移开，左右巡睃着，忽然定在了炉前的铁砧上。铁砧踞伏着,像只巨兽。他的嘴第一次大张着,发出一声感叹(感叹声淹没在老铁匠高亢的歌声里)。黑孩的眼睛原本大而亮,这时更变得如同电光源。他看到了一幅奇特美丽的图画:光滑的铁砧子,泛着青幽幽蓝幽幽的光,泛着青蓝幽幽光的铁砧子上,有一个金色的红萝卜。红萝卜的形状和大小都像一个大个阳梨,还拖着一条长尾巴,尾巴上的根根须须像金色的羊毛。红萝卜晶莹透明,玲珑剔透。透明的、金色的外壳里包孕着活泼的银色液体。红萝卜的线条流畅优美,从美丽的弧线上泛出一圈金色的光芒。光芒有长有短,长的如麦芒,短的如睫毛,全是金色。……老铁匠的歌唱被推出去很远很远,像一个小蝇子的嗡嗡声。他像个影子一样飘过风箱,站在铁砧前,伸出了沾满泥土煤屑、挨过砸伤烫伤的小手,小手抖抖索索……当黑孩的手就要捏住小萝卜时,小铁匠猛地蹿起来,他踢翻了一个水桶,水汩汩地流着,渍湿了老铁匠的草铺。他一把将那个萝卜抢过来,那只独眼充着血:"狗日的!公狗!母狗!你也配吃萝卜?老子肚里着火,嗓里冒烟,正要它解渴!"小铁匠张开牙齿焦黑的大嘴就要啃那个萝卜。黑孩以少有的敏捷跳起来,两只细胳膊插进小铁匠的臂弯里,身体悬空一挂,又嘟噜滑下来,萝卜落到了地上。

小铁匠对准黑孩的屁股踢了一脚,黑孩一头扎到姑娘怀里,小石匠大手一翻,稳稳地托住了他。

老铁匠停下了嘶哑的歌喉,慢慢地站起来。姑娘和小石匠也站起来。六只眼睛一起瞪着小铁匠。黑孩头很晕,眼前的一切都在转动。使劲晃晃头,他看到小铁匠又拿着萝卜往嘴里塞。他抓起一块煤渣投过去,煤渣擦着小铁匠腮边飞过,碰到闸板上,落在老铁匠铺上。

"日你娘,看我打死你!"小铁匠咆哮着。

小石匠跨前一步,说:"你要欺负孩子?"

"把萝卜还给他!"姑娘说。

"还给他?老子偏不。"小铁匠冲出桥洞,扬起胳膊猛力一甩,萝卜带着飕飕的风声向前飞去,很久,河里传来了水面的破裂声。

黑孩的眼前出现了一道金色的长虹,他的身体软软地倒在小石匠和姑娘中间。

四

那个金色红萝卜砸在河面上,水花飞溅起来。萝卜漂了一会儿,便慢慢沉入水底。在水底下它慢慢滚动着,一层层黄沙很快就掩埋了它。从萝卜砸破的河面上,升腾起沉甸甸的迷雾,凌晨时分,雾积满了河谷,河水在雾下伤感地呜咽着。几只早起的鸭子站在河边,忧悒地盯着滚动的雾。有一只大胆的鸭子耐不住了,蹒跚着朝河里走。在蓬生的水草前,浓雾像帐子一样挡住了它。它把脖子向左向右向前伸着,雾像海绵一样富于伸缩性,它只好退回来,"呷呷"地发着牢骚。后来,太阳钻出来了,河上的雾被剑一样的阳光劈开了一条条胡同和隧道,从胡同里,鸭子们望见一个高个子老头儿挑着一卷铺盖和几件沉甸甸的铁器,沿着河边往西走去了。老头的背驼得很厉害,担子沉重,把他的肩膀使劲压下去,脖子像天鹅一样伸出来。老头子走了,又来了一个光背赤脚的黑孩子。那只公鸭子跟它身边那只母鸭子交换了一个眼神,意思是说:记得吧?那次就是他,水桶撞翻柳树滚下河,人在堤上做狗趴,最后也下了河拖着桶残水,那只水桶差点没把麻鸭那个臊包砸死……母鸭子连忙回应:是呀是呀是呀,麻鸭那个讨厌家伙,天天追着我说下流话,砸死它倒利索……

黑孩在水边慢慢地走着,眼睛极力想穿透迷雾,他听到河对岸的鸭子在"呷呷呷呷,嘎嘎嘎嘎"地乱叫着。他蹲下去,大脑袋放在膝盖上,双手抱住凉森森的小腿。他感觉到太阳出来了,阳光晒着背,像在身后生着一个铁匠炉。夜里他没回家,猫在一个桥洞里睡了。公鸡啼鸣时他听到老铁匠在桥洞里很响地说了几句话,后来一切归于沉寂。他再也睡不着,便踏着冰凉的沙土来到河边。他看到了老铁匠伛偻的背影,正想追上去,不料脚下一滑,摔了一个屁股蹲儿,等他爬起来时,老铁匠已经消逝在迷雾中了。现在他蹲着,看着阳光把河雾像切豆腐一样分割开,他望见了河对岸的鸭子,鸭子也用高贵的目光看着他。露出来的水面像银子一样耀眼,看不到河底,他非常失望。他听到工地上吵嚷起来,刘太阳副主任响亮地骂着:"娘的,铁匠炉里出了鬼了,老混蛋连招呼都不打就卷了铺盖,小混蛋也没了影子,还有没有组织纪律性?"

"黑孩儿!"

"黑孩儿!"

"那不是黑孩儿吗?瞧,在水边蹲着。"

姑娘和小石匠跑过来,一人架着一只胳膊把他拉起来。

"小可怜,蹲在这儿干什么?"姑娘伸手摘掉他头顶上的麦秸草,说,"别蹲在这儿,怪冷的。"

"昨夜里还剩下些地瓜,让独眼龙给你烤烤。"

"老师傅走了。"姑娘沉重地说。

"走了。"

"怎么办?让他跟着独眼?要是独眼折磨他呢?"

"没事,这孩子没有吃不了的苦。再说,还有我们呢,谅他不敢太过火的。"

两个人架着黑孩往工地上走,黑孩一步一回头。

"傻蛋,走吧,走吧,河里有什么好看的?"小石匠捏捏黑孩的胳膊。

"我以为你狗日的让老猫叼了去了呢!"刘太阳冲着黑孩说。他又问小铁匠:"怎么样你?把老头挤对走了,活儿可不准给我误了。淬不出钻子来我剜了你的独眼。"

小铁匠傲慢地笑笑,说:"请看好吧,刘头。不过,老头儿那份钱粮可得给我补贴上,要不我不干。"

"我要先看看你的活。中就中,不中你也滚他妈的蛋!"

"生火,干儿。"小铁匠命令黑孩。

整整一个上午,黑孩就像丢了魂一样,动作杂乱,活儿毛草,有时,他把一大铲煤塞到炉里,使桥洞里黑烟滚滚;有时,他又把钢钻倒头儿插进炉膛,该烧的地方不烧,不该烧的地方反而烧化了。"狗日的,你的心到哪儿去啦？"小铁匠恼怒地骂着。他忙得满身是汗，绝技在身的兴奋劲儿从汗珠缝里不停地流溢出来。黑孩看到他在淬火前先把手插到桶里试试水温，手臂上被钢钻烫伤的地方缠着一道破布，似乎有一股臭鱼烂虾的味道从伤口里散出来。黑孩的眼里蒙着一层淡淡的云翳，情绪非常低落。九点钟以后，阳光异常美丽，阴暗的桥洞里，一道光线照着西壁，折射得满洞辉煌。小铁匠把钢钻淬好，亲自拿着送给石匠师傅去鉴定。黑孩扔下手中工具，蹑手蹑脚溜出桥洞，突然的光明也像突然的黑暗一样使他头晕眼花。略微迟疑了一下，他便飞跑起来，只用了十几秒钟，他就站在河水边缘上了。那些四个棱的狗蛋子草好奇地望着他，开着紫色花朵的水茨和擎着咖啡色头颅的香附草贪婪地嗅着他满身的煤烟味儿。河上飘逸着水草的清香和鲢鱼的微腥，他的鼻翅扇动着，肺叶像活泼的斑鸠在展翅飞翔。河面上一片白，白里掺着黑和紫。他的眼睛生涩刺痛，但还是目不转睛，好像要看穿水面上漂着的这层水银般的亮色。后来，他双手提起裤头的下沿，试试探探下了水，跳舞般向前走。河水起初只淹到他的膝盖，很快淹到大腿，他把裤头使劲卷起来，两半葡萄色的小屁股露了出来。这时候他已经立在河的中央了，四周的光一齐往他身上扑，往他身上涂，往他眼里钻，把他的黑眼睛染成了坝上青香蕉一样的颜色。河水湍急，一股股水流撞着他的腿。他站在河的硬硬的沙底上，但一会儿，脚下的沙便被流水掏走了，他站在沙坑里，裤头全湿了，一半贴着大腿，一半在屁股后飘起来，裤头上的煤灰把一部分河水染黑了。沙土从脚下卷起来，抚摸着他的小腿，两颗琥珀色的水珠挂在他的腮上，他的嘴角使劲抽动着。他在河中走动起来，用脚试探着，摸索着，寻找着。

"黑孩儿！黑孩儿！"

他听到小铁匠在桥洞前喊叫着。

"黑孩儿，想死吗？"

他听到小铁匠到了水边，连头也不回，小铁匠只能看到他青色的背。

"上来呀！"小铁匠挖起一块泥巴，对准黑孩投过去，泥巴擦着他的头发梢子落到河水里，河面上荡开椭圆形的波纹。又一坨泥巴扔过来，正打着他的背，他往前扑了一下，嘴唇沾到了河水。他转回身，"呼呼隆隆"地蹚着水往河边上走。黑孩遍身水珠儿，站在小铁匠面前。水珠儿从皮肤上往下滚动，一串一串的，"嘟噜噜"地响。大裤头子贴在身上，小鸡子像蚕蛹一样硬邦邦地翘着。小铁匠举起那只熊掌一样的大巴掌刚要扇下去，忽然觉得心脏让猫爪子给剐了一下子,黑孩的眼睛直盯着他的脸。

"快去拉火。师傅我淬出的钢钻,不比老家伙差。"他得意地拍拍黑孩的脖颈。

铁匠炉上暂时没有活儿,小铁匠把昨夜剩下的生地瓜放在炉边烤着。黄麻地里的风又轻轻地吹进来了。阳光很正地射进桥洞。小铁匠用铁钳翻动着烤出焦油的地瓜,嘴里得意地哼着:"从北京到南京,没见过裤裆里拉电灯。黑孩,你见过裤裆里拉电灯吗?你干娘裤裆里拉电灯哩……"小铁匠忽然记起似的对黑孩说:"快点,拔两个萝卜去,拔回来赏你两个地瓜。"黑孩的眼睛猛然一亮,小铁匠从他肋条缝里看到他那颗小心儿使劲地跳了两下,正想说什么没及开口,孩子就像家兔一样跑走了。

黑孩爬上河堤时,听到菊子姑娘远远地叫了他一声。他回过头,阳光捂住了他的眼。他下了河堤,一头钻出黄麻地。黄麻是散种的,不成垅也不成行,种子多的地方黄麻秆儿细如手指,铅笔;种子少的地方,麻秆如镰柄,手臂。但全都是一样高矮。他站在大堤上望麻田时,如同望着微波荡漾的湖水。他用双手分拨着粗粗细细的麻秆往前走,麻秆上的硬刺儿扎着他的皮肤,成熟的麻叶纷纷落地。他很快就钻到了和萝卜地平行着的地方，拐了一个直角往西走。接近萝卜地时，他趴在地上，慢慢往外爬。很快他就看到了满地墨绿色的萝卜缨子。萝卜缨子的间隙里，阳光照着一片通红的萝卜头儿。他刚要钻出黄麻地，又悄悄地缩回来。一个老头正在萝卜垄里爬行着，一边爬一边从口袋里往外掏着麦粒，一穴一穴地点种在萝卜垄沟中间。骄傲的秋阳晒着他的背，他穿着一件白布褂儿，脊沟溻湿了，微风扬起灰尘，使汗湿的地方发了黄。黑孩又膝行着退了几米远，趴在地上，双手支起下巴，透过麻秆的间隙，望着那些萝卜。萝卜田里有无数的红眼睛望着他，那些萝卜缨子也在一瞬间变成了乌黑的头发，像飞鸟的尾羽一样耸动不止……

一个红脸膛汉子从地瓜地里大步走过来，站在老头背后，猛不丁地说："哎，老头，你说昨天夜里遭了贼？"

老头手忙脚乱地爬起来，垂着手回答："遭了，偷了六个萝卜，缨子留下了，地瓜八墩，蔓子留下了。"

"怕是让修闸的那些狗日的偷去了，加点小心，中饭晚点回去吃。"

"我听着啦，队长。"老头儿说。

黑孩和老头一起,目送着红脸汉子走上大堤。老头坐在萝卜地里,面对着孩子。黑孩又惶乱地往后退出一节,这时,密密麻麻的黄麻把他的视线遮住了。

"黑孩儿!"

"黑孩儿!"

姑娘和小石匠站在大堤上,对着黄麻地喊着。他们背对着正晌的太阳,阳光照着散工的人群。

"我看到他钻到黄麻地里,我还以为他去撒尿拉屎了呢!"姑娘说。

"独眼龙难道又欺负他了?"小石匠说。

"黑孩儿!"

"黑孩儿!"

姑娘和小石匠的男女声二重喊贴着黄麻梢头像燕子一样滑翔,正在黄麻梢头捕食灰色小蛾的家燕被惊吓得高飞,好一会儿才落下来。小铁匠站在桥洞前边,独眼望着这并膀站着的男女,感到肚子越胀越大。方才姑娘和小石匠来找黑孩,那语气那神态就像找他们的孩子。"等着吧,丫头养的你们!"他恨恨地低语着。

"黑孩儿!黑孩儿!"姑娘说,"他怕是钻到黄麻地里睡着了。"

"去看看吗?"小石匠乞求地看着姑娘。

"去吗？去吧。"

两个人拉着手下了堤，钻到黄麻地里。小铁匠尾追着冲上河堤，他看到黄麻叶子像波浪一样翻滚着，黄麻秆子"唰啦啦"地响着，一男一女的声音在喊叫黑孩，声音像从水里传上来的一样……

黑孩趴累了，舒了一口气，翻了一个身，仰面朝天躺起来。他的身下是干燥的沙土，沙上铺着一层薄薄的黄麻落叶。他后脑勺枕着双手，肚子很瘪地凹陷着，一个带着红点的黄叶飘飘地落下来，盖住了他满是煤灰的肚脐。他望着上方，看到一缕粗一缕细的蓝色光线从黄麻叶缝中透下来，黄麻叶片好像成群的金麻雀在飞舞。成群的金麻雀有时又像一簇簇的葫芦蛾，蛾翅上的斑点像小铁匠眼中那个棕色的萝卜花一样愉快地跳动。

"黑孩儿！"

"黑孩儿！"

熟悉的声音把他从梦幻中唤醒，他坐起来，用手臂摇了一下身边那棵粗大的黄麻。

"这孩子，睡着了吗？"

"不会的，我们这么大声喊。他肯定是溜回家去了。"

"这小东西……"

"这里真好……"

"是好……"

声音越来越低,像两只鱼儿在水面上吐水泡。黑孩身上像有细小的电流通过,他有点紧张,双膝跪着,扭动着耳朵,调整着视线,目光终于通过了无数障碍,看到了他的朋友被麻秆分割得影影绰绰的身躯。一时间静极了的黄麻地里掠过了一阵小风,风吹动了部分麻叶,麻秆儿全没动。又有几个叶片落下来,黑孩听到了它们振动空气的声音。他很惊异很新鲜地看到一根紫红色头巾轻飘飘地落到黄麻秆上,麻秆上的刺儿挂住了围巾,像挑着一面沉默的旗帜,那件红格儿上衣也落到地上。成片的黄麻像浪潮一样对着他涌过来。他慢慢地站起来,背过身,一直向前走,一种异样的感觉猛烈冲击着他。

五

一连十几天,姑娘和小石匠好像把黑孩忘记了,再也不结伴到桥洞里来看望他。每当中午和晚上,黑孩就听到黄麻地里响起百灵鸟婉转的歌唱声,他的脸上浮起冰冷的微笑,好像他知道这只鸟在叫着什么。小铁匠是比黑孩晚好几天才注意到百灵鸟的叫声的。他躲在桥洞里仔细观察着,终于发现了奥秘:只要百灵鸟叫起来,工地上就看不见小石匠的影子,菊子姑娘就坐立不安,眼睛四下打量,很快就会扔下锤子溜走。姑娘溜走后一会儿,百灵鸟就歇了歌喉。这时,小铁匠的脸色就变得更加难看,脾气变得更加暴躁。他开始喝起酒来。黑孩每天都要走过石桥到村里小卖部给他装一瓶地瓜烧酒。

这天晚上,月光皎皎如水,百灵鸟又叫起来了。黄麻地里的熏风像温柔的爱情扑向工地。小铁匠攥着酒瓶子,把半瓶烧酒一气灌下去,那只眼睛被烧得泪汪汪的。刘太阳副主任这些天回家娶儿媳妇去了,工地上人心涣散,加夜班的石匠们多半躺在桥洞里吸烟,没有钻子要修理,炉火半死不活地跳动着。

"黑孩儿……去,给老子拔几个萝卜来……"酒精烧着小铁匠的胃,他感到口中要喷火。

黑孩像木棍一样立在风箱边上,看着小铁匠。

"你,等着老子揍你吗?去……"

黑孩走进月光地,绕着月光下无限神秘的黄麻地,穿过花花绿绿的地瓜地,到了晃动着沙漠蜃影的萝卜地。等他提着一个萝卜走回桥洞时,小铁匠已经歪在草铺上呼呼地睡了。黑孩把萝卜放在铁砧子上,手颤抖着拨亮炉火，可再也弄不出那一蓝一黄升腾到空中的火苗，他变换着角度，瞅那个放在铁砧子上的萝卜，萝卜像蒙着一层暗红色的破布，难看极了，孩子沮丧地垂下头。

这天夜里，黑孩没有睡好。他躺在一个桥洞里，翻来覆去地打着滚。刘副主任不在，民工们全都跑回家去睡觉。桥洞里只剩下一层薄薄的麦秸草。月光斜斜地照进桥洞，桥洞里一片清冷光辉，河水声，黄麻声，小铁匠在最西边桥洞里发出的鼾声，以及其他一些莫名其妙的声音，一齐钻进了他的耳朵。石头上的麦草闪闪烁烁，直扎着他的眼睛。他把所有的麦秸草都收拢起来，堆成一个小草岭，然后钻进去，风还是能从草缝里钻进来，他使劲蜷缩着，不敢动了。他想让自己睡觉，可总是睡不着。他总是想着那个萝卜，那是个什么样的萝卜呀。金色的，透明。他一会儿好像站在河水中，一会儿又站在萝卜地里，他到处找呀，到处找……

第二天早晨，太阳还没出来，月亮还没完全失去光彩，成群的黑老鸹惊慌失措地叫着从工地上空掠过，滞洪闸上留下了它们脱落的肮脏羽毛。东边的地平线上，立着十几条大树一样的灰云，枝杈上挂满了破烂的布条。黑孩从桥洞里一钻出来就感到浑身发冷，像他前些日子打摆子时寒战上来一样滋味。刘副主任昨天回来了，检查了工地上的情况，他非常生气，大骂了所有的民工。所以今天人们来得都很早，干活也卖力，工地上的锤声像池塘里的蛙鸣连成一片。今天要修的钢钻很多，小铁匠的工作态度也非常认真，活儿干得又麻利又漂亮。来换钢钻的石匠们不断地夸奖他，说他的淬火功夫甚至超过了老铁匠，淬出的钢钻又快又韧，下下都咬石头。

太阳两竿子高的时候，小石匠送来两支钢钻待修。这是两支新钻，每支要值四五块钱。小铁匠瞥瞥神采焕发的小石匠，独眼里射出一道冷光。小石匠没觉察到小铁匠的表情，幸福的眼睛里看到的全是幸福。黑孩感到心里害怕：他看出小铁匠要作弄小石匠了。小铁匠把那两支钢钻烧得像银子一样白，草草地在砧子上打出尖儿，然后一下子浸到水里去……

小石匠提着钢钻走了，小铁匠嘴上滑过一个得意的笑容，他对着黑孩眨眨眼，说："孙子，他妈的也配使老子淬出的钻子？儿子，你说他配吗？"黑孩缩在角落里，使劲打着哆嗦。一会儿，小石匠回到铁匠炉边，他把两支钻子扔到小铁匠跟前，骂道："独眼龙，你这是淬的什么火？"

"孙子,叫唤什么?"小铁匠说。

"睁开你那只独眼看看!"

"这是你的钻子不好。"

"放屁,你这是成心作弄老子。"

"作弄你又怎么着?爷们看着你就长气!"

"你、你,"小石匠气得脸色煞白,说,"有种你出来!"

"老子怕你不成!"小铁匠撕下腰间扎着的油布,光着背,像只棕熊一样踱过去。

小石匠站在闸前的沙地上,把夹克衫和红运动衣脱下来,只穿一件小背心。他身材高大,面孔像个书生,身体壮得像棵树。小铁匠脚上还扎着那两块防烫的油布,脚掌踩得地上尖利的石片欻欻地响,他的臂长腿短,上身的肌肉非常发达。

"文打还是武打?"小铁匠不屑一顾地说。

"随你的便。"小石匠也不屑一顾地说。

"你最好回家让你爹立个字据,打死了别让我赔儿子。"

"你最好回家先钉口棺材。"

骂着阵,两个人靠在了一起。黑孩远远地蹲着,一直没停地打着哆嗦。他看到,小铁匠和小石匠最初的交锋很像开玩笑。小石匠卷着舌头啐了小铁匠一脸唾沫，小铁匠扬起长臂，把拳头捅过去，小石匠一退，这一拳打空了。又啐。又一拳。又退。闪空。但小石匠的第三口唾沫没迸出唇，肩头上就被小铁匠猛捅了一拳，他的身体不由自主地转了一圈。

人们惊叫着围拢上来，高喊着："别打了，别打了。"但没有人上前拉架。后来，连喊声也没有了，大家都睁大眼，屏住气，看着这两个身段截然不同的小伙子比试力气。菊子姑娘脸色灰白，使劲地抓住她身边一个姑娘的肩头。当她的情人吃了小铁匠的铁拳时，她就低声呻唤着，眼睛像一朵盛开的墨菊。

决斗还难分高低，你打我一拳，我也打你一拳，小石匠个头高，拳头打得漂亮潇洒，但显然有点飘，有点花哨，力量不很足，小铁匠动作稍慢一点，但出拳凶狠扎实，被他蒙上一拳，小石匠就要转一个圈。后来，小铁匠头上挨了一拳，有点晕头转向，小石匠趁机上前，雨点般的拳头打得小铁匠的身体嘭嘭地响。小铁匠一猫腰，钻进了小石匠腋下，两只长臂像两条鳗鱼一样缠住了小石匠的腰，小石匠急忙夹住小铁匠的头，两个人前进，后退，后退，又前进，小石匠支持不住，仰面朝天摔在沙地上。

人群里爆发了一阵欢呼。

小铁匠站起来，吐吐口中的血沫子，歪着头，像只斗胜的公鸡。

小石匠爬起来，向着小铁匠扑过去。一白一黑两个身体又扭在一起。这次小石匠把身体伏得很低，保护着自己的下三路不让小铁匠得手，四只胳膊紧紧地纠缠着，有时候，小石匠把小铁匠撩起来，转着圈抡动，但并不能把小铁匠摔出去。小石匠气喘吁吁，满身都是汗水，小铁匠却连一个汗珠都没掉。小石匠体力不支，步伐错乱，眼前出现重影，稍一懈怠，手臂便被拨开，小铁匠抱住他的腰，箍得他出气不匀，他再次仰天倒地。

第三个回合小石匠败得更惨，小铁匠一个癞狗钻裆把他扛起来，摔出去足有两米远。

菊子姑娘哭着扑上去，扶起了小石匠。在菊子姑娘的哭声中，小铁匠脸上的喜色顿时消逝，换上了满面凄凉。他呆呆地站着。小石匠爬起来，拨开菊子的手，抓起一把沙土，对准小铁匠的脸打上去。沙土迷住了小铁匠的独眼，他像野兽一样嗥叫着，使劲搓着眼睛。小石匠趁机扑上去，卡着小铁匠的脖子把他按倒，拳头像擂鼓一样对着小铁匠的脑袋乱打……

这时候，从人们的腿缝里，钻出了一个黑色的影子。这是黑孩。他像只大鸟一样飞到小石匠背后,用他那两只鸡爪一样的黑手抓住小石匠的腮帮子使劲往后扳,小石匠龇着牙,咧着嘴,"噢噢"地叫着,又一次沉重地倒在沙地上。

小铁匠挣扎着坐起来,两只大手摸起地上的碎石片儿,向着四周抛撒。"畜生!狗!"骂声和着石头片儿,像冰雹一样横扫着周围的人群,人们慌乱地躲闪着。菊子姑娘突然惨叫了一声。小铁匠的手像死了一样停住了。他的独眼里的沙土已被泪水冲积到眼角上,露出了瞳孔。他朦胧地看到菊子姑娘的右眼里插着一块白色的石片,好像眼里长出一朵银耳。他怪叫一声,捂着眼睛,躺在地上痛苦地扭动着。

黑孩听到姑娘的惨叫,便松开了自己的手。他的手指把小石匠的腮帮子抓出两排染着煤灰的血印。趁着人们慌乱的时候,他悄悄地跑回桥洞,蹲在最黑暗的角落上,牙齿"得得"地打着战,偷眼望着工地上乱纷纷的人群。

六

第二天,滞洪闸工地上消失了小石匠和菊子姑娘的影子，整个工地笼罩着沉闷压抑的气氛。太阳像抽风般颤抖着，一股股肃杀的秋风把黄麻吹得像大海一样波浪起伏，一群群麻雀惊恐不安地在黄麻梢头噪叫声。风穿过桥洞，扬起尘土，把半边天都染黄了。一直到九点多钟，风才停住，太阳也慢慢恢复正常。

刚娶完儿媳妇回来的刘太阳副主任碰上了这些事，心里窝着一腔火，他站在铁匠炉前，把小铁匠骂得狗血淋头，并扬言要抠出他那只独眼给菊子姑娘补眼。小铁匠一声不吭，黑脸上的粉刺疙瘩一粒粒憋得通红，他大口喘着气，大口喝着酒。石匠们不知被什么力量催动着，玩儿命地干活，钢钻子磨秃了一大批，堆在红炉旁等着修理。小铁匠像大虾一样蜷曲在草铺上，咕咕地灌着酒，桥洞里酒气扑鼻。

刘副主任发火了，用脚踹着小铁匠骂："你害怕了？装孙子了？躺着装死就没事了？滚起来修钻子，这样也许能将功补过。"

小铁匠把手中的酒瓶向上抛起来，酒瓶在桥面上砰然撞碎，碎玻璃掺着烧酒落了刘副主任一头。小铁匠跳起来，一路歪斜跑出去，喊着："老子怕什么，老子天都不怕，死都不怕，还怕什么？"他爬上滞洪闸，继续高叫着:"我谁都不怕!"他的腿碰到了石栏杆,身子歪歪扭扭,桥下有人喊:"小铁匠,当心掉下桥。""掉下桥?"他哈哈大笑起来,笑着攀上石栏杆,一松手,哆哆嗦嗦地站在石栏杆上。桥下的人都中了魔,入了定,呼吸也不敢用力。

小铁匠双臂挓挲开,一上一下起伏着,像两只羽毛丰满的翅膀。他在窄窄的石栏杆上走起来,身体晃来晃去。他慢走变成快走,快走变成小跑,桥下的人捂住眼睛,又松手露出眼睛。

小铁匠一起一伏晃晃悠悠地在石栏杆上跑着,栏杆下乌蓝的水里映出他变了形的身影。他从西头跑到东头,又从东头跑回来,一边跑一边唱起来:"南京到北京,没见过裤裆里拉电灯,格里隆格里格隆,里格隆,里格隆,南京到北京,没见过裤裆里打弹弓……"

几个大胆的石匠跑上闸去,把小铁匠拖了下来。他拼命挣扎着,骂着:"别他妈的管我,老子是杂技英豪,那些大姐在电影上走绳子,老子在闸上走栏杆,你们说,谁他妈的厉害……"几个人累得气喘吁吁,总算把他弄回桥洞里。他像块泥巴一样瘫在铺上,嘴里吐着白沫,手撕着喉咙,哭叫着:"亲娘哟,难受死了,黑孩儿,好徒弟,救救师傅吧,去拔个萝卜来……"

人们突然发现,黑孩穿上了一件包住屁股的大褂子,褂子是用崭新的、又厚又重的小帆布缝的。这种布非常结实,五年也穿不破。那条大裤头子在褂子下边露出很短的一截,好像褂子的一个花边。黑孩的脚上穿着一双崭新的回力球鞋,由于鞋子太大,只好紧紧地系住鞋带,球鞋变得像两条丑陋的胖头鲇鱼。

"黑孩儿,听到了吗?你师傅让你去干什么?"一个老石匠用烟袋杆子戳着黑孩的背说。

黑孩走出桥洞,爬上河堤,钻进黄麻地。黄麻地里已经有了一条依稀可辨的小径,麻秆儿都向两边分开。走着走着,他停住脚。这儿一片黄麻倒地、像有人打过滚。他用手背揉揉眼睛,抽泣了一声,继续向前走。走了一会,他趴下,爬进萝卜地。那个瘦老头不在,他直起腰,走到萝卜地中央,蹲下去,看到萝卜垄里点种的麦子已经钻出紫红的锥芽,他双膝跪地,拔出了一个萝卜,萝卜的细根与土壤分别时发出水泡破裂一样的声响。黑孩认真地听着这声响,一直追着它飞到天上去。天上纤云也无,明媚秀丽的秋阳一无遮拦地把光线投下来。黑孩把手中那个萝卜举起来,对着阳光察看。他希望还能看到那天晚上从铁砧上看到的奇异景象,他希望这个萝卜在阳光照耀下能像那个隐藏在河水中的萝卜一样晶莹剔透，泛出一圈金色的光芒。但是这个萝卜使他失望了。它不剔透也不玲珑，既没有金色光圈，更看不到金色光圈里包孕着的活泼的银色液体。他又拔出一个萝卜，又举到阳光下端详，他又失望了。以后的事情就变得很简单了。他膝行一步。拔两个萝卜。举起来看看。扔掉。又膝行一步，拔，举，看，扔……

看菜园的老头子眼睛像两滴混浊的水，他蹲在白菜地里捉拿钻心虫儿。捉一个用手指捏死，再捉一个还捏死。天近中午了，他站起来，想去叫醒正在看院屋子里睡觉的队长。队长夜里误了觉，白天村里不安宁，难以补觉，看院屋子里只能听到秋虫浅吟，正好睡觉。老头儿一直起腰，就听到脊椎骨"叭哽叭哽"响。他恍然看到阳光下的萝卜地一片通红，好像遍地是火苗子。老头打起眼罩，急步向前走，一直走到萝卜地里，他才看得那遍地通红的竟是拔出来的还没有完全长成的萝卜。

"作孽啊！"老头子大叫一声。他看到一个孩子正跪在那儿，举着一个大萝卜望太阳。孩子的眼睛是那么大，那么亮，看着就让人难受。但老头子还是不客气地抓住他，扯起来，拖到看园屋子里，叫醒了队长。

"队长，坏了，萝卜，让这个小熊给拔了一半。"

队长睡眼惺忪地跑到萝卜地里看了看，走回来时他满脸杀气。对着黑孩的屁股他狠踢了一脚,黑孩半天才爬起来。队长没等他清醒过来,又给了他一耳巴子。

"小兔崽子,你是哪个村的?"

黑孩迷惘的眼睛里满是泪水。

"谁让你来搞破坏?"

黑孩的眼睛清澈如水。

"你叫什么名字?"

黑孩的眼睛里满是惊恐。

"你爹叫什么名字?"

两行泪水从黑孩眼里流下来。

"他娘的,是个小哑巴。"

黑孩的嘴唇轻轻嚅动着。

"队长,行行好,放了他吧。"瘦老头说。

"放了他?"队长笑着说,"是要放了他。"

队长把黑孩的新褂子、新鞋子、大裤头子全剥下来,团成一堆,扔到墙角上,说:"回家告诉你爹,让他来给你拿衣裳。滚吧!"

黑孩转身走了,起初他还好像害羞似的用手捂住小鸡儿,走了几步就松开了手。老头子看着这个一丝不挂的男孩,抽抽搭搭地哭起来。

黑孩钻进了黄麻地,像一条鱼儿游进了大海。扑簌簌黄麻叶儿抖,明晃晃秋天阳光照。

黑孩——黑孩——

(一九八五年初)

球 状 闪 电

一

　　天山畜牧机械制造厂——啦啦——小康牌饲料粉碎机——啦啦——小巧灵便，耗能小效率高适用于小型养殖场本厂地址在——啦啦啦啦……收音机里正在播放着的商品信息不断被雷电干扰打断。他烦恼地摇摇头，把袖珍记事簿装进口袋，关掉疯狂的收音机，身体调整了一下，更舒适地仰在尼龙布睡椅上。他坐在一所平顶建筑宽敞的前廊里，面前对着深绿色模压塑料瓦檐下飞泻而下的雨水。头顶上的瓦片被急雨抽打得一片欢腾。他的视线从檐水的缝隙里懒洋洋地射出去。急雨在天地间编织着一张银灰色的巨网，风吹雨丝，如同网在水上漂。从风雨的网中，滑过来一个似人非人似鸟非鸟的怪物。他抻着褐色的细长脖颈，凸着滚珠般的喉结，一层水珠立在脸上，像凝结了的胶水。他的脚搅着葱茏的绿草地，碰落草上的水珠，留下深刻的痕迹。——老东西，你还没死？他骂了一声。大雨天你也不安生。告诉你，蜕下你那些乱毛吧，想上天？好好生产多赚钱去坐飞机么！——他无聊地跟老东西说着话，老东西管自蹒跚着，连眼珠都不倾斜过来。雨变得时疏时密，地上升腾起雾气，雨丝射进雾幛，便消逝得无影无踪。老东西一边走一边像落汤鸡一样抖搂羽毛，把水珠甩得四处飞迸。正南方不时有血红色的闪电撕开铅灰色的云层，闪电像一棵棵落尽叶子的树，有时也像吐着信子乱窜的蛇，有时还像一串串珍珠项链。闪电过后，他看到老东西走到白杨树下，索索抖着，仰起脸来往树冠上望，看样子似乎要爬树，双腿之间，却哗哗地喷出尿来。他厌恶地转移视线，满眼里充斥进颤抖的闪电。闪电距离不等，他倾听着空气急剧膨胀的声音，计算着闪电的远近，消磨着寂寞的时辰。他的目光一直在望着那条从草甸子里爬出来的小路。现在小路是褐色的，他只能看到短短的一截，路的其他部分隐没在迷蒙的雾气里。如果她现在回来，她头上的火光一定会驱开路上的迷雾，他暗暗地想着她。闪电继续撕扯着云片，冲击着空气，制造着壮美的景色。辽阔的草甸子像一幅巨大的水墨画,绿色的草皮在闪电下急剧地变幻色调。有时,悬在低空的雾气被风吹出洞罅,如同嶙峋的怪石。从雾的眼里,他似乎看到了草甸子中央那片长年积水的洼地,那里鱼虾繁多,还有螃蟹青蛙癞蛤蟆,蜻蜓幼虫青草蛇。芦苇、蒲草从四面八方把洼地围起来。测绘大队的绘图员坐在直升飞机上看着这块洼地,说它像草甸子的一只眼睛,眼睛周围生满了绿色的睫毛。当地人把这块洼地叫"洼子"。他的爹曾经对他说过:蝈蝈,到洼子里割芦苇去吧,卖点钱,你自己手里也活泛点。很长一段时间里,他讨厌别人称呼自己的乳名"蝈蝈",连爹娘也不例外。他也讨厌这块积水的洼地。这都是几年前的事了,那时他跟现在不一样。他的目光亲切地抚摸着忽隐忽现的草地,芦苇圈成的高墙挡住了他的视线,使他无法看到洼子里晶亮的水。她说:这是一个很美的小湖泊,简直像一个梦!我们就叫它梦湖吧。她说,生活中不是缺少美,而是缺少发现。尽管他熟知这句名言,但从她嘴里听到这句话,还是如闻天籁,如悟禅机,如醍醐灌顶。笼罩草地的雾动荡游移,颜色如同澳大利亚奶牛吃了中国饲料后分泌出的奶水,白中透着浅蓝。杂花盛开的草地和亭亭如竹的芦苇在雾中变幻莫测。很遗憾，看不到梦湖里的水和水上的白莲花，他想。但思想是自由的，它生着无法折断的翅膀。于是他扇动翅膀飞到雨云中，强有力的空气涡流上下颠簸着他，冰冷的雨丝和黄豆大小的冰雹抽打着他的翅膀。雨水落在他翠绿色的羽毛上，如同落在濡不湿的荷叶上。他鸟瞰着梦湖，湖上开放着花朵般的白雾。他逐渐降低高度，感到雾气像水一样托住了他。他耳边清晰地传来雨点敲破湖面的声音、雨点撩逗芦苇的声音和鱼儿跃出水面的声音，嗅到了湖水的微腥和植物的清新气息……

爸爸！一个五岁的女孩手持一支玩具冲锋枪从走廊尽头的一个房间里跑出来，乳白色的房门在女孩身后自动合起来。在这一瞬间，走廊里就溢满了卧房的温馨气息。爸爸，女孩把冲锋枪抵到他的腰间，高声喊着。他闭着眼睛，鼻子里发出轻微的鼾声。蝈蝈！女孩把冲锋枪移到他的肚子上，用力戳了一下。蝈蝈！爸爸！女孩嘶着嗓子叫。他猛然惊醒，唇边似乎还留着芦苇的清香。你这个小蛐蛐！他弯腰把女孩抱起来，女孩骑在他的腿上。捣什么乱？爸爸好不容易才睡着。你的铁臂阿童木看完了吗？尼尔斯骑鹅旅行记呢？木偶匹诺曹？孙猴子猪八戒？都看完了？那就等着吧，等猫眼阿姨从县里回来。她不是说好了要给你买连环画吗？别胡搅了，爸爸肚子里的故事早被你掏光了。爸爸坐在这儿看雨呢。是的是的,她今天一定回来。爸爸比你还着急。对,爸爸下星期去农科院找张爷爷。你跟着猫眼阿姨去睡。想找你妈妈吗?好好好,别哭,不去,我们不去……

爸爸,你给我学蝈蝈叫。女孩命令道。那你要先学蛐蛐叫。他讨价还价地说。你先叫。你先叫。咱俩一起叫。好,一起叫。他噘起嘴,女孩绷紧唇,走廊里响起"吱吱吱""嚯嚯嚯"的响声。走廊外边有十几株茁壮的向日葵,向日葵肥硕的叶子背面,有一只翠绿的昆虫,抖动着触须,谛听着走廊里的叫声。廊檐的滴水越来越细小,瓦上的雨声也越来越单薄。草甸子里响起一阵阵青草拔节的声音。急雨的间隙里,天色愈加晦暗,灰白色的云团从南边缓慢地涌过来,青草尖儿,树叶片儿,仿佛预感到灾难,战战栗栗地抖着,也许它们没有抖,而是人的感觉在抖。"喀喇喇"——忽然在头顶上亮了灼目的闪电响了短促的雷声。爸爸!女孩惊叫一声扎到了他的怀里。蛐蛐,别怕。快抬起头来看,看那枝状闪电。他的话音未落,又一个焦雷炸响了。女孩把脑袋埋在他的胳肢窝里,不敢抬起来,胆小鬼!你还想当政治家、铁女人,被小小雷电吓成这样。他捏着女孩的鼻子,硬把她的脸转到外边,让她看着一个连一个的闪电。女孩的耳朵里嗡嗡响,爸爸的话她一句也听不见。她睁大眼睛,望着廊外那棵高大挺拔的白杨树。奶奶说过,这棵白杨树和爸爸同岁,可是它比爸爸高多了。树上有三个喜鹊窝,喜鹊妈妈正在喂养小喜鹊。她曾经苦苦哀求爸爸,让他上树掏一只小喜鹊,可爸爸总是不答应。后来,猫眼阿姨给她买了一只铁皮花喜鹊,上足了发条能像青蛙一样乱蹦。闪电越来越密集。女孩看到眼前火光闪闪,一条条贼亮的火绳子在白杨树上穿来穿去,喜鹊巢里着了火,几只小喜鹊像落叶一样飘下来。女孩叫了一声。火光火绳忽然消逝了。白杨树枝叶间乱蓬蓬地飞着喜鹊。爸爸!女孩叫。小喜鹊!几只小喜鹊在树下扑棱着,雨水很快就打湿了它们未扎全的羽毛,它们全身滚满了泥巴。女孩使劲挣扎着,想挣脱爸爸的手,但爸爸把她搂得很紧。这时,又一团火光把黑色的白杨树照亮,油亮的白杨树叶像枫叶一样鲜红。火光陡然拉成一条垂直的金线,从树梢贴着树干一直到地,五个乒乓球大小的黄色火球沿着金线上下飞动,犹如五个互相追逐着的小动物。几秒钟后,小火球猛然聚合在一起,变成了一个黄中透着绿的大火球,从树上滚下来。火球约有儿童足球那么大,非常轻巧灵活,像实心的又像空心的,一边滚动,一边还发出噼噼啪啪的爆裂声。他听到身后牛棚里的奶牛沉闷地叫了一声,蓦然一惊,脱口喊出:球状闪电!他的双手下意识地松开了,女孩一下滚地,爬起来追赶那个在走廊前滚来滚去的火球。火球做着复杂的运动,逗得女孩也做出各种复杂的动作。他双眼直直地看着火球和女儿,像看着两个小精灵在跳舞。就这样持续了大约有二十秒钟,火球稳稳地落在地上。女孩跑上去,飞踢一脚。射门!她喊。火球应声而起,擦着他的耳边飞过去,穿过墙壁进入牛棚。没等他站起来,就听到脑后一声巨响。他似乎听到了奶牛们像墙壁一样倒下去,鼻子里嗅到一股浓烈的火药味,身体轻飘飘地离开了地面……

二

他感到自己像羽毛一样飘起来,四肢拨弄空气,好似在湖水中仰泳。周身血脉舒畅,心脏平稳跳动,思绪如梦非梦。他面朝着天,头顶上的头发像马鬃一样低垂下去,明净平滑的额头上落上不少雨珠,又顺着两侧太阳穴嘟噜噜地滚下去。头发上油光闪闪,同样沾不住水球。含水很多的灰雨云从他的面孔上飞快地向北运动着，雨水把云坠得像只"囊里郎当"的大口袋，憋不住的水流淅淅沥沥地流下来。他恍然想出了一个妥帖的比喻来形容这雨云：它就像一个憋了一膀胱尿的男孩子，在匆匆忙忙地向厕所跑，那种沉重感，那种慌乱感，都是绝对地准确和相似。我可是知道这种滋味的难熬。脑子里负责言语的枢纽指令发声器官喊话，发声器官不听指挥，这个信号只好无可奈何地反馈回去，像一股逆流冲击着平静的溪水，于是，逝去的往事一一在脑海里闪现出来……

蝈蝈，蝈蝈！他听到娘在叫着自己，猛然惊醒，立即明白了是怎么一回事。娘在昏黄的油灯下给他缝棉袄，爹坐在条凳上扒麻，针线穿过棉布的嗤嗤声、折断麻秆的噼啪声，细微而清晰。蝈蝈，起来尿尿。娘说。可是，他已经把尿全尿在白天刚晒干的褥子上了。

白天，娘把褥子搭在土墙上晾晒，村里一个年轻媳妇从这儿路过，捂着嘴笑个不停。蝈蝈，画得一手好地图。那个媳妇是初中生，一口牙齿用毛刷子刷得雪白，头发上别着一个蝴蝶形的塑料发卡。他的脸臊得通红。娘却追着那年轻媳妇问：宝河屋里的，你识文解字，有没有什么偏方，帮俺蝈蝈治治尿炕的毛病。那个媳妇咬着嘴唇，狡黠地笑着。有啊，她说，大婶子，您老晚上睡觉前，找根麻绳把他的鸡头扎起来。那可不行，娘说，扎坏了怎么办？那媳妇大笑着跑了。他看了一下土墙上的褥子，果然是大圈套着小圈，像地理图也像云朵。

他躺在被窝子里抽抽搭搭哭起来。又尿下啦？娘说，他爹，得想个法子给他治治，他十四岁了，转眼就该娶媳妇啦，娶了媳妇还尿炕，让人家瞧不起。爹说：等到逢集日，我带他去找找关先生，让他给抓两帖中药吃。十个男孩有八个尿炕，不是什么大毛病。

他没有想什么娶媳妇不娶媳妇的事。他想：明年就该上中学了，学校离家二十里，要住校，尿了床可就丢死人啦。他爬起来，大声说：爹，娘，快给我把病治好吧，我长大了一定孝顺你们。娘让他站到炕边上，把褥子调了一个头，让他在干褥子上重新睡下。娘给他掖好被子，安慰他说：蝈蝈，睡吧。他感动得热泪盈眶。他知道，自己尿湿的那块褥子要靠爹和娘的体温来烘干了。这一夜，他很长时间没有睡着，脑子里想象着长大后孝顺爹娘的情景。他听到爹和娘在说着闲话。娘说：蝈蝈会是个孝顺孩子的。爹说：咱就这么一个独根子，他要不孝顺，咱还指靠谁？

……他朦朦胧胧地回忆着凄苦的少年时代，身体缓缓坠落在牛棚前的草地上，脑后的青草向四下里分开，青草茎叶上的银色的水珠儿纷纷落地。草地松软潮湿，散发着酢浆草的气息。他除了感到脑袋有点发晕，眼睛有点发花，别的没有什么不适的感觉。他想爬起来，草地吸住他不松开，他只好躺着，一闭眼，竟看到无数道金色的光线笼罩全身……

他已经躺在秋天的芦苇荡里了。正午的太阳穿过苍黄的芦苇，把一道道柔和的光线射到他的脸上，身上。空气仿佛凝固了，苇田里毳毛不动，安静犹如月球。一簇簇枯黄中透出凄惨的嫩绿的苇叶遮住部分阳光，使他能够睁大眼睛往上望。苇叶像枪刀剑戟般交叉在一起，宝蓝色的天空被它们分割成碎片。已经连续几个月不下雨，苇田里很干燥。他的身下是裂开缝隙的黑色泥土，还有半干的野草，去年的苇茬子烂成的碎片，柔软的芦花。他头枕着十指交叉的双手，眼睛里流出两滴透明的泪珠。现在，地球上没有一个人知道在这片密匝匝的成熟的芦苇里，躺着一个不走运的失败者。他想，完了，考不进大学，一切希望都落了空……

父亲带着我去找关先生看病。关先生家三间茅屋，几架篱笆，仿佛世外桃源。我扯着父亲的衣角，惶恐。关先生是个略微有点佝偻的老头子，脑袋亮堂堂的，双眼一只大一只小，腮上还有一个枪疤，下巴上是一部神仙一样的白胡子。他慢条斯理地为我诊脉，说病，处方。他握着一杆很大的毛笔，用着一个很大的铜墨盒，他蘸一下墨，看我一眼，写几个字。又蘸一下墨，又看我一眼，又写几个字。从他眼里射出来的光如同X光一样透彻，我觉得自己的五脏六腑全被老人看透了。我肚脐眼下有块痣。我说。老人笑了笑，说：到院里篱笆上摘根扁豆给我喂喂蝈蝈。老人的头上方挂着一个用苇眉子精心编织成的金黄色的蝈蝈笼子，里边养着一只翠绿色的蝈蝈。我如获特赦般地逃出了先生的"X光机"。院子里有一棵枝叶婆娑的老梧桐树，树下坐着一个银发老太太，老太太面前放着一个药碾子，药碾子像一艘铁壳船，船舱里是一堆黑色的糊状物。老太太用枯枝般的手把那些糊状物搓成一个个梧桐籽大的丸子，均匀地摆在一块光滑的木板上。我感到浑身沾染了仙气，一股温热的气体从肚脐下一直上升到双肩，又沿着双肩散射到十指。老太太像架机器人一样工作着，我站在她面前足有十分钟，她的眼珠连瞥我一下都没有。我半蹲下身，说：老奶奶，扁豆。她把头慢慢地抬起来，脸上浮起一个慈祥极了的笑容，这笑容像热熨斗一样把我心里的皱纹全熨平了。扁豆。喂蝈蝈。我又说。她举起那只沾满了药泥的手，指了指西篱下。我立即奔了过去，站在一架扁豆前，鼻子里嗅着淡淡的花香，眼睛看着一穗穗紫色白色蓝色扁豆花。翻开叶子，我摘了一根遍是茸毛的嫩扁豆。坐在蒲团上的老太太又对着我慈祥极了地笑。

蝈蝈笼子已经摘下来放在桌子上。透过笼子的洞眼，我看到了这个和我同名的小昆虫。它像一块绿玉，两只咖啡色的复眼如同女人的奶头，两层翅膀，外边一层是墨绿色，里边一层是淡黄色。它还拖着一个沉重的大肚子。这是一只草蝈蝈。这种蝈蝈叫起来没有节奏，吱吱吱一声到底，好像一只知了。我认识三种蝈蝈：草蝈蝈、玉蝈蝈（身体小巧玲珑，叫声高低起伏，触须细长）、"刮头筱子"（身体比草蝈蝈小比玉蝈蝈大，浅绿色，叫声如同用指甲刮筱子）。我算得上蝈蝈专家。老先生竟然养了这样一只蠢笨家伙。我鄙夷地盯着它，它也用那两只女人奶头一样的复眼木然地盯着我。它用两瓣黑色的大牙啃着坚硬的苇眉子，嘴里吐着绿色的唾液。我用扁豆戳着它方方正正的头。关先生用粗大的毛笔杆子敲着我圆圆的脑壳，说：崽子，把它提走吧。这几天它没命地叫，把我的耳朵都吵聋啦。我心里想，这样的破东西送给我，我一出门就撕掉它的腿。

我吃了关先生三帖药，药汁黑得像墨水，味道又甜又涩。每天晚上入睡前,我就想起先生腮上那个枪疤,想起银发老太太脸上那慈祥极了的笑容,这笑容像熨斗一样把我心里的皱纹熨得平平整整。同时我的耳朵里还响着那只草蝈蝈的叫声——本来我是想把蝈蝈撕碎的,爹不让,爹要我爱惜生灵积阴功。我把那只蝈蝈提到草甸子里放了。就是这样,我的下水道上好像装上了阀门,每天夜里都拧得紧紧的,滴水也不漏。我心里坦然毫不自卑地进了中学。在中学里鬼混到七七年,突然发生了变化,不论是官宦子弟还是平民子孙只要考得高分一律可以上大学。于是,同学们和老师们一起发了疯。爹和娘也知道了这变化,天天给我烧香祝祷。娘养了十几只母鸡,母鸡拼命下蛋,我拼命吃蛋黄,因为报纸上说蛋黄里含有补脑物质,吃得越多越聪明。我的脑袋又大又圆,再加上吃了大量的蛋黄,很快就把荒废掉的学业补上了。进入应届毕业班时,我已经成了尖子中的尖子。我们的毛校长经常用岳父般的目光注视着我。他的女儿毛艳跟我是一个班级。毛艳长得结实极了。夏天她总是穿着一条男式短裤头,剃一个短短的小分头,胳膊和腿像洼子里的乌鱼一样又黑又亮。她的眼睛像两个五分硬币,同样大同样圆,眼睛周围是一圈尖儿往外翻的睫毛。

毛艳想考体育学院，毛校长坚决不同意。她找到我，叫着我的乳名：蝈蝈，爸爸不同意我报考体育学院，你说怎么办？我说：运动员头脑简单四肢发达，一过三十岁就完蛋。她说：你说的跟我爸爸说的一样。那我考什么呢？我说：你报考省农学院，他们年年招不足生。她说：学农要下地。我说：农科院的研究员下地吗？农学院的教授下地吗？中国农业落后，农业科学空白很多。杨锡三老师说，一门科学越是处于草创时期，越容易出成果。你现在去研究高能物理吧，去研究哥德巴赫猜想吧，没有大天才是不行的。（你这样的也只配进农学院，最好让你进畜牧系，毕业后把你分配到良种站给马配种。）你准备报考什么学校？她问我。我说：再说吧！（本人是要进北大中文系的，哲学系也可以，虽然我对物理感兴趣，但我觉得学文会更有出息。）我抱着膀子离开了她。她在我后边说：蝈蝈，帮我复习复习数学吧。她跑到我面前，伸展开黑又亮的四肢，拦住我的去路。对不起，我要去钓鱼。我说。蝈蝈，你别烧包！今年出的全是偏题怪题，是美国宇航员从太空人那儿弄来的考题。她恨恨地说。太空人什么样？见过吗？我傲慢地嘲弄她。她愣了一会儿，突然大声说：当然见过！太空人头上插着无线电，怀里揣着方便面。得了吧，我说，你别给我瞎扯了。蝈蝈，帮我复习复习嘛。她把腰拧得弯弯曲曲地对我说。对不起，没空。我学着蝈蝈叫，跑到厕所旁边的葵花地里去撒尿。一个大土坷垃打在我的脖子上，碎土落了我一裤裆。我听到毛艳在远处咯咯地笑，笑了几声，又呜呜地哭起来。

可能是被毛艳这一坷垃把我体内的调节开关给震坏了。高考轰轰烈烈地开始了。第一天上午考政治。一进入考场，我就感到小腹下坠、尿泡里的水滴滴答答往下渗，我感到马上就要尿到裤子里了，不得不举起了一只颤抖的手。监场老师怀疑地打量着我，走过来问我有什么事。我说要小便。老师说刚进场就小便不行。我说马上就要尿到裤子里啦，我脸上布满汗珠，话音里带着哭腔。老师像押解犯人一样把我押解到厕所里，双眼死死盯着我，生怕我掏出什么纸条啦，书本啦。我转过身使劲撒尿。蝈蝈，你一滴尿也撒不出来，尽管你的膀胱胀得发痛。监场老师在我颈上砍了一掌，说：走吧，未来的大学生！别装神弄鬼啦。你要是再敢捣乱，我就把你叉出考场。

我有口难辩，有苦难言。挪回到座位上，忍着强烈的尿迫感答卷。卷面上的黑字像一队队蚂蚁在爬动。我用眼睛捕捉着它们，可它们爬得飞快，而且乱爬一气。

完了。我一只手攥着一支钢笔，两只钢笔里都灌满了天鹅牌高级蓝墨水。一直到终场铃响，我也没在卷面上写下一个字。监场老师把我的卷子抢走了。我听到他说：又是一个白卷先生！

下午数学，第二天语文、史地，我几乎是在重复这一套把戏——稍微好一点，我总算在试卷上胡乱写上了一点东西。

我是哭着离开学校的。我感到非常冤枉。老师和同学都为我惋惜。后来，我听说发榜了。我总共考了五十九分。的确是奇耻大辱。毛艳以总分二百八十六的成绩被省农学院录取了。她临走前，骑着自行车窜到我家对我说：爸爸让你回校去"回炉"。其实，只要你克服了心理障碍，全国的大学你可以挑拣着上。我说：是的，这些我知道。没法子，这是命。她说：狗屁命。爸爸前些天给舅舅写过一封信，介绍了你的情况——舅舅是精神病医院的高级大夫，他来信说，你可能患了高考综合征。治疗方法是每天慢跑三公里，深呼吸二百次，俯卧撑三百个，进考场前喝一大碗凉水。我说：好吧，我试试看。

毛艳果真进了畜牧系，学了一肚子马牛羊，青草碱草酥油草。我回了一年炉，难题解了上千道，脚底磨出老茧子，可是一进考场，我的感觉跟去年一样，强烈的尿迫感伴随着我考试。我又一次名落孙山。毛校长恨不得揍我。我说：校长，这能怨我吗？我难道不愿意考进名牌大学为您争光为学校争光也为我爹娘和我自己争光吗？校长说：事不过三，你再回一年炉吧，行就行，不行只好拉倒了。我说：校长，明年我一定好好考。电灯泡捣蒜，孬好是一锤子买卖啦。

我又回了一年炉。考试前夕，校长让我回家看看绿色的草甸子，呼吸点新鲜空气，聆听一下鸟儿的歌唱，松弛一下神经，准备战斗。我回了家，爹娘又高兴又惊慌。娘把积攒下的鸡蛋成堆煮给我吃，一直吃得我满嘴鸡屎味。爹神秘地对我说：蝈蝈，你今年保险能考中。你还记得前几年我领你去关先生家看病不？你到院子里去摘扁豆时，关先生对我说，天地间万物都是有灵气的。他说，清朝有个举人进京会试，过河时见到水上漂着一个蚂蚁，举人顺手把蚂蚁捞起来。后来，主考官判卷时，发现他的卷上伏着一只蚂蚁。举人把一个字写少了一个点，蚂蚁伏在那儿充那个点哩！主考官用笔杆把蚂蚁拨拉掉，蚂蚁又爬回去。又拨拉掉，又爬回去。主考官感叹一声：这个举子有善功！取了吧。朱笔一挥，举人高中了进士。我说：这与我有什么关系？有关系的，蝈蝈。爹郑重地说，当时先生送你一只蝈蝈，你不是把它放了生吗?这就是善功呀,孩子。这几年我总是听到一只蝈蝈在耳朵里叫,孩子,放心考去吧。

我被爹说得见神见鬼。进了考场后,尿迫感果然消失了,但眼前却出现了那只蝈蝈,它用那两只女人奶头一样的复眼仇视地盯着我,两只黑色的大牙咯咯吱吱地啃着嫩扁豆,牙缝里分泌出绿色的唾液。蝈蝈在考卷上爬来爬去,翅膀剪动着,发出知了一样的叫声。

我又一次败下阵来。事不过三,校长早说了。我灰溜溜地回了家。这两个月我像丢了魂,我心存侥幸地希望那个蝈蝈施展神通,我不是看到满纸蝈蝈爬动吗?也许,蝈蝈的绿色唾液会在考卷上留下痕迹,而这些痕迹,恰好就是标准答案……

我只好安分守己地当一个农民了。爹和娘反复劝导我:人生天地间,庄农最为先。千买卖,万买卖,不如在家榜土块。有活干,有饭吃,不生病,就是神仙过的日子,不比国家主席差呢。我躺了几十天后,终于爬了起来。换下学生装,穿上破衣衫,腰捆麻绳,手捉镰刀,冲进了这金色的芦苇丛……

他躺着,全身的骨架子仿佛散了。手心里被镰柄拧出了一个葡萄大的水泡,在脑勺下一跳一跳地痛。其实他一上午没干出多少活,割下的芦苇还不够一个人扛的。早晨临行时,为了表示死心塌地干农活的决心,他让娘给包了两个大饼子一块咸萝卜。娘说:几里路远,来家吃热汤热饭的多好。他恼怒地说:我懒得跑路。爹对娘说:你就随他的意吧。娘又往包袱里塞了两个咸鸡蛋,反复叮咛他悠着劲干。他不耐烦地点着头,跺着脚,用镰柄挑着干粮包袱,摇摇晃晃出了家门。村里把苇田分到了户,每口人一亩,他家分到三亩苇。一上午他只割了两个碾盘那么大的地方,七八捆芦苇像他一样躺在地上。

带来的干粮就在芦苇捆那儿放着。他的肚子咕咕直叫,但他懒得起来吃饭。他迷迷糊糊地看到,太阳像马一样嘶叫着往西跑,连成片的苇缨子被阳光照得斑斑点点。起了一阵小风,参差错落的苇叶子喊喊喳喳地低语着,灰鼠色的苇缨子频频地点着头。野鸭子在苇田深处呷呷地叫着。芦苇茂密如森林,三亩啊,天。

他忽然想起毛艳。生着两只猫眼的她已经是大学三年级的学生了,而我却躺在这荒莽的苇塘里,如同一条僵蚕,如同一节朽木。都是那个该死的蝈蝈!他杂乱无章地想着。脸上忽然痒起来,好似一条光滑冰凉的尾巴在五官的间隙里滑过去。他悻悻地睁开眼,看到一条苍黄的尾巴在抖动,他吃了一惊,定睛看去,方知眼上的尾巴是一个苇缨子。苇缨子连着撕光了叶片的苇秆，苇秆握在一只胖胖的手里。他微微一怔，看到了肥大的水红袖管里一根浑圆的胳膊。目光又一动，才看全了那人的上身，她胸脯结实丰硕，腰背很厚，有一张葵花盘子一样的圆脸。你干什么呀。他嘟哝了一句，扭动了几下身体，紧紧地闭住眼睛。闭着眼睛依然看到苇叶苇秆间飞舞着的金蝴蝶一样的光斑。茧儿，她来干什么？他想，我好像把她给忘了，我和她同村居住，只隔着一条胡同。她爹是个老木匠，会打箱打柜打门窗。前年有一天，我挑着一担水往家走，榆木扁担压得我龇牙咧嘴。她捂着嘴笑我。我放下水桶，愤怒地问：笑什么？她窘得满脸通红，转身走了。我和她大概就说过这一次话，况且像凶神恶煞。

那条尾巴又开始在脸上拂动着，但却不是适才冰凉光滑的感觉，它变得毛茸茸的，又刺痒又灼热。他想：这个茧儿，是犯了什么病啦？于是睁开眼，大吼一声：你闲得爪子痒痒吗？痒痒找块炉渣擦擦去！一声吼叫吓坏了她，芦苇缨子掉在他的胸脯上。她的脸红成鸡冠子，手足无措地站着。他折身坐起来，目光溜溜地被她吸过去。她穿着件水红色偏襟衫儿，圆脸盘上有两只距离不近的眼睛，鼻子有点扁平，上嘴唇稍微有点噘，额头上披散着孩童般的额发。他目不转睛地看着她。她也偷偷地看他。不知为什么,她那件水红色偏襟衫儿使他的心一阵阵发冷发抖,冷过抖过,又开始发热发颤:他又兴奋又感动,从心灵深处荡漾起一阵田园牧歌的旋律。她手扶几棵芦苇垂着头,苇秆儿颤动苇叶儿,苇缨儿摇晃,破碎的阳光似金粉般飞扬着,洒遍了她的水红褂子和她的脸。他的眼里,流露出忧悒的温柔和甜蜜的忧愁。这件水红色偏襟衫子,金色芦苇中的水红衫子,把他一下子推出去很远,空气里充满了山林野兽的生气蓬勃的味道。

茧儿,你的学名叫什么?没上过学也应该有个学名呀。叫你的乳名茧儿你不生气吧?刚才把你吓坏了吧?我心里不好受,看什么都不顺眼。你也是来割苇的?你家分了几亩?割完了吗?我这三亩苇,怕要割到大年三十啦。不用,我自己慢慢割,恼起来我放一把野火烧了它。不用,说不用就不用。

她捂着脸哭起来,从指缝里流出抽动鼻子的声音和大颗粒的泪珠。泪珠滴到水红衫子上。太阳像头老牛一样蹒跚着,阳光中银白的光线正在减少,紫光红光逐渐增强,芦苇的色调愈加温暖。水红衫子!你越来越醒目,越来越美丽,你使我又兴奋又烦恼,我不知是爱你还是恨你。你像一团燃烧的火,你周围的芦苇转瞬间就由金黄变成了橘红。水红衫子!你像磁石一样吸引着我站起来。你不要后退呀!你后退我前进。水红衫子,你干么畏畏缩缩,身后啦啦响着芦苇。水红衫子,你使我变成了一只紧张的飞蛾……

他的脚踩在一团软乎乎的东西上。苇丛中一声怪叫,像婴儿的哭声又像老头的咳嗽。他汗腺猛然张开,出了一身冷汗。低头看时,见到一只排球大小的刺猬。蝈蝈,怎么啦?她惊声问道。吓死我啦,一只大刺猬,一只刺猬精。我用镰刀劈了它。他恨恨地说。你别伤害它,蝈蝈。刺猬是伤害不得的。好吧,看在你的面子上,饶了它。他用三个指头捏起刺猬坚硬的背毛,提拎起来,前后悠着,增加了惯性,然后一松手,喊道:滚你个刺儿球!只听得苇棵子稀里哗啦一阵响,大刺猬就消失在一片辉煌的颜色里去了。它的刺毛跟芦苇叶子一个颜色,难怪他踩到它身上。

水红衫子,你把我的眼睛晃花啦。

三

老刺猬刺球被一个连一个的球状闪电吓得身体缩成

一团,瑟缩在窝里。它的窝建在一条排水沟的半腰里,窝的上沿生着一棵高大的苍耳子,苍耳子棵子结满了生满硬刺的枣核状种子。雨水已经在沟底下积蓄起来,明晃晃像一条烂银。水位还在继续升高,离窝下沿还有二十厘米。水汽已沿着土壤毛细管上升到窝里,铺窝的干草湿漉漉的。它非常忧虑地瞅瞅洞外铅灰色的天,雨忽大忽小,沟里的积水像被枪弹撞击着,水星迸溅起很高,它胸前的细毛上,挂着一层亮晶晶的水珠。沟外雾蒙蒙的原野上,潮气像流水一样波动着。几只青蛙追捕着翅膀被打湿的蚂蚱和飞蛾。野草梢上挂着水珠,叶子背面沾满泥土。下吧,你娘的!它恨恨地骂着,顶多淹了我的窝,淹了我的窝我就到蝈蝈家的牛饲料储藏室里住几天。那里有喷香的麸皮和散发着酒香的糖化饲料。去年我在那儿住了七个多月,后来蝈蝈在里边安装了电子捕鼠器,我才搬出来。

白杨树上的球状闪电滚到牛棚前廊里了,刺球好奇地看到那个杏黄色的怪物在绿色的廊檐下捉摸不定地跳跃着,它还听到蝈蝈的高叫声和女孩的欢呼声。白杨树上的喜鹊缩着脖子痛苦地呻吟着:羽毛烧焦了,窝烧毁了,孩子在泥水里濒死挣扎。刺球目不转睛地盯着火球,心里充满了对大自然的无比虔诚和恐惧。它看到女孩像个小精灵一样在廊下追赶火球，火球和女孩开着玩笑。后来，奶牛棚里猝然蹿起一道金色亮光，紧跟着一声爆响，银色的细雨间隙里，游丝般穿动着一缕缕青蓝色烟雾。蝈蝈和女孩都像风筝般飘起来，又像羽毛一样落在草地上。它浑身打战，针毛支支直立起，身子下边的枯枝败叶索索作响。蝈蝈，虽然你摔过我，但我还是希望你平安无事，在咱们这块小天地里，你是个了不起的人物。刺球想钻出洞去看看蝈蝈是不是还活着，但一片雨云停滞在上空，洒下无数箭一般的雨丝，沟里的水冒起一层层气泡。它鼻子酸酸的，用力打出了一个回忆往事的喷嚏。

……蝈蝈，你这个丫头养的。走路不长眼，差点踩断我的脊椎，这还罢了，最让我受不了的是你竟用三个指头提着我的背毛把我摔出去。我像块石头蛋子一样在芦苇丛中碰撞着，幸亏地上铺满了芦花，芦苇又缓冲了我落地时的重力加速度，才使我没有伤筋动骨。

刺球在芦苇中打了一滚，背毛上扎着两片淡黄色的苇叶，像挑着两面搦阵的旗帜。空中飞行使它头晕，胃里的酸汁直冲喉管，它在苇根下发现一只橙黄底色上镶着黑斑点的甲虫，立刻把尖吻伸过去。甲虫不慌不忙地翘起屁股，从发射管里喷出一股白色烟雾。刺球被打得晕头转向，好久才清醒过来。它悔恨自己健忘麻痹饥不择食，竟忘了放屁虫的拿手好戏，吃了一个大亏。一边想着，一边扒开烂苇叶，吃了两个雪白肥胖的蛴螬。肚里饱了，又蜷伏在苇丛中，目光锐利穿透芦苇，看对面立着的一男一女。偏西的阳光把苇田涂抹得姹紫嫣红，晃动的苇叶每一片都把光线切割断，反射光愤怒地四处迸散，各色光波在一瞬间分离一瞬间聚合，刺球的眼前百色纷纭。

那个穿红衫的姑娘又嘤嘤地哭起来。

你哭什么？茧儿，你有什么冤屈？有人欺负你了吗？要不就是你爹打你啦？告诉我，我可以帮你的忙。

真的吗？我说了后你不恼我？那么，我就说。昨儿晚上，袁大嘴——她是媒婆——到俺家去啦，她对俺爹说：你家茧儿不小啦——俗话说闺女大了不可留，留来留去结冤仇——该给她找个主啦——东胡同里老竹家的蝈蝈，是打着灯笼找不着的好小伙，人模样好，又有大学问，老两口一个孩，茧儿过去了就是当家婆。爹说：就怕高攀不上人家。大嘴说：什么高攀，蝈蝈下了学，也是庄户孙一个。茧儿也不差——就是这些，我全说啦。

你就为这个哭？

我心里嘣嘣地欢气,像怀着只兔子。

刺球悄悄地往前爬动着,一直爬到离蝈蝈和茧儿很近的地方。它屏住呼吸,看着这两个年轻人。

茧儿的两只手已经从脸上拿下来,她的左手按在两个乳房之间,右手扶住一棵粗壮的芦苇,指甲一点点地掐着芦苇皮儿。她的圆脸上横一道竖一道的泪痕,大眼睛、小鼻子、小嘴,使她的脸显得生动幼稚,像个大洋娃娃。

你知道吗茧儿,我考了三年大学都没考上。我命不好。我不会干活。我学习不成,庄户不能,是一块废料。我一天割了这么点苇,不超过十平方米。真正的男子汉每天能割一亩苇。我连你都不如。

你要了我吧,蝈蝈,求求你。你长得好,腰板直挺挺的像棵白杨树。我一见到你心里就扑通扑通乱跳。

我连大学都考不上,还配娶老婆吗?我不配。

蝈蝈,你考不上大学我反倒欢气——你别生气,俺不是那个意思。俺想,你要考上大学,就被城里的大嫚抢走了,轮不到俺的份。她慢慢跪下来,双膝交替着向前移动,一直移动到蝈蝈面前,双手搂住他的腿,仰起了脸。蝈蝈!蝈蝈。她凄凉地叫着,双手在他的腿上施加着压力。蝈蝈的身体慢慢地往下沉。他的眼睛想往远方看，远方看不到，一片静默无语的苇缨子在凝望着他。他的腿像泡酥了的泥土一样软软地坍下去，终于与她对面跪着啦。刺球微微移动了一下，正好能看到两个人的侧面。蝈蝈比茧儿高，茧儿的嘴在蝈蝈下巴的水平线上。刺球听到急促的呼吸和两颗年轻心脏不规则的跳动声。蝈蝈的头还是僵硬地仰着，脸色煞白。天上传下来车轮滚动般的隆隆声，大概是地球围绕轴心转动的声音吧。蝈蝈到底是这样干啦：他把脸沉重地俯到茧儿脸上，四片嘴唇粘在一起，牙齿交错着，咯咯吱吱地响。刺球紧缩在苇根下，大气儿都不敢出。后来，两个人松开啦，女的依然跪着，男的却仰面朝天躺在地上，像死了一样。

蝈蝈，你搂了我，亲了我，我就是你的人啦。袁大嘴晚上就去你家提媒，你一定要答应，你不答应，我只有去死啦……快点娶了我吧，我看到人家抱着小孩子就馋得不行……茧儿爬到蝈蝈面前，把手指插进他凌乱的头发里，温柔地梳理着，偶尔有一根落发夹在她的指缝里，她就举起手，用双唇把落发叼起来……

蝈蝈，你别发愁，明日我就帮你来割苇。咱俩是一根绳上拴着两个蚂蚱。闪开！别动我！蝈蝈忽然发了怒，他从地上折身起来，抡起镰刀，发疯般地向芦苇砍去，芦苇秆儿，叶儿，缨儿，在闪闪的刀光下纷纷落地。

蝈蝈，茧儿哭叫着，你别这样呀！你心里不痛快就打我吧，只是别生气伤自己的身子。刺球看到她迎着闪闪的刀光冲上去。

放开我，混蛋！放开我。不，就不，我不愿意你这样。你是我什么人？你有什么权力干涉我！我是你老婆。老婆？见鬼！你想赖着我？刺球看到刀光又闪烁起来，响着刀砍芦苇的嚓嚓声和芦苇落地的沙沙声。它还听到一声细微的、奇异的声响，尖尖的鼻子里嗅到了一股血腥味。它吃了一惊，凝眼看去，只见茧儿姑娘的小红衫子袖管破了一块，比衫子颜色要深一些的血从破处渗出来，汇成流，沿着手背、手指，一线串珠似的滴落在芦苇的残枝破叶上。茧儿姑娘像叹息般地呻吟着。

刺球痛苦地闭上了眼。它忽然想到，世界原来很小，这些人遥远的祖先和我遥远的祖先是亲兄弟。是岁月使我们生分了，疏远了。茧儿，你这个善良的姑娘，挨了蝈蝈这个丫挺的一镰刀，你竟连骂他一声也没有。蝈蝈，你这个狠心的鬼。当时我恨不得扑到你身上，在你脸上打几个滚，让我背上的硬毛给你放放血。但没等我动作，那柄镰刀就掉到了地上。蝈蝈双肩耷拉着，伸手捂住了茧儿的伤口。

茧儿,你真想嫁给我?

想。

痛吗?

痛。

血红的夕阳照耀苇田,处处都像野火燃烧。刺球沿着低矮的草丛和潮湿的沟坎,紧紧地追着茧儿和蝈蝈的影子。村头上暮色四合,炊烟如华盖般笼罩着,几只晚归的乌鸦扇动着紫色的翅膀在树冠上盘旋着。树下,一个鸟状大动物痴呆呆地盯着自由飞旋的乌鸦,人状的脸上有一种心驰神往、宛若飞升上天的表情。有两个男孩子躲在树后,一个用红皮筋弹弓,一个用黑皮筋弹弓,连连射击着大动物的臀部。刺球伏在一道篱笆边,看着茧儿和蝈蝈站在那儿。它听到他们低声咕哝了几句,又看到他们匆匆地分手。茧儿一步一回头地消失在暮霭里,刺球跟着蝈蝈走。

蝈蝈家离原野最近,三间茅屋,一圈土墙。芦苇编扎的柴门破了一个洞,刺球把身体拉长,伏下针毛,从洞里钻进院子。它沿着院子四周侦察了一番。猪圈里一头瘦骨嶙峋的小花猪不满地对它哼哼着。鸡窝里有二十几只鸡,母鸡们都趴在干燥的沙土上睡觉,唯一的一只老公鸡单腿独立在鸡群正中，像个勇敢的骑士。鸡窝里很暗，刺球看不清公鸡羽毛的颜色，只能看到它那只熠熠发光的眼睛和那一嘟噜肉冠子模糊的暗影。刺球在那个陈年草垛上钻了一个洞，刚想趴下休息一下，就看到柴门被挪开，一个大腚女人风风火火地穿过院子进了茅屋。茅屋里立刻响起响亮的说话声。一个时辰后，女人又像来时一样风风火火地走了。她的脚步沉重，刺球的肚皮能探测到她的走路引起的地壳震动。这时，一钩眉月挂在西边的树梢上，月儿又细又长，发着可怜巴巴的绿色光芒。院子里染着一层苜蓿花样的紫色。一只鸡在卷着舌尖说梦话。小花猪在咯吱咯吱啃石槽。草甸子里温暖的馨风像鸭绒般飘过来，刺球感到全身无一处不舒坦。它跑到花猪的槽子里挑了一块玉米饼子吃了，又沿着潮湿的墙角捉吃了几只甲虫。月牙儿很快落下去了，院里这时是栗子皮的颜色，茅屋里渗出一线橘黄色的灯光。刺球踱到门槛边，从猫洞里钻进去，蹲在暖烘烘的灶边，窥视着屋里的动静。

　　它先看到一张古铜色的脸，一个半秃的头顶和两只被皱纹包围着的眼，两排结实的黄牙咬着一根竹管铜烟袋，又辣又臭的旱烟味儿呛得它喉咙发痒，直想咳嗽。只听到那老头说：老皮家的身板儿不错，能干活。刺球又听到坐在灯前的那个老太婆说:腚盘儿挺大,能生出大孩子。老头说:那就答应了吧。这要先问问蝈蝈,老太婆说,新社会了,不能父母包办。先头说:孩子家懂得什么,他就知道爱花哨,寻老婆还是寻个结实点的好。老太婆抬起头,瞥了老头一眼说:你没白活,到底是醒过酒来啦。老头吐出一口掩饰的浓烟,说:问问他,要他答应。有个女人拴住他的心,省得他像根鸡毛一样在半空中浮着。叫他吧。老太婆喊:蝈蝈,来呀。

锅灶后的暗影里,几只蛐蛐嘶嘶地叫着。一只猫从黑暗中走过来,猫眼里闪着绿光,呜呜地发着威,肩膀一抖,背上的毛尖儿噼噼啪啪放出电火花。刺球把背耸了耸,根本不去理它。猫儿猛扑上来,惨叫一声,便瘸着爪子跑了。刺球无心跟猫儿纠缠,它望着三间茅屋的东间,终于看到蝈蝈摇晃着长长的身子穿过堂屋,来到爹和娘面前。

蝈蝈,大嘴来给你提媒,你也听到了。老皮家的闺女本分,身板儿好,爹觉着挺合适,你娘说要听听你的口信。

蝈蝈,这闺女长得好,奶膀儿大,日后有了孩子奶水旺,娘也觉着挺合适。

蝈蝈垂头丧气地立在灯光里,额头上满是皱纹。

问你话呢，老头说，你别心气太高了。考不上大学就得安心在土里刨食吃，要是你考上大学，爹才不管你的事呢。

蝈蝈，你爹说得不差。庄户地里不要什么好看，长得俊不能当饭吃，不能当衣穿。再说，茧儿也不丑，肥头大耳的，一脸福相。

她白天在苇田里找过我。蝈蝈懒洋洋地说。

这可是你们自由的，不是爹封建包办。

他爹，那就快点办事吧，老皮家正道忠厚，不会要多少彩礼的。

蝈蝈像木偶一样立着。

……肚皮下冰凉的感觉把刺球从沉思遐想中唤醒。沟里的水已涨得跟窝一样平，混浊的雨水灌了进来。它立即站起来，抖搂着身上的毛，面前是一片水，雨比刚才稀疏了，但雨点却大如铜钱。水面上漂浮着一层杂草和肮脏的泡沫，几条从天而降的小泥鳅在水中呆头呆脑地游动着，搅起一串串水泡。它的四肢已经浸在水里了。一种死到临头的恐惧感使它遍身发冷。它咬着一根雪白的草根，思索着逃命的方案。它先试探着把后腿和身体探到沟水里，后爪紧紧蹬住倾斜的沟坡往下滑，一直到全身出了洞。这时，水淹到脖子，它用力一跳，两只前爪搂住了那棵大苍耳子。然后，拖泥带水地上了岸。它抖着身体，把水珠甩出去几米远。窝已经淹在水下了。田野里到处湿漉漉的，沟沿上的牛粪渗出褐色的汁子，野草拼命地吸收着。刺球小心翼翼地向蝈蝈家走去。大白天行动，它不得不提醒自己一定要小心谨慎。蝈蝈不可怕，可怕的是蝈蝈的女儿蛐蛐，这个小姑娘胆大到脚踢球状闪电，可不是随便闹着玩的，被她踢一脚，至少要翻三个滚。

刺球来到白杨树下，看到蝈蝈还是仰面朝天躺在草地上，离他十七米远的地方，躺着英雄小姑娘蛐蛐。刺球心里悲恸难忍。雨已经完全停了，小风乍起，摇落树叶上积存的雨水，地上被砸起几乎难以发现的泥土颗粒。两只大喜鹊像石块一样从树上掉下来，一边扑棱着光秃秃的翅膀一边嗷嗷地怪叫。

刺球走近蝈蝈，看到他的额头被雨水冲洗得干干净净，好像半轮光洁的月亮。一转眼就是好几年！刺球喟叹一声：蝈蝈，时光如梭啊……

闹洞房的人半夜才散，院子里弥漫着烟草味，刺球从草垛里钻出来，照例先去猪食槽里吃饭。蝈蝈办喜事，家里吃鱼吃肉，猪食槽里全是鱼刺鸡骨头。它吃饱了，又挑拣了几块拖回草垛，然后在院里消食散步。它来到这个院里已经两个多月，天气日渐寒冷，地上的草梗上凝结着一层白色的霜花。天上悬着半个月亮，一道凄凉月色清幽幽地照着土地和房屋。洞房的红窗纸被一根蜡烛照得通红。刺球熟练地钻槛进屋。蝈蝈的洞房没有房门，挂着一条花布门帘。刺球撩起门帘钻进洞房，踩着满地糖纸烟蒂，贴着炕前的暗影钻到柜子下边去。蜡烛在窗台上燃烧着，屋子里很亮。茧儿身穿大红袄盘腿坐在炕头上。她头戴一朵红绒花，脸上像涂了胭脂，眼睛里像抹了油。跳跃的火苗把茧儿跳跃的影子印在新糊了白纸的墙上。蝈蝈呢？刺球惊诧地想，这个小子，扔下新娘守空房。新娘子面对孤灯，脸色由红变白，眉梢耷拉下来。蜡烛结了一个大灯花，屋里顿时暗下来，满屋都是阴影。当刺球差不多蒙眬入睡的时候，堂房房门响，接着又听到撩动门帘声。一股寒气冲进来。

刺球望着满身挂满霜花的蝈蝈。他衣冠不整，脸色灰暗，坐在炕沿上，一声不吭。

茧儿抽抽搭搭地哭起来。

你哭什么？他说。

你知道我哭什么。

你多大岁数啦？

你连我多大岁数都不知道？

知道还问你干什么?

二十四,原来你比我大三岁。

人家都说,"女大三,抱金砖"。

抱金砖,抱银砖,还不如死了好。

蜡烛灭了。蜡烛芯子冒着看不见的烟,屋里漾开燃烧油脂的味道。幽幽月光照着窗纸,屋里能看清人的轮廓。刺球看到茧儿猛扑到蝈蝈身上。她哭哭啼啼地说:蝈蝈,好兄弟,你不能就这样把我毁了啊……

四

……茧儿搂着我,把我的脸亲得黏糊糊的。她刚吃过水果糖,嘴里有一股薄荷的香气。举行完一本正经的婚礼,我就感到自己犯了一个严重的错误。我不知道是不是爱这个大脸盘的姑娘,尽管那天在苇田里她那件水红衫子是那样强烈地撩动过我的心。现在,她就是我的老婆啦。她理直气壮地脱着我的衣服,像一层层地剥着我的皮。后来,我的手被她抓住,按到松软的乳房上,她的心在我的手掌下剧烈地跳动。我不知道是痛苦还是欢乐。蝈蝈,蝈蝈,人在世界上,没有几年混头呀,你别太苦了自己呀,她抚摸着我说。她的身体像一块灼热的炭一样烫着我。

好吧，就这么着了，混吧。我仿佛落进一个散发着热烘烘的酒糟气息的池塘里，混浊黏滞的泥浆，被褐色的阳光烤得烫热的泥浆从四面八方包围着我，我的身体无法自主，我的呼吸无法流畅，我感觉到要灭顶，灭顶之后要窒息，在昏沉迷蒙中，我突然用力抓住她给予我的弹性丰富的肉体，在她低沉的断断续续的呻唤声中，我恍然又觉得进入黝黑的林莽，到处都闪烁着嗜血动物的绿荧荧的眼睛，它们在我四周磨牙叩齿，发出一阵阵迫不及待的喘息声，我又恐惧又喜悦，用力撕扯着她，她的每一声呻唤，都唤醒我一种从未发现的深藏的疯狂，直到她嘤嘤地哭起来，直到她灼热的身体冷冰冰地僵起来，我才突然明白我干了些什么，这时，我立刻又悔恨交加，痛苦万分……

在村子西头的烧酒铺里，我学习着喝酒。每天晚上，那里都聚了一帮子人，吆三喝四，呼五叫六，把酒盅子哂得嗞嗞叫，把开裂的黑桌子拍得砰砰响，一副卷曲成花片模样的纸牌在四个人手里擎着，其余的人努力抻出脖子，向着各自的方向看。酒铺掌柜羊角莲，就是那个让娘把我的小鸡头扎起来防我尿床的白牙小媳妇，她比前几年胖了，屁股扭来扭去，显得腰细如柳条，一动两动都带着风。她正在给墙上的木钟上弦,铁扳子扭得嘎嘎吱吱响。我走进酒铺,她关上钟门,把一块明亮的红绸子蒙在钟上,立即转身对我笑,那些白牙一颗颗像葫芦籽儿一样整齐漂亮。蝈蝈兄弟,稀客呀!她笑得比蜜还甜,声音曲曲折折,如同唱歌。打牌喝酒的男人们歪了头来看我,脸上的表情荒凉遥远,眉眼都看不太清楚。灯光渐渐转暗,又慢慢转明,一张张脸逼近过来,似乎都认识,又似乎都陌生。是老竹家小子——刚娶了亲——没考进学——是个秀才——可惜了——坟地没占着好风水——进来坐呀,大侄,让你羊嫂子给你灌两盅——打牌打牌,该谁出啦——在一片嘈杂声中,我冒了一身细汗。众人的脸又渐渐远去,羊角莲拍打着我的背把我挤到一个角落上,用力按着我的肩说:坐下。我的屁股落到一个方凳上,扬着脸直着眼看她。她妩媚地一笑,小声问我:喝酒?我说:不喝,我不会喝。她又笑了,说:男子汉大丈夫,哪有不喝酒的?我说:我真不会。她转身从柜台上摸过一盒烟,用指头挑开封条,在烟盒底下用中指弹一下,又弹一下,两支烟一支高一支低地伸出了头。她把烟送到我面前,说:抽一支。我不会抽,我说。抽一支——我不会抽——你会不会吃饭——会——笨蛋,喝不会喝,抽不会抽,你活着干什么？念书念痴了。

她给我划火点着烟，自己也点上一支。我咳嗽着，看着湿漉漉的烟雾从她鼻孔里钻出来。没考上大学？她问我。我点了点头。考不上也好，在家里养你爹娘，她说。我点头。她忽然诡秘地笑着，把脸凑过我，我闻到了她嘴里笑出来的酒味儿。我听到她说：还尿床吗？我热烘烘地红了脸。茧儿要是生了气，一脚就把你踢到炕下去了，她欺负你没有，要是她欺负你，嫂子替你出个治她的偏方——没等她把偏方说出来，就有一个麻脸黑汉子斜着眼大叫：羊，给我拿盒烟。羊角莲瞥他一眼，继续对我说：她要是打你，你就——羊，小母羊，别和你小兄弟放浪了，拿烟呀！——去你娘的五麻子！羊角莲骂道：俺兄弟是读书识礼的人，由不得你侮弄。她骂着，离开我，去给五麻子拿烟。

一个黑影在门外闪了一下，又闪了一下，又闪又闪又闪了好几下，我头发一乍一乍地支棱起来，正待发喊，就见一个黑乎乎的大物跌了进来，那物从地上立起来，天真地笑了几声。原来是一个瘦脸老头，脖子从袄领里长出老高，细细地挑着脑袋，双眼闪闪如玻璃球，溜溜地旋转。他左手提着一个摔得坑坑洼洼的钢精锅子，右手提着一个蛇皮袋子，袋子里鼓鼓囊囊不知装着何物。

老头的笑声把汉子们的脖子笑歪了,都怔怔地看着他,有的闭着嘴,有的张着嘴,眯缝眼的有,圆睁眼的也有。

羊角莲拿烟出柜台,见老头正对着她笑,立即发了怒,尖声喊叫:老疯子,你怎么又来啦?快滚!老头畏畏缩缩地往墙角上退,我坐的这个墙角的对面的墙角。羊角莲把烟扔给五麻子,急转身抄起一把扫地笤帚,在老头面前挥舞着:滚出去,你给我滚出去。老头继续后退,终于用墙角挤住了身子。羊角莲的笤帚在他眼前晃一下,他就闭一下眼,脖子缩一下——摆出准备挨打的架势——叫一声:别打我……我要飞……

飞了十年了,也没见你飞起来!你给我滚出去!

别打我……我要飞……

瘦老头的叫声弹性丰富,尖上拔尖,起初还有间隔,后来竟连成一片。我也学着那老头,把身子用力往墙角里挤,喉咙里一阵阵发痒,恍然觉得从我的嘴里也发出老头那种悠扬的尖叫。

我要飞……别打我……我要飞……

飞你娘的去吧!瘦老头到底赶不走,羊角莲也脸上出了汗,于是扔掉笤帚,倚在柜台上喘气。五麻子说:

羊,看我给你吓走他。

五麻子从木钟上扯下红绸,扎在左臂上,凶凶地逼近老头,站定,一语不发,左胳膊夸张地举着。老头先是端详着五麻子的脸,继而目光下移,眼睛如雨点般一阵急眨,五官顿时挪了位,身体也如被热尿烫着的蚂蟥一样紧缩成一个球。良久,才从他嘴里发出一声水淋淋的叫声:别打我……我要飞……紧接着声音如转珠联环,急促密集:我要飞别打我要飞别打我要飞别打我要飞别打我(羊角莲一把撕掉五麻子臂上的红绸子,扔进柜台里)别打我……我要飞……别打我,我要飞……瘦老头身体渐渐松开,像一堆泥巴样瘫在墙角上。

五麻子,拿烟钱!羊角莲恶狠狠地叫。五麻子掏出几张黏糊糊的纸票。甭找零了,让我摸一下就行了。五麻子斜着眼说。回家摸你娘去!羊角莲竖着眼骂,几个耀眼的"钢子"从她手里直直地飞到五麻子脸上,众人大笑不止。打牌打牌打牌,该谁出了?

羊角莲从柜台上摸出一瓶酒,用牙齿咬开塞子,咕咚喝了一口。我看着她。她看到我看她,一笑,弯腰不知从哪儿摸出一个杯子,倒满酒,端着对我来。我惶悚地站起来,叫一声:嫂子。她说:陪嫂子一杯,一醉解千愁,我什么都要教会你。她用滑腻的手指在我腮帮子上拧了一下。我心里突突跳,接过酒,一仰脖,灌下去了。又一杯又一杯,都灌下去了。

我喉咙里着了火,肚子里着了火,脑子里着了火。眼前的一切都跳动不安。灯火慢慢膨胀成篮球大,像一个月亮满天飞;又慢慢缩成针鼻小,闪闪烁烁捕捉不到。我醉了吗?嫂子?远远的一个声音说:没醉。我说:不,你骗我……我醉了……我听到自己的喉咙像哑猫一样……

瘦老头在我对面的墙角上慢慢蠕动起来,像一条大虫子。灯火从他眼里反射出来后,橘黄变成了浅蓝。我看到他的嘴唇急遽地翕动着,好像念着神秘的咒语。他脱掉破棉袄,露出鱼刺般的上身,那儿有大大小小的疤点熠熠生光。他揭开破烂钢精锅,从锅里用一根竹片(也许是木片)挑起一些黑色糊状物,抹到胸上、肩上、臂上,酒铺里弥漫开一股臭橡胶味,羊角莲掩了鼻,但并不说话。老头涂完上身,又从蛇皮口袋里倒出一些大大小小的羽毛,蓬蓬松松,五颜六色地堆在面前。我的眼神渐渐稳定,看着老头把一根根的大羽毛往双臂上粘,粘完了左臂粘右臂,粘完了双臂粘胸脯,用完了大羽毛用中羽毛,用完了中羽毛用小羽毛,表情严肃认真,动作熟练准确一丝不苟。他渐渐变了模样。它羽毛明丽。他脸上表情生动感人。它羽毛渐丰。酒铺里充满了鸟的气息,羊角莲呆呆地看着他,张着嘴。汉子们也都停了牌戏,端详着这只漂亮的大鸟。

从此,我每天晚上都要去酒铺喝酒,老头儿每天晚上都在那儿往身上粘羽毛。那天晚上我喝多了,头痛得像要裂开一样,舌头僵硬,嘴唇上的神经也好像坏死了。五麻子问我:蝈蝈,打过老婆没有?我说:没……没打……她好好的,我打她干什么……五麻子笑着对众人说:哈哈,你们听到没有?这个笨蛋傻儿子,打老婆难道还要什么理由吗?老婆是男人的消气丸,愿意玩就玩,玩够了就打。怎么样,小子,敢不敢试试?五麻子的眼睛对着我逼过来,他嘴里酸溜溜的热气哈到我脸上。谁说老子……不敢,试试就试试……我摇摇晃晃地站起来,差点踢翻老头儿盛涂料的破钢精锅子。老头抬起头,玻璃球眼睛里闪烁着绿荧荧的光芒。羊角莲拉住我,说:蝈蝈,你别听五麻子撺掇。我用力拨拉开她的手,怒冲冲地说:你,别管我!歪歪斜斜冲出酒铺,凉风迎面吹来,我的头更晕了,酒精在我胃里着了火,灰白的土地在我头上旋转。我跟跟跄跄撞开柴门,用拳头擂响房门。茧儿已经睡下了,穿着短衣服给我开门。你糊涂啦?钥匙在门边挂着,轻轻一拨门闩,不就开了吗？她说。她赤脚站在地上，寒冷的星光照进来，我看到她雪白的大腿和脖子。我把一口酒气喷到她脸上。哎哟，亲娘，你怎么又喝成这个样子，已经醉过四五回啦，醉了还要胡闹，把身子糟蹋啦。她大声说着，爹，娘，你们也不管他。他又喝醉啦，三星偏西才回来。爹和娘好像睡死了，屋里一点声息都没有。好半天，娘才说：男人哪有不醉两回的？把他弄到炕上好好照顾着，这么点事，还用得着大呼小叫。茧儿再也没敢吭声，搀着我的胳膊把我拖到炕上，一边给我脱衣服，一边唠叨着：蝈蝈，好蝈蝈，求求你，再也别喝啦。你别自己糟蹋自己，我什么地方做得不好，你尽管说。我举起拳头，摇晃着：你这条母狗，敢来管我，老子要揍你！愿意揍你就揍吧，只要你心里舒坦，要我怎么着我就怎么着，她说。我咬紧牙，握紧拳头，对着她的肩膀捣过去，她一下子仰在炕上。又一拳头，打在她的胸脯上。她捂住胸膛哭着说：蝈蝈……你别朝奶上打，打坏了……就没法给咱的孩子喂奶啦……

我猛然惊醒了。孩子？你说，咱的孩子！是呀，蝈蝈……我已经五十多天没来啦，还老是想吃酸……

茧儿的话吓坏了我。老天爷，连我自己都不知道该怎样做人，就要承担起教养孩子的责任，这怎么行。我说：去医院流产吧。她说：不，不，你这个野熊。她双手抱住胸膛，好像保护着婴儿。好吧，茧儿，我是瞎说的。从今之后，我不喝酒了。我打了你两拳，你还回来吧。我抓住她的手，说，打吧，你打吧。她喉咙里咯咯响着，使劲抱住了我，嘴里低低地说着：孩子，蝈蝈，好孩子，我舍不得打你。只要你真心对我好，要我的肉我也割给你。

冬天过去了。

春天来到了。

村外的草甸子里，像铺开了一条绿毛毡。村头的柳树上，绽开了鹅黄色的柳叶儿。桃花也在一个中午放开了。

春雨淅淅沥沥地下了一夜又下了半天，午饭过后，我站在堂屋门口，望着草甸子上的氤氲烟雨。燕子冒着雨忙碌着，一口口衔来白泥，筑着房檐下的巢。我百无聊赖地望了一会悒郁的田野，便打着呵欠，回到屋里。我问茧儿：那本杂志呢。什么杂志？杂志就是杂志。俺不知道，俺不知道什么叫杂志？就是一本书，一本大书，蠢货。噢，你说那本书呀，皮上画着一个大辫子的？被我剪了鞋样子啦。她掀起炕席，把那本粉身碎骨了的杂志拿出来。我无话可说，叹了一口气。俺不知道你还有用，俺想，孩子就要出生啦，得早着点准备，就去村里剥了几套鞋样子。我不好，你实在恨得不行，就拣不要紧的地方打几下子吧。

我说：脱掉衣服让我看看孩子。她说：等晚上，等晚上看。雨声单调冷落，屋里灰蒙蒙的，她的眼睛里似有火星在迸溅，这粒粒火星点燃了我的血液。我把她拉过来，轻轻地解开她的扣子，她忸怩着，遮掩着，被我脱了个赤身露体。我第一次发现她的身体是这样白净，像银子一样闪着光。她的肚子已经凸起来，肚皮上有两道深深的纹。我从来没有这样动过情，我温柔地抚摸着她，不是摸老婆，而是摸爱人……

茧儿急急忙忙从我怀里挣脱出去，胡乱披上衣服。期期艾艾地埋怨着我：都怨你，都怨你，不黑天就让人赤身露体。我回过头去望着窗户，查找使茧儿如此惊慌的原因。在那块巴掌大的玻璃上，紧贴着一张干瘪的脸，鼻子挤成平面，双眼如同磷火。那是我的娘。我一拳打在墙壁上，关节上的皮裂开了，露出了白瘆瘆的筋骨。我跑出屋，跑出院子，钻进了恼人的雨网里去。茧儿和娘在高声说着话，我一句也没听清，我什么都不想听。我无法用言语来形容从窗玻璃上看到干瘪脸时那一刹那的感受。两种同样掺杂着野蛮和文明的东西狠狠地撞击了一下子，使我对天地间的一切都感到厌恶。

雨幕和夜幕交织在一起，我仿佛沉入了茫茫大海，潮水把我推上去又拉回来，嘴里鼻子里灌满了腥咸的海水。我忘记了家，像丢掉了一副沉重的枷，牛毛细雨打得我浑身精湿，被雨水泡酥了的草甸子在我脚下噗唧噗唧地响着，泥土的微腥，泥土的清新，灌进了我的肺和胃，我的心愈加灰冷起来。后来，我驻足在洼子边上，洼子里的水很平静，淤泥里泛上来的水泡——也许是鱼儿吐出的水泡——在噼啪儿噼啪儿地破碎着，两只最先觉醒了的虎纹蛙在水中呱呱地叫着，它们在为爱情歌唱呢。我浑身哆嗦着，蹲下去，用手摸着脚下密匝匝的芦芽儿，芦芽儿都像锥子一样，颜色应该是嫩绿和紫红。我的眼睛已经适应了黑暗，看到了洼子里毛玻璃一样的水光，看到了紫色的草甸子和灰绿色的天空。芦苇芽丛中有一个草球一样的东西在滚动，小趾爪踩着泥土的声音变成了夜曲中的一个细微组成部分。我站起来。刺球，我跟着你走，你能带我到一个新的生活里去吗？蝈蝈！蝈蝈！草甸子里响起了茧儿的呼叫声。我的眼前立刻浮现出她洁白如银的身体，这个身体是那样柔软、温暖……我的牙齿得得地打战了。蝈蝈——蝈蝈——她的声音拖得很长，像母牛呼唤牛犊，在两声呼叫的间隔里,传来压抑不住的哽咽声。

五

众奶牛被球状闪电击翻,横七竖八躺了满棚。棚子里弥漫着浓重的硝烟气息,棚顶上有一个脸盆大小圆圆的洞,它们浑身颤抖着,用上侧的那只眼望着圆洞里的钢青色的天空。一大缕潮湿明亮的光线斜穿圆洞,照着一只额上带白花斑的奶牛巨大的乳房。乳房被另一头奶牛的瓣蹄触着,那瓣蹄一伸一缩地动着,像有微弱电流从乳头通进去,滑腻的乳汁汩汩地流出来。它舒服地喘息着,哞哞地低鸣着,麻木的身体渐渐灵活起来。这时,同伙的瓣蹄大力动了一下,乳房上像被狗咬了一口,它猛一挣扎,竟然抖抖索索站立起来。"哞——"它余惊未消地叫着,东歪西扭片刻,终于站稳。它垂下头去,用角轻触着躺着的四个伙伴。它们悲凉的眼睛里盈着绿水,拼命挣扎却站不起来。

棚外吹来从草甸子里刮来的充溢着芳草气息的风。它焦急地走到宽敞的窗户前,寻找廊檐下听收音机的主人。它看到那把折叠躺椅翻倒在地,收音机在水泥地面上摔碎了咖啡色外壳,男主人躺在二十米开外的草地上，在他的不远处，躺着美丽的小主人，她头上那根红绸布条像一朵艳丽的杜鹃花。"哞——哞——"它一声接一声地叫着，并用头撞击着插销在外的铁门。"哞——哞——"它叫着，伙伴们听着它的叫声，都伸腿拗脖子，力图站起来。它用力撞着门，新型模压材料组装成的墙壁发出叮咚叮咚的声响。终于听到了插销脱落的叮咚声。铁门倾斜着向外张开，它急匆匆地冲了出去，沉甸甸硬邦邦的乳房在两条后腿之间摩擦着，适才被同伙瓣蹄子蹬着了的地方火辣辣地痛。它不再跑，慢慢走，沉重的蹄子踩在吸足了水的草地上，每下都陷得很深，草地上留下一行它花瓣般的蹄印，并立刻就有水渗满了那些蹄印。在蝈蝈面前，它站住了。"哞——"它低沉亲切地呼唤着，主人毫无反应。它用嘴巴拱着他，用漂亮动人的蓝眼睛看着他漂亮动人的面孔。它闻到有一股咸盐的味道从他脸上发出来，便伸出紫色多刺的舌头去舔。它舔着他的额、腮、下巴，把他苍白的面孔舔出桃花般的艳色来。主人平静的呼吸直冲着它银灰色的鼻子，它的眼睛慢慢潮湿起来，瞳孔闪着水晶的光芒，瞳孔里有清晰的睫毛倒影和树冠冲下的白杨树。雨轻尘，雨后的空气潮湿稠密弹性良好，寻常听不到的县城火车站火车鸣笛声跨越过村庄河流，贴着地面飞到草甸子上来。笛声低沉压抑，颤抖不止，如缓缓爬来的黑色巨蟒，如慢慢伸展的透明触须。听着笛声，它缩进舌头，唇边挂着无色的斜涎，扬起了秀雅的头。

"哞——"奶牛悠悠地叫一声，和着还在甸子里爬行的火车笛声。笛声使它觳觫，笛声使它沉思。它的眼前重新出现那块古老的大陆，大陆上有一望无际的辽阔草原，草原上绿草茵茵鲜花怒放，袋鼠怀揣婴儿在草地上跳舞。初夏，衣衫褴褛的流浪剪毛工剪出的羊毛铺天盖地，犹如白色浪潮。它依稀还记得原主人家有一栋白色的小楼，楼旁有一株高大的桉树，一群白鹦鹉用樱桃色的弯嘴巴把褐色多棱的桉树种籽啄得像冰雹般散落下来……想到这里，它的眼前出现许多模模糊糊似懂非懂的图像，记忆之河结了厚浊的冰，水流在冰下凝滞地蠕动着。有一个钢铁怪物在无边无际的水上漂行，成群的凶恶老鼠抢食着牛粪，到处都是浊臭熏天，动荡不安。几百头牛挤在一起，跑肚拉稀不思饮食……印象渐渐清晰起来，从白色的面包车里钻出几个穿白衣戴白帽的人，用粗大的铁针管子往它们肩上注射药水，有几个体弱者，没等注射完毕，就扑地而死。

火车笛声一次次地传来，一次次地打断它的沉思又接续起它的沉思。它记起了在闷罐子车上度过的艰难日子。一行五个，被装进一节闷罐子里，沿途走走停停，不分昼夜。闷罐里的恶浊空气使它们掉膘脱毛，咳嗽流鼻涕，眼里生出大量眵目糊。后来，总算到了终点站，一个闭塞的破烂小县城。县畜牧兽医站一个穿制服戴大檐帽的胖男人和一个同样穿制服戴大檐帽的胖女人来接它们。当时，它吓得肠胃痉挛，返草不畅。一路上，形形色色的制服大檐帽可把它们折腾苦了。

那个男人脖子粗短，脖子后堆积着一坨子脂肪。女人的形状像个啤酒桶，没有脖子，脑袋垒在两肩之间，头上耸着弯弯曲曲的羊毛。她的两个大奶子可怕地耷拉着，走起路来浑身肉颤。蒺藜狗子！胖女人叫。这陌生的字眼把它吓了一大跳，它惊恐不安地望着胖女人，听着她又说：蒺藜狗子，你耳道里塞进了牛毛了吗？那个胖男人哼了一声，说：美人鱼，又发情了是不？胖女人说：发情了又怎么样？馋死你个骚狗子。它忽然明白了，"蒺藜狗子""美人鱼"，原来就是这一男一女的代号。它鄙夷地叫了一声。蒺藜狗子，你听，洋牛和中国牛叫起来一样是牛叫声。美人鱼说。废话！不是牛叫声还能是驴叫声？蒺藜狗子用一根竹片抽打着它的屁股说。噢，想跟老娘辩论？美人鱼把鱼眼翻了一下，说：外国人说起话来为什么不跟我们一个声？为什么还要请穿高跟鞋的大嫚当翻译？你还记得吧，上礼拜澳大利亚那个牛专家到县里来，坐着黑壳地鳖子车，从车里往外钻，就像大公鸡出窝，人没出头先出腚把人笑死。跟在他后边那个大嫚，两个奶头像两个枣饽饽一样往前挺着，裙子薄得像蚊帐，里边通红的裤衩子都看得一清二楚。那个洋人咕噜咕噜说一串，那个大嫚就用中国话翻一遍——你说，为什么外国牛和中国牛叫一个声、外国人和中国人说话不一个声？说呀，不是要抬杠吗？不是要辩论吗？本事呢？那满肚子尿水呢？美人鱼的大难题把蒺藜狗子堵得张口结舌，只知道抓着脖子傻笑。这时，一只喝够了牛血的飞虻想调调口味，偷偷地落到美人鱼汗津津的腮帮子上，低头翘屁股，把针头一样的嘴扎进她的肉里。美人鱼抡起巴掌，狠狠地抽了自己一个嘴巴子。飞虻被打成一团糨糊，腮帮子上留下五个指印。蒺藜狗子乐得像孩子一样笑。美人鱼骂道：笑你娘个蛋！当心笑出你的疝气来！……

哞——哞——奶牛感情饱满地叫着，蓝眼睛里噙着泪水。白杨树下那个鸟老头开始爬树，他弓着身子，曲着趾爪，坚韧不拔地爬，不屈不挠地爬，爬到半截滑下来，滑下来再爬，终于爬进树冠里去。

它、它、它、它、它，一行五牛，在美人鱼和蒺藜狗子的打情骂俏中，被赶进了畜牧兽医站的临时饲养场，在这里它们待了三个月，受尽了人间千般苦。蒺藜狗子和美人鱼是牛场饲养员，他和她轮流值班。它从他和她的言谈话语中，知道蒺藜狗子正忙着结婚，天天东跑西颠采买家具。美人鱼的男人在县城旮旯大街里开了一家饺子铺，生意兴隆，她忙着干第二职业。

二十三号上午是美人鱼的班，可牛场里一上午没见她的影子，奶牛们在栅栏里吼叫着徘徊，一个个饿得眼里冒闪电。它不停地叫着，走着，心里充满仇恨。它和她是结了深深的冤仇的。那还是它们刚到牛场时，美人鱼想挤点牛奶开开洋荤。她的动作又笨又重，恨不得把牛奶头扯下来。它怒不可遏，冷不防给了她一蹄子，正踢在她弹性很强的肚皮上，她叫了一声娘，一屁股坐在牛粪里，捂着肚子，半天没动窝。蒺藜狗子开心地说：喝饺子汤还把你肥成这个贼样，要是喝起牛奶来，你他妈的非爆炸了内胎不可！怎么样，牛蹄卷的吃头不错吧？美人鱼呜呜地哭起来，哭着骂：蒺藜狗子，我操你亲娘，你这个薄情寡义的东西，老娘受了伤，你不但不来救，还站在一旁幸灾乐祸。蒺藜狗子走上前去扶起她来。她弯着腰追打它，打了几下，也就完了劲，骂了一顿拉倒。天近中午，它们饥饿交加，便合伙扛翻了食槽,撞断了栅栏。

下午,蒺藜狗子骑着辆浑身松动的自行车来上班,见到狼藉牛棚,便追着牛打,累得满嘴冒沫。他骑自行车走了,从旮旯大街把美人鱼揪了来。蒺藜狗子说:你看看,你看看吧,光顾了饺子铺,连班都不上。告到站长那里,罚干你半年奖金。美人鱼说:你敢!你小子的尾巴根子老娘牢牢地攥着呢,要是惹我翻了脸,连吃饭钵子也给你砸啦!蒺藜狗子于是不敢说话,嘟嘟哝哝地修栅栏。美人鱼娇滴滴地说:狗子呀,你别生气,老娘跟你闹着玩呢。今天晚上电影院里放《少林寺》,我请你去看电影。蒺藜狗子骂骂咧咧地说:弄来这五个瘟牲,快把人缠死啦。县里那些老爷们,吃鱼肉吃腻啦,还想喝他娘的牛奶。喝牛奶?让他们喝牛尿去吧!美人鱼大声说,这叫盲目进口,崇洋媚外,不看国情,违背实事求是根本原则。

这五个瘟牛,快死了利索。

死了利索?这是钱!每条牛花的钱能把每条牛用十元大票贴起来。

听说要降价处理,广告已经贴到火车站汽车站大街小巷去啦。

贴也白搭,没人要这些怪物。还不如杀了吃肉,佘丸子，剁馅子，酱、卤、红烧。

蒺藜狗子和美人鱼并肩走向远方。牛们面对着食槽中馊烂的草料，一个个摇头晃脑，心里充满悲哀……

奶牛站在蝈蝈面前，一动不动，它的四蹄已深陷进稀泥里，像栽在那里的一头石牛。鸟老头在树上活动着，惊吓得鸟鹊吱喳乱叫。奶牛脉脉含情地看着主人安详的脸，嘴动着，像要开口说话。

蒺藜狗子和美人鱼走了，你来了。

那天，你穿着一件汗渍斑驳的老土布褂子，一条蓝咔叽布裤子，赤脚穿着一双破胶鞋，一根鞋带是细麻绳，另一根鞋带是细铁丝。头发乱糟糟像一团枯草，面色灰白如一块碱地皮，眼睛很大但缺乏光彩似白天的月亮。我长鸣一声招呼着你，我一见你就觉得遇到了知音。小伙子，看来你也是个落魄的动物啊。从你那宽阔的额头和灵巧的嘴角上，看得出你十分聪颖；从你破烂的衣着看得出你混得不强；从你眼下的黑晕和眉宇间的皱纹看得出你内心痛苦睡眠不足。哞哞哞，我们是背运的倒霉鬼。你慢腾腾地对着我走过来，我从木栅栏里伸出嘴巴，你用沾着苦辣旱烟儿的手，抚摸着我的鼻梁。可怜的牛啊，看你瘦成什么样子啦！你拍着我的鼻子说，怪不得每头只要七百元。怪不得。贱钱没好货，好货不便宜啊。

你沿着栅栏徘徊着,你在沉思,打算盘。我知道对你是不敢抱什么指望了。看你那身打扮,打死你你也掏不出七百元来买走我,更甭说掏出五个七百元把我们全买走啦。但我不死心,我们不死心,我们一齐伸出头来,嗅着你身上散发出来的亲切熟悉的气息。

苍蝇和牛虻成群飞舞着,瞅着空子吮我们的血。那最狡猾的是贴着地皮飞翔、钻进我们的腿腋里的花斑虻子,那里是死角,只好由着它们咬。你还在栅栏外徘徊着,它们四个已失去对你的兴趣,走回食槽前,无可奈何地吃起变质的饲料。一只屎壳郎正在倒推着一个比它的身体还要大的粪球前进,它推呀推呀,推得粪球滴溜溜滚。我一只眼睛看着屎壳郎推粪球,一只眼看着你低头垂肩来回走。在你的身后的原野上,横贯着一道乌黑的铁路,一辆墨绿色的列车鸣笛进了站。

列车进站后约有半小时,远远地看到一个姑娘横穿过铁路直奔牛栅而来。姑娘的步幅很大,膝关节十分灵活,走起路来富有舞蹈感。

又来了一个人。我向同伙们报告着。听到我的叫声,它们抬眼看了那姑娘一眼,一个个目光冷漠。看过,又低下头,愁眉苦脸地吃草料。我叫着,我向同伴们解释着,她也许是为我们来的,她也许是我们的救星。来呀,来呀,来呀,也许她能够给我们带来福音。眼睛有微恙的同伴斜瞥了我一眼,挥尾抽打着凶恶的虻虫,轻叫了一声,好像是说:你别做美梦了。

那姑娘放下手中的旅行包,双手把着栅栏,把脑袋从栅栏缝里伸进来。她的头发长、黑、亮、不烫、不扎,飞流直下,如同潇洒的马尾巴。澳大利亚良种奶牛!我听到她兴奋地说。她把头缩回去,高声喊叫:人呢?我把头又伸出去,不看小伙看着姑娘。她穿着一条浅蓝夹白色牛仔裤,绷得圆圆的屁股上绣着一个绿色的苹果。上身穿一件半袖白色羊毛衫,胸脯别着一枚白底红字铁牌牌。脚上穿一双网球鞋。蝈蝈!是你呀!你这个家伙,我两年没见到你啦。我听到她兴奋地喊叫着。我看到她几步跳到那个面孔阴郁的小伙子面前,并伸出一只黑黝黝的手。

蝈蝈,你当时没有说话。你倒退了一步,把她的手晒在那儿。你的目光冷冷的,睃着她胸前的牌牌。你对着姑娘点点头,嘟哝了一句什么话我没有听清。你扭头就走。姑娘愣怔了一下,但马上追上你,抓住你的肩头,把你扳了个趔趄。站住!你少给我装孙子!她野乎乎地说着,双手叉着细细的腰。为什么不理我?去年寒假我托人捎信给你让你去玩,你竟敢不去,我怎么得罪你啦?她说。毛艳,你没得罪我,我混惨了,没脸见人啦。你沮丧地说。

是的,你是有点惨,看看你这身打扮。她嘲弄道,你是不是打算到饭馆去舔人家的盘子底。

我人穷志不穷!你吼叫着。

她咯咯地笑起来,笑后说:你这个笨蛋!谁穷谁狗熊。你知道现在是什么年代了?知道吗?不知道就是不知道,别倒了架子不沾肉。听我说!

她的嘴唇灵活轻巧,话儿像河水决堤,若干新名词夹杂着若干旧名词,向着若干耳朵里灌。蝈蝈的脑袋渐渐地抬起来了,双眼放出光辉,黑眉毛不停地抖动着。

毛艳很满意自己的鼓动效果,闭嘴一笑等于休息,紧接着说:你围着栅栏转来转去是不是夜里要来偷牛?蝈蝈说:我来县城卖席,看到街上有畜牧站的卖牛广告,我们家正缺耕牛,就想来拣个便宜,没想到是这些怪物。毛艳说:说你笨蛋你还委屈,这是良种奶牛,每头日产奶量三十公斤,这五头奶牛能供给一个小镇的用奶。七百元一头,跟白捡差不多。你想让它们去耕地呀?那还不如让你去生孩子。

你说得天上下小孩我也拿不出三千五百元钱。

你敢不敢和我干一场？

敢。

好，蝈蝈，咱一言为定。我实话对你说了吧，这次期终考试，我有四门功课不及格，补考一次还不及格，学校新账旧账一起算，劝我退学呢。去年，我跟几个哥们儿跑了一趟买卖，赚了八百元，旷课二十天，学校恨死我了。让我退学，正好哩，我横竖不是个念书的材料。你们家在三县交界，有那么一大片荒草甸子，正好发展畜牧业，咱俩合伙养牛吧，我的知识养牛尽够用了，不上大学当畜牧主，更棒。

但是我没有钱。

噢，噢，没有钱，银行里有钱，我姨夫是县农业银行副行长，我们去找他贷款，先把牛买过来，然后再想法赚钱。现在的钱路子多着呢，看你找不找。你不是说卖席困难吗？我读书的地区产棉花，每年都用大量苇席苫垛，你在这边设点收购，我到那边联系销路，不，我先去联系销路，联系好了你再设点收购，还要到火车站去送送礼，雇两个车皮，钻两个空子，弄个万儿八千的。

你说得太容易了。

本来就不难嘛，蝈蝈，放胆跟我干吧，你那个电子脑袋要是开动起来,成不了农民企业家才见鬼。

我要跟我爹商量商量。

商量个屁!等你商量回来,黄瓜菜都凉了。你多大啦?二十四岁,不小了,李世民二十四岁当皇帝,主持天下大事。走呀,别扯着不圆圆,拽着不长长,我是为你好呢,走,找我姨夫去。

毛艳挽着蝈蝈的胳膊,蝈蝈别别扭扭地跟着走,破胶鞋啃着毛艳的脚后跟,毛艳瞪一眼,蝈蝈吓一跳,咧嘴笑一笑,继续跟着走。蝈蝈的身体渐渐恢复自然,弯曲的腰伸直了,腿怒冲冲地向前迈,一步步都好像踩着红木地板,咚咣咚咣地响。蝈蝈的走相漂亮,比得毛艳发了黄。蝈蝈走路像豹子,毛艳走路像麻雀。他们越走越远,我闻到一股亲切的草原气息从他们走去的方向传来,我充满着幻想和希望,并把这希望和幻想传达给伙伴们,它们和着我一齐鸣叫。火车又拉笛子,笛声一过我们继续叫。毛艳的旅行包扔在栅栏外……

火车笛声又贴着白露闪闪的草尖儿,抖抖颤颤地爬过来,草尖上的水珠纷纷落地,野苜蓿在雨中开出紫色的小花,油蚂蚱从草棵里蹦到花额奶牛耳朵上,一个黑色的鸟影映在牛眼里,它用力地叫了一声。

六

……蝈蝈,你知道试管婴儿吗?又不知道,你他妈的知道什么呀,一问三不知。晚月从地平线下爬升到中天时,毛艳对我说,试管婴儿没有爹也没娘,放在玻璃管里搅和搅和就长大了。她说完就笑起来,我知道她在欺我无知,心里不由一阵阵火起。紧接着我吭哧吭哧地憋气声,她又说:我们学院里正在研究试管牛,搞了三年了,连根牛毛还没培养出来,我说你们怎么不把大象和牛杂交、把牛和兔子杂交呢?反正我也不想学,故意跟他们捣乱……

毛艳用一根梢头带着簇绿叶的细柳条抽打着奶牛的屁股,肩上的长发像马尾一样甩动着。你要知道蝈蝈,我们今天的动作要是稍微慢一点,这五头奶牛就被那个厚嘴唇的小伙子抢去了。他那个洗得发了白的军用挎包里,装的全是票子。这小子肯定是个复员兵。现在的复员兵一个比一个邪乎,抓起钱来稳准狠,后娘打孩子,一下是一下。你干吗不吭声?她停住脚,用那根细柳条拂了一下我的鼻子,沾着牛腻味的柳叶拨弄着我的睫毛,晃花了我的眼睛。夏夜的风吹动遍地月光,沸沸扬扬掺亮了空气。疙疙瘩瘩的小径上一头挨一头排成一队牛,毛艳走在牛后,我跟着毛艳,寒冷的月光逼我抱住了肩头,牛和我们连成串,像一条瘦长的船,在宽阔的河里漂流。流呀流,仿佛流进梦里头,恍然间她成了织女我成了牛郎。哞——奶牛凄凄凉凉地叫起来,我心里打了一个抖颤——如果翻了船,不知谁是织女谁是牛郎。

连声牛叫,使我心里发慌,五千元贷款,不是闹着玩的!我觉着我简直在拿着脑袋开玩笑。牛们在歪歪斜斜地移动,不像牛啦,像妖怪。我说:毛艳,这五个大家伙,养在哪儿?用什么喂?怎样喂?怎样挤奶?挤了奶怎么卖?这些我全不知道。

不是还有我吗?我整个暑假——我不上学啦,就住在你们家了,我爸爸骂我不争气,代沟。你呀,前怕狼,后怕虎,白长了一嘴胡子。

毛艳像赶牛一样抽打着我的背,我们几步就追上了筋疲力尽的牛队。花额奶牛背上驮着毛艳的两件小行李,一个提兜一个网兜,网兜里的牙具缸子碰着小镜子,小镜子反射着月光,光影像只金蝙蝠,不时飞到路边的槐树上去。我突然想起中午时,我和她并膀走到铁路,我说:你的行李丢到牛栅栏外啦。她说:我故意放在那儿。我说：丢不了吗？她说：丢不了。我说：我去拿来吧。她说：丢不了，你不懂。

一只"刮头篦子"在草丛里叫起来，叫声扣人心弦。

蝈蝈，听说你结婚啦？她问。我羞愧地盯了她一眼，她的眼睛仰望着薄薄的月亮。

是的。

动作够麻利的。她说。不知是夸奖我还是嘲讽我。

怎么说呢？

过得还好吗？

凑合着。

有孩子吗？

有啦。

男孩？

女孩。

女孩好，像你吗？

像。

那一定很漂亮。

凑合着。

你就知道凑合，什么都是凑合。

那……不凑合又怎么办呢？

我的嗓子发哽，说话的声调都变啦。毛艳看着我说：蝈蝈，我警告你，不许你爱上我。我记着你的仇呢，你忘了没有，我让你帮我复习功课，你根本不理我。

我怎么能忘了呢？你用土坷垃差点把我打死。

毛艳响亮地笑起来。我们终于走进了草甸子，苦涩的草味儿钻满了鼻腔，奶牛们昂起头，哧哄哧哄地吹着鼻子，听起来像女人在抽泣。草甸子里的昆虫感情饱满地叫着，虫声汇成一条潺潺的河流，漫过草甸子，又折回草甸子。花额奶牛驮着行李走在最后，不时用目光明亮的眼睛瞥瞥我和毛艳。毛艳的白色半袖羊毛衫上涂上了一层浅蓝色的月光，小银牌牌在胸脯上闪闪烁烁。

前边就是我们村，我说。

我知道，你还没忘记我来告诉你"回炉"的事吧？那时候，你正患着高考综合征。

真快，一晃就是三年。我说。说着就想起了老婆孩子，悲哀和惆怅袭上来，于是无法说话。见月光下奶牛们发亮的背散进草地里去，草地里响起唰啦唰啦的吃草声。

你在想什么？她问我。我说我也不知道我在想什么。她打了一个呵欠，说：打瞌睡了，你家有地方睡吗？我说没有。她说：我睡在草地里也行，小时候爸爸打我，我跑到草地上睡过一次，早晨醒来，头发上沾着一层露水。我说：不会让你睡草地的。

我心里发沉，希望着永远走不尽这月下的草径。毛艳却轰牛上路，牛们东跑北窜，和毛艳捉迷藏。她累得气喘吁吁。我说：让它们吃一会儿吧。

我们终于把它们赶上了路，草甸子里起了微风，草梢上的月亮斑斑点点，跳动得美丽多姿。牛们喘着粗气，不时把头伸到路边草里去。走完了路，看到了雾气腾腾的村庄和乌黑油亮的白杨树。

是蛐蛐她爹吗？茧儿站在白杨树下喊。我没有答应。奶牛们自动停步，五头牛头尾相衔，像用一根铁钎子穿在了一起。茧儿从树影下走出来，高声叫着：是蛐蛐她爹吗？我说：你瞎叫唤什么？我又不聋。

蛐蛐她爹，她低低地说着，立在了我和毛艳身边，她的脸像个雪白的大南瓜，眉毛淡得如一条线。蛐蛐她爹，我在树下等了你大半夜，衣裳都让露水打湿了。我心里焦急，不往好处想，寻思着你碰上了劫路的了。蛐蛐咿呀着哭了一会，等不来你，就睡啦……她期期艾艾地说着，像个做错事情的孩子。

蛐蛐她爹就是你？你这个家伙！毛艳把对着我的脸

扭一下,对着茧儿,说:你就是茧儿姐姐吧?我是蝈蝈的同学。

她叫毛艳。我说。

猫儿眼?

毛艳!是来帮我养奶牛的。

什么奶牛?

什么奶牛!在你眼前摆着呢。行了,过几天你就知道啦。我心里空虚烦恼,说,快回家收拾一下炕,让毛艳睡觉。

爹和娘也没睡,就着月光等我回来。我把牛轰进院子,就听到爹和娘一齐咳嗽着,点亮了煤油灯。

毛艳进屋吓了爹娘一跳。

我说贷款买了五头奶牛,吓得爹娘哑口无言,一齐跑到院子里看。爹娘进了屋,娘索索地抖,爹说:反了你个小杂种!这么大的事你竟敢自作主张。

我说:我二十四了,不是小孩子啦!李世民二十四岁当皇帝,管理天下大事。

哪个村的李世民?爹说,你连你爹也骗。

毛艳笑起来。

闺女,你笑什么?娘问。

大伯大娘,蝈蝈没错。毛艳说。

女儿在茧儿怀里哭了两声,茧儿拍着她的屁股说:蛐蛐不哭,蛐蛐不叫,蛐蛐她爹买回牛,一条二条三条,八条七条五条……

蝈蝈,你别把心想邪了呀!爹谆谆教诲我。

毛艳来了精神,把白天讲给我听的那些道理又叽里哇啦地讲给爹娘听。

娘说:闺女,你好像在背天书,俺听不明白。

毛艳说:您明白一点就行了。一代胜过一代,就像您这小脚,能跑过我这双大脚吗?

跑不过。娘说。

跑不过就别说话。毛艳说。

娘说:闺女,这可是在俺家呀,你扫帚捂鳖算哪一枝子的?

毛艳瞪着眼说:我要横扫一切旧思想。

黎明时分,爹说:蝈蝈,你是要这些洋牛呢还是要爹娘?

我说:牛要,爹娘也要。

爹说:留牛不留爹娘,留爹娘不留牛。

毛艳说:大伯,你们干脆分家,让蝈蝈每月付给你们养老费。

我说:分开也好。

爹说：你翅膀硬啦，不是前几年尿床那会儿啦！

我说：是你们逼得我。

蝈蝈，娘说，你娶了老婆忘了娘，老天爷不会饶过你。老天爷长着眼呢，十年前，天上落下滚地雷，劈死一个女妖精——娘顿了顿，睃了爹一眼，接着说，天老爷圣明着呢，你要是敢和爹娘分家，就让滚地雷劈了你个狗杂种。说到这里，娘的眼里射出逼人的寒光。我突然想起那个雨天，娘把脸贴在玻璃上，也用这样的目光，窥视着我和茧儿。我心中立刻堆满了愤怒和厌恶，我咬牙切齿地说：分家，分！你们的生活费我来出，只是求你们别管我。

蝈蝈！一直惊恐地站在一边听我们争吵的茧儿喊起来。蝈蝈，不能分啊，邻亲百家会笑话我们的。

毛艳说：第一个不缠脚的女人也被人笑话过，现在谁还缠脚，你缠吗嫂子？骨头全缠断了，都是甲级残废。

村子里的鸡又一次叫出一个新浪潮，外面喧嚣着生的声音。从院子里刮进来一阵腥风，耗干油的灯迫不及待地跳动几下，熄灭啦。房子里灰暗了一分钟，潮湿的、浅黄色的阳光就从门缝里挤进来。屋子里充满热嘟嘟的腥气，好像刚用开水烫过死鸡死鸭。大家都困乏地立起来，被疲倦折磨得失去精神的眼里显出惶惑不安的神情。

这是什么味道？——洋牛味！——绝对不是——像死鸡死鸭。

奶牛在院子里叫起来，牛一叫，我立刻想到若干事，分家后，人到哪里住，牛到哪儿住，锅碗瓢盆切菜刀，一样也少不了，我头昏脑涨，甚至开始后悔。我抬头寻找毛艳，她用手扇动着唇边的空气，轻蔑地笑我。我说：毛艳……她说：你害怕了？我说：不是怕……毛艳说：是胆怯！枉为了男子汉大丈夫！手里有钱，地里有无穷的草，你怕什么？茧儿可怜巴巴地对毛艳说：猫妹妹，你劝劝他，让他把牛送回去吧。

爹用手掌揉着眼说：你给我滚！牵着你的牛爹牛娘给我滚，别让这些畜生腌臜我的院子。娘说：蝈蝈呀，虎毒不食亲儿，爹娘全是为着你好，听话，把这些腥牛送回去，咱正儿八经地好好过日子。爹说：儿大不由爷，你折腾去吧，无恩无仇不结父子。

牛叫声越来越急，那股腥气也越来越浓，无孔不入地钻进屋里。毛艳恶心，伸出两个手指捏一下咽喉，捏出两个紫印子。不对呀，她说，奶牛怎么会有这种味道呢？毛艳一把拉开门，我看到她两眼发直，嘴唇发白，呆了五秒钟,退了三二步,惊叫道:蝈蝈你看那是个什么?

院子里,五头奶牛稀稀疏疏站着,一个个都像患了感冒,流着清鼻涕,低眉顺眼,垂头丧气。在牛群中,有一个似鸟非鸟似人非人的怪物在行走。他的双腿裸露,细干瘦长,皲裂着一瓦瓦黑色间白纹的鳞片。脚脖上拖着一条粗麻绳,麻绳头拖散了,染着绿色草汁,沾着一疙瘩黄泥。他的步伐类似蹒跚,更像蹦跳,好像脚下安装着两根柔软的弹簧。他的头细长,带着一些不规则的棱角,头上一根毛也没有,两只耳朵像两只晒干了的木耳,阴鸷的目光像爬行动物。他的双肩与胳膊上,对称地生着白色的与灰色的扁羽毛。前胸上的毛蓬松杂乱,肮脏不堪;有的毛根儿朝外,有的毛根儿朝里。背上的毛很少,露着人的深深的脊沟,一群群的寄生虫在脊沟里像黑蚂蚁一样蠕动着。

原来是你这个老怪物!我啐了一口,说,你会飞了吗?老妖怪,别做梦啦。

遍身羽毛的老头阴毒地看着我,忽然振动双翅,发出猫头鹰一样的叫声。他端着翅膀,沿着院墙走动。土墙上伏着一片肥胖的蜗牛,他一把把地抓起蜗牛塞进嘴里,香甜地咀嚼着,绿色的汁液从他的嘴角流出来,沿着下巴，滴落到胸前的羽毛上。

这是个什么东西？毛艳惊魂未定地捏着我的胳膊问。

没等我回答，那鸟羽老头就把双翅一抖，尖声叫道：别打我……我要飞……

随着他翅膀的抖动，一股更加浓烈的腥臭气扑过来，这已经不是屠戮鸡鸭的味道或臭鱼烂虾的味道，简直是腐尸的味道啦。毛艳掏出手绢捂住鼻子，跳到院子里。腥臭气把她的瞌睡驱赶跑了。她转到老头身后，仔细地打量着，老头又聚精会神地吃开了蜗牛，根本不理睬她。

你走吧，娘说，你把俺墙上的蜗罗牛子吃完就走吧，俺一家老小都知道你本领大，敬着你哩。

抽烟吗？爹说，爹走到院子里，用手心擦擦烟袋嘴，恭恭敬敬地托着烟袋，顶着扑鼻的腥臭，向鸟羽老头靠过去。鸟羽老头回过头来，白眼珠子翻了翻，把两个腮帮子鼓得高高的，突然喷出了几十个蜗牛壳，像冰雹一样落在爹的脸上。

腥臭气和怪叫声把茧儿怀里的蛐蛐也惊动了。她疲乏厌倦地哭起来。茧儿拍打着她说：别哭，好孩子，别哭，你看，你爹买来一群洋牛，那个长翅膀的老头也来啦。蛐蛐往院子里望了一眼,"哇"了一声,把头扎在茧儿怀里,一动也不敢动啦。

毛艳站在老头儿背后,凝神片刻,腮上泛起会意的笑容。她对着我飞了一个眼色,便鹰扑兔般往前一冲,她抓住一束羽毛,用力一拽,只听到老头像兔子一样水分充足地叫了一声:别打我……我要飞……那束羽毛,连带着一些黑乎乎的臭气熏天的东西脱落下来。毛艳笑着,叫着,前后左右跳着,向老头发起连续进攻,她的步伐灵活,像拳击又像击剑。老头哭嚎着,转着圈防卫,但无济于事。不到十分钟,他身上的羽毛就被毛艳撕扯得干干净净,显出了又脏又瘦的身体。老头像青蛙一样伏在地上,痛哭着:别打我……我要飞……别打我……我要飞……混浊的泪水沾湿了肮脏的面颊。

遍地羽毛狼藉,有一两片在轻动。我看着毛艳,毛艳看着我,又一齐看着老头,良久无言……

七

眼睛上方有两块黄色斑点的小黑狗四眼正在村子里的草垛边与一条名叫鹞子的小公狗纠缠,忽然看到村头上电光闪闪,便撇下鹞子,踏着街上一汪汪的雨水,箭一般地飞奔回来。它跑到躺在绿草地上的蛐蛐面前,用冰凉的鼻子触着她胖乎乎的小手。蛐蛐!蛐蛐!它叫着,用牙齿咬住女孩绣着铁臂阿童木的汗衫,把她拖起来。

蛐蛐张大嘴巴,长长地打了一个呵欠,一滴口水像透明的蚕丝落到阿童木的头上。她抬起手背揉揉眼睛,摸着小黑狗的头说:四眼,狗娘养的,跑到哪儿去啦?女孩站起来,提提湿漉漉的裤子,挪动着两根藕节般的小腿,向着蝈蝈走去。爸爸,爸爸,那个火球呢?奶牛抬起头,亲切地舔着小主人。滚开,大花牛,回棚里去。四眼,把大花牛轰回棚里去。小黑狗立即执行女孩的命令,在奶牛面前跳着,汪汪地叫着。奶牛使劲扭动着腰肢,拔出深陷在泥土里的蹄子,懒洋洋地往棚里走去。

女孩蹲在蝈蝈面前,大声喊叫。蝈蝈的睫毛像燕翅一样剪动着,脸上浮起幸福的笑容。爸爸,你醒醒么!爸爸,那个火球被我踢到哪里去啦?我的裤子湿了,不是我尿的,我的腿麻。猫眼阿姨怎么还不回来?爸爸,你说呀!女孩像个小老太婆一样絮叨着,我的腿麻,爸爸,我的腿麻。她坐下去,用手指去捅蝈蝈的鼻孔……

妈妈就知道让我睡觉,白天睡了夜里睡,我不睡么,我要找小狗耍去。妈妈就说:长翅膀的老头来了,翅膀老头红眼绿指甲,见了小孩就吃。你听,老头在树上飞呢!别打我……我要飞……我问:妈妈,谁打老头啦?妈妈说:你爸爸,还有猫眼阿姨。快闭眼吧,别说话,别让老头听见……床上铺的竹芯凉席忽悠悠地飘起来,凉席托着我先是在天花板下团团转,后来,又从窗户玻璃上飞出去,玻璃好像水一样,轻轻一冲就开啦。凉席托着我在村子上空飞来飞去,白云彩红云彩绿云彩跟着我,一伸手就揪住了,云彩痛得叫妈妈。它妈妈是星星,星星挑着筐子,筐子里盛着糖、花生、布老虎。老虎呜呜哭,老虎老虎你哭什么?老虎说,下雨了,淋湿了毛。我说,老虎,你别哭啦,叫翅膀老头听到把你吃了,咯嘣咯嘣嚼骨头……我看到那个长翅膀的老头在村前一道颓墙上练飞。颓墙有一米半高,墙头上长着车前子和蒲公英,妈妈说不是蒲公英,是婆婆丁,爸爸说也是蒲公英,也是婆婆丁。墙根丛生着一窝窝酸枣棵子,红酸枣、绿酸枣,把口水都酸出来了。老头在酸枣棵子中用破砖烂瓦垒了一个台阶,踩着台阶扯着车前草他爬上墙去,腿肚子哆嗦着,张开翅膀,朝着我飞来,妈妈!我怕!老头飞不到我跟前,像石头蛋子一样头朝下栽到酸枣棵子里,酸枣针把他的头咬得淌黑血。爸爸和猫眼阿姨来了。爸爸，老头咬我，我怕！爸爸说：不怕。猫眼阿姨用照相机给老头照相，叭勾——！像放枪一样，老头吓得不会动了，抱着头哭：别打我……我要飞……阿姨说：他原来就想上天吗？那真也该打，就像打球，歪打正着。爸爸说：到底是打错了还是打对了？爸爸和阿姨走了，翅膀老头又活了，踏着砖瓦，哆哆嗦嗦爬上墙，他抖着翅，果真像老母鸡一样飞出去好远，落地时往前趔趄了几步，没有摔倒。阿姨！看啊，老头飞了！

自从那次猫眼阿姨拔光他的羽毛后，他不见了。人们都传说他去偷动物园的孔雀，进了狼笼子，被四条大灰狼吃啦。老头走后，村子里的蜗牛使劲多，所有的墙壁都变成了灰绿色，下过大雨晴了天，蜗牛的叫声好像刮风摇树叶子。猫眼阿姨向村里人宣传：蜗牛有高度营养价值！猫眼阿姨还念报纸给大家听，人们都不信，说，只有鸟毛老头才去吃蜗牛，正经人是不吃蜗牛的。还说，要是蜗牛也能吃，那么蚯蚓、苍蝇、蚂蚱、蚊子也都是高级食品。得了吧，姑娘，他们说，留着蜗牛你们去吃吧，你们喝着牛奶就着蜗牛正好对味。猫眼阿姨摊开手，笑笑，退一步劝他们用蜗牛喂鸡喂鸭。村里人听了猫眼阿姨的话,用扫帚把蜗牛从墙上扫下来,放在石槽里用大棒子捣成肉酱,拌在糠皮里喂鸡喂鸭,全村的鸡鸭全都下起了双黄蛋。他们相信了猫眼阿姨的话。但他们还是不敢吃蜗牛,只敢吃蜗牛变成的双黄蛋。村里的孩子们看到我吃盐渍油炸蜗牛,好像吃花生麻糖,馋得他们伸舌头,都伸手跟我要。芳芳的娘,艳艳的娘,俺二姑,老狗皮爷爷,都来问猫眼阿姨:姑娘,这蜗牛真能吃?猫眼阿姨把一颗蜗牛扔进嘴,带着壳就咽了。村里人都拿着盆举着碗抢蜗牛,连墙角旮旯全找遍了。等老头扎齐了毛飞回来时,他的蜗牛被吃光了。

老头这次回来,身上的羽毛老厚老厚,翅膀上的羽毛又大又干净,像大扇子一样。他到处找蜗牛,找不着了,就从腐土中掘来红的蚯蚓,哧溜哧溜吃下去,像喝面条一样。吓得村里人脊梁像棍子一样直。猫眼阿姨说:这个老东西,懂得营养学,他尽拣好东西吃,蚯蚓也是高蛋白呀。

老头看到我的凉席在他头上飞,眼珠子都气红啦,他扇着翅膀飞起来,一把抓住了我的腿。老头伸出长长的绿指甲,要挖我的眼。我吓坏了,惊叫起来……妈妈轻轻拍着我说:蛐蛐,好好睡,娘守着你哩。我从睫毛缝里看着妈妈,妈妈坐在我的床前噌棱噌棱纳鞋底子。

妈妈有空就纳鞋底子,纳了一摞又一摞。爸爸去县城贸易公司联系业务了,猫眼阿姨去了特区。妈妈坐不安稳,好像被尿憋得慌。妈妈。妈妈说:蛐蛐,要尿尿吧?不,你才有尿呢。妈妈又跑出去啦,我知道她出去望爸爸。妈妈前两天老是偷偷地哭,眼皮肿得像葡萄皮。今天她穿着一件水红色的偏襟衫子,衫子的袖上补着一个补丁。衣服小,包不住胖妈妈。妈妈纳一会鞋底子,就坐在床头上,挽起裤腿子搓纳鞋底用的麻绳。她的腿又粗又白,连一根汗毛都没有——搓麻绳时绞光啦。妈妈拈着两片麻,往手心里啐一口唾沫,然后把麻按在光滑的腿上,使劲往下一搓,两片麻梢儿在她腿肚子外侧像四眼小狗一样摇着尾巴。前几天爸爸心烦地对妈妈说:你搓吧,搓吧,简直是嗜痂成癖。我问:爸爸,什么"嗜痂"?爸爸说:别乱问。爸爸从来不穿妈妈给他做的鞋,妈妈只管做,做好了就一双双摆在橱里。

院子里响起脚步声。一听我就知道是爸爸回来啦。妈妈撂下麻绳,放下裤腿,摇着尾巴跑出去。蛐蛐呢?爸爸问。在床上睡着哩,妈妈说。爸爸像大老猫一样朝我走过来,我把睫毛合了一下,从一线缝里觑着爸爸。爸爸下巴上的胡子刚刮过,胡楂子青白色。从他嘴里吹出一股葡萄酒的气。他的嘴唇滑溜溜,亲得我腮帮子痒痒的。我感到他把那只大手伸进我的开裆裤里，摸着我的小肚子。她没哭吗？爸爸问。哭着要猫眼眼。妈妈说。噢，她还要等些日子才能回来。爸爸说，热水器里放水了吗？跑得满身臭汗。你不跟我一块洗吗？

在太阳能热水器那儿洗过澡的爸爸，头发又黑又亮，像老鸹毛一样。我爸爸是个英俊少年。猫眼阿姨领我看电视，电视里有个英俊少年。妈妈红着脸站在床边，她说：蛐蛐她爹，你越活越年轻。爸爸说：我们都应该越活越年轻，人老心不能老。你今天怎么穿上了这件褂子？爸爸问。蝈蝈，我不知道，我想你。脱下来吧，爸爸说，像个出土文物。今天我给你买了一件衣服。

爸爸拉开皮包，拿出一个长方形纸包，撕开纸，一抖，变出了一条苹果绿色大袍子。来吧，穿上试试，这是大号的，你穿恐怕还有点瘦，瘦点好，瘦点出线条。爸爸端着袍子往妈妈身上比量着，妈妈一小步一小步地后退，像被火烤着。她爹——别"她爹""她爹"的，我是爸爸——爸爸，她爸爸，我怎么能穿这种衣裳，穿上了怎么好意思见人，人家会指着脊梁杆子骂我呢——你怕什么？来，穿上我看看——不，不……

爸爸把袍子放在床上，用一只胳膊搂住妈妈的腰，另一只手慢慢地伸下去,解开妈妈的衣扣。她爸爸,爸爸,别这样,大白天的……妈妈呜呜地喘着气说。爸爸说:不要紧,茧儿。妈妈像只大白兔一样站在床前,她的脸和脖子像鸡冠子一样红,胸脯像牛奶一样白。妈妈双手捂住脸,那两个胖胖的奶奶轻轻地跳着,两颗红樱桃般的奶头对着我点头,我使劲地吧嗒着嘴。爸爸和妈妈被我吓坏了,妈妈躲在爸爸怀里,连气都不敢出。爸爸帮妈妈穿好袍子,前后左右地打量着。妈妈真好看,绿袍托着红红的脸,妈妈变成一朵粉荷花。太好了!爸爸说。果然是人靠衣裳马靠鞍。爸爸搂住妈妈,像吃奶一样地咂妈妈的嘴。妈妈嘤嘤地哭起来。你哭什么?爸爸问。蝈蝈,好兄弟,我想生个儿子,妈妈说。爸爸慢慢地把妈妈松开,脸色变得冷冷的。你怎么又提起这话头?我们不是领了独生子女证了吗?我还想生,我知道,我不生儿子你是不会喜欢我的,生了儿子才能拴住你的心。妈妈说着,眼泪成串地往下落。别说啦!爸爸厌烦地叫一声,一甩手,走了。妈妈趴在床上,呜呜地哭起来。我吓坏了,躺在床上一动也不敢动。

我知道,我知道你为什么不要儿子,我知道……妈妈一边哭一边说,我知道我不如她俊,不如她年轻……妈妈胖胖的大白脸上挂着透明的泪珠,泪珠落到苹果绿色袍子上,嘟噜噜地往下滚。她举起一面方镜,照着自己的脸和身体,她对着镜子,用指肚抻着眼角的皮肤。一抻,皮绷紧,皱纹消失;一松,皮松弛,皱纹出现……妈妈把镜子反扣在桌子上,哭得更伤心啦,奶奶像凉粉一样颤动着。她费了很大劲才把紧绷在身上的袍子脱下来,手忙脚乱地又换上那条肥腿裤子和那件补丁褂子。妈妈不亮了,不耀眼了,妈妈像只老母鸡。

院子里又响起脚步声,我辨别出这仍然是爸爸的脚步声,他每逢心里有事时,总是用脚后跟重重地捣着地面。爸爸又带着香气进了屋。茧儿,你听我说——你怎么把裙子脱下来啦?爸爸看看妈妈身上的衣裳,说,你为什么要脱下来!你为什么总是要把自己弄得像只老母鸡一样难看?爸爸也说妈妈是只老母鸡。她爸爸我不愿穿,穿上新衣裳我的皮肉就像被火燎着。再说,咱都是结婚有孩子的人啦,只要不露着皮肉就行啦,穿好了招人笑话,妈妈说。我给你买衣服就是让你穿。留着吧,等咱的蛐蛐长大啦,让她穿。爸爸笑了一声,两个嘴角上显出两条直竖着的深皱纹。

你想得真远啊!爸爸说。他把那件袍子抓过来拎起来,摸出电子打火机,按机关,打火机蹿出一股绿色火苗。她爹!妈妈惊叫。苹果绿色袍子呼呼啦啦烧起来,爸爸的手在半空中停着，提着一盏灯笼。火苗燎着爸爸的手，发出嗞啦嗞啦的声响。袍子在火中缩小，最后变成一个大大的黑蝴蝶。几个绿色的扣子落到地板上，响着，滚着。爸爸把手轻轻一抖，黑蝴蝶飞落地。妈妈直着眼坐在床沿上，嘴半张开，肚子里呼噜呼噜地响。爸爸一句话也没说，转身走了。房子里充满怪味，我忍不住咳嗽起来。我坐起来，叫了一声："妈妈。"妈妈抬起衣袖擦了擦湿漉漉的脸，走上前来，抱起我，使劲地搂着。妈妈，我又叫。蛐蛐，好孩子，别叫"妈妈"，叫"娘"，还是叫"娘"好。孩子，你爹变质啦，你爹不像个庄稼人啦，你爹全身上下连头发梢上都是香喷喷的味儿……不，我说，不，我摇摇头。我不叫"娘"，我还是要叫"妈妈"，猫眼阿姨说叫妈妈好。妈妈还在哭，还在说：蛐蛐，你爹变心啦，他不喜欢我啦。都怨你自己，我想，爸爸刚才还搂着你亲，可你偏要生儿子。为了逗妈妈开心，我说：妈妈，爱情是碗豆腐脑，趁热吃最好；爱情是盆洗澡水，先洗脸，后洗腿。——你胡说什么，蛐蛐，是谁教你这些胡言乱语？——不是胡言乱语，这是诗，是猫眼阿姨念的——蛐蛐，往后别跟着那个……她学，跟她学不出好来。你奶奶说，半夜里飞来只猫头鹰——我奶奶瞎说！我叫嚷着。奶奶是个老妖怪。

……妈妈刚把我生下来，奶奶就骂我：丫头片子。她那两只绿色老猫眼盯着我，我也恶狠狠地盯着她，一出生我就和她结下了冤仇，她经常折磨我，她用冰冷的火镰磨我的嘴唇，用臭烘烘的破布擦我的牙床，还用手指捏我的小奶头。我长到二百多天的时候，每逢妈妈不在家，她就用嘴嚼饼子喂我，饼子嚼得黏糊糊的，她用手指挑着往我嘴里抿。她的手指干燥开裂，擦着我嘴角火辣辣地痛。我的手脚被捆得绷绷紧，无法反抗，只好拼命号哭。她说：小鳖羔子，吃哭食哩，哭也得吃。黏稠的饼子进了我的气管，我嗷嗷地叫着，脸都憋紫了。爸爸回来了，说：娘，你怎么这样折腾她？奶奶怒气冲天，把我扔到炕上，骂爸爸：杂种，我怎么折腾她啦？爸爸说：没有这样喂孩子的，这样不卫生。奶奶说：什么卫生不卫生，杂种，你也是我这样喂大的。

我们和爷爷奶奶分了家，我们在白杨树下建了新房子，奶奶和爷爷住在旧房子里。爸爸让奶奶和爷爷搬到新房子里住，奶奶说：没那福气。爸爸说：这可是你说的。爸爸每月付给爷爷和奶奶二百元养老费。爷爷背着一支长苗子土枪，天天在草甸子里转悠，碰到兔子打兔子，碰到斑鸠打斑鸠，有一次还打到一匹三条腿的小猞狲，全村的孩子都跑到爷爷家去看这匹稀奇走兽。爷爷领我去钓鱼，钓了一条白鳝、一条黄鳝，白鳝黄鳝都在草地上打滚，滚了一会，就不滚了，爷爷光顾钓鱼，黄鳝被四眼叼去吃了，连骨头都吃了。我说：爷爷，把白鳝给鸟老头吃了吧，爷爷不答应。鸟老头在草上追野兔子，追过来追过去，总也追不上。奶奶每天都泡在我们的新家里，什么事都要掺和，什么事都要插嘴。我们的"五朵金花"最惹她生气，她说：这些妖怪，奶子像大水罐。猫眼阿姨挤奶时，她就站在一边说：这是奶吗？哗啦哗啦像撒尿，镇上那些喝你们奶的孩子，迟早要生出牛角来。我捧着奶瓶跑过来，嘴嚼着奶头，看着白里透蓝的乳汁射进奶桶。猫眼阿姨穿着工装裤，袖子换到肘弯，双臂像白鳝一样扭着。奶牛呼哧着喘气，不时用蓝眼睛看着我们。蛐蛐，奶奶说，你别喝这些脏东西。她用手指着我的奶瓶。我说：牛奶好喝，奶奶，你想喝吗？猫眼阿姨提起奶桶，到脱脂房里去脱脂，她笑着对奶奶说：您老人家千万别喝，喝了后头上长角，身上长毛，腚上长尾巴。

奶奶越来越注意我了。只要我捧着奶瓶喝奶，她就用绿眼瞪着我。那天上午，奶奶又像只老鹰一样在我们院子里待着。爸爸在研究糖化饲料，猫眼阿姨在单杠架上拴了两根胶皮管子，训练妈妈挤牛奶。妈妈真笨，学了多少次啦，总也学不会。猫眼阿姨说：用力柔和一点，再柔和一点，不能像攥锄把子一样啊。妈妈满脸是汗，动作更加笨了。妈妈说：妹妹，还是让我干点粗活去吧，担担水，扫扫牛粪。挤牛奶也不是细活呀，猫眼阿姨擦着汗水说。我捧着奶瓶在院子里跑来跑去，前边的草场上有一只蓝色的蛱蝶在一剪一剪地飞动着。我放下奶瓶去追蛱蝶。蛱蝶飞高飞低地逗着我，最后扇动翅子上了树。我失望地跑回院子，看到奶奶仰着脖子，把我的奶瓶喝得呼呼噜噜响。放下！我喊，快放下，你把奶头给我弄脏了。奶奶翻翻白眼，骂道：小小年纪也会放屁，都是一样的嘴，怎么就弄脏啦？猫眼阿姨说：老太婆，头上长出牛角来啦。奶奶摸摸头，说：姑娘，别吓唬俺啦，这玩意儿还挺好喝。蝈蝈，往后，每天给我和你爹送两瓶过去。爸爸冷冷地说：好吧，不过，奶钱要在养老费里扣除。啊呀！奶奶大声叫起来，蝈蝈你这个杂种，娘四十八岁那年才得了你这么个老生儿子，恨不得打掉牙把你含在嘴里养着。冬天怕你冻着，夏天怕你热着，你六岁那年，还嘬着我的奶头吃奶，六年，一年三百六十五天，你给我算算这笔奶水钱是多少？你养着五头大奶牛，挤出的奶用平板车子往镇上送，连亲爹娘要瓶奶喝都扣钱……奶奶越说越感到委屈，坐在地上，捶打着地面，天呀地呀地哭起来。

奶奶的哭声引来一群人，人们咬着耳朵说话。老狗皮爷爷说我爸爸：蝈蝈，这就是你的不对啦。爸爸说：大叔，您不懂。奶奶见到人，更来了劲头，骂着：蝈蝈，悔不当初放在尿罐里淹死你个小杂种。认钱不认爹娘，天老爷饶不了你。迟早要从白杨树上落下滚地雷，劈了你这个小畜生，劈了你这瘟牛……

爸爸，你怎么还不醒？蛐蛐打着呵欠说。

八

她坐在老屋里的土炕上，愁绪满怀地纳着鞋底子。

就是在这间屋里，我给你做了老婆，蝈蝈！

就是在这间屋里，我给你生了女儿，蝈蝈！

蝈蝈，你快回心转意吧，你不回心转意我这辈子就算完啦。檐雨敲打着一个破脸盆，发出抽泣般的声响。她心烦意乱，坐立不安，已经是第三次用针锥刺破指头肚了。她把指头放在嘴里吮着，嘴里咸，鼻子酸，眼睛泪模糊。泪眼透过那块巴掌大的窗玻璃，她看到在房檐和晾衣绳之间的巨大蛛网上，粘住了一只嘴巴根子还泛着嫩黄的乳燕。小燕子死命挣扎着,恐惧地看着蹲在房檐下的那个乒乓球大小的蜘蛛。蜘蛛感觉到蛛网的强烈震动,沿着对角线爬到网中央。面对这个比自己大几倍的猎获物,蜘蛛毫不畏惧,它张开屁股上的开关,拖着黏黏的银丝,绕着小燕子爬来爬去,很快就把小燕子缠得像一只蜷曲的蚕蛹。小燕子快要窒息了,发出一声声绝望的啁啾。两只老燕子像麻雀一样噪叫着,扑棱棱地围着蛛网飞。蜘蛛慢吞吞地干着自己的事,睬都不睬它们。

她很怕那个黑乎乎的大蜘蛛,因为婆婆曾多次讲过滚地雷殛死蜘蛛精的事。怕蜘蛛,又可怜那快要被缠死的小燕子,这种矛盾心理使她暂时忘记了自己和丈夫的纠缠。后来,她大着胆子,冒雨跑到院子里,抄起一根滑溜溜的竹竿,闭着眼把蛛网搅破了。蜘蛛和燕子都落在泥水里。就在这时候,在几百米外的那棵大白杨树上,绿色和黄色的火球像穿梭一样滚动着,她双眼发直,脸白如纸,唇红如血。未及她反应过来,那一串串的火球便从树上消逝了。几十秒钟后,牛棚方向一声巨响,一道火光冲天而起,空气像汹涌的潮水一样漾过来,院子里飘着浓烈的硝烟气息。她沉思了半分钟,忽然惊叫一声,扔掉竹竿,冲出柴门,向着牛棚跑去。边跑边喊着：蛐蛐，蛐蛐，我的孩子……

她是趿拉着鞋子从屋里出来的，一出柴门，街上黏稠的泥巴就把她的鞋子脱掉了。于是她赤着脚，呱唧呱唧地踩着泥水，睁着眼，看不见路。远处的天空中闪电泼啦啦地继续燃烧，一瞬间她的眼睛漆黑发亮，一瞬间又黯淡无光。一种大祸临头般的感觉吓得她精神恍惚，她的眼前不断晃动着幻影。婆婆干瘪的脸，婆婆每每说到滚地雷殛死罪人或妖怪时那种令人毛骨悚然的语调和表情，丈夫穿西服扎领带时的潇洒神态，猫眼姑娘那一口雪白的牙齿和修长的双腿……自从她那天夜里来到我们家，我们家每天都在变，什么都变啦，丈夫，女儿。

……那天，草地上开遍金黄色苦菜花，棕色的蜥蜴在茅草缝里迅速爬动着，野兔在袅袅上升的氧气中奔跑，还有鹧鸪鸟迎着东方蓝色的太阳飞翔。一公一母是一对夫妻鹧鸪，忽高忽低，忽上忽下，背上和胸上的白色斑点像星星一样眨动着，就在它们要消融在草甸子深处的蓝天里时，一支枪口上冒出一股白烟，一只鹧鸪如一粒弹丸落了地，不知另一只鹧鸪怎么样，不知死的是公活着的是母，还是活着的是公死的是母。枪声传过来了。

丈夫穿一套大红运动服，猫眼穿一套白色运动服。

春天的草地上,我的丈夫和一个大姑娘每人提一支熊猫牌羽毛球拍,欢蹦乱跳地打羽毛球。蓝晶晶的天。绿幽幽的地。红艳艳的他。白闪闪的她。心酸酸的我。

扣呀!蝈蝈,你这个臭球篓子。猫眼大声喊叫着。她把我丈夫遛得上蹿下跳,如同走狗。后来,丈夫把羽毛球正正地打在她的奶子上。十环!十环!他兴奋地叫起来,像个大孩子,女儿小蛐蛐,两边来回跑,一会儿给爸爸加油,一会儿给阿姨加油,小嗓子都喊哑了。蛐蛐摘了好多苦菜花,用遮巾兜着,跑到猫眼面前,一把把抓着苦菜花,对着猫眼头上撒。她人小力气小,扬不了那么高,猫眼双膝跪到草地上,让蛐蛐把苦菜花撒了她满头。

我孤零零地站在一边,像一棵枯朽了的树,乌鸦和麻雀在我头上吵闹着。我想趴在草地上哭一场。毛艳跑到我面前来,她那两个苹果般的小奶子,边是边棱是棱地向前挺着,我女儿撒在她头上的苦菜花一朵朵往下掉着,她鼻子尖上挂满白色的汗珠。她弯腰从我脚下拣起羽毛球,无意地看看我的脸,走了两步又回过头说:大姐,你不玩一会儿吗?你玩一会儿吧。她把手中那只球拍塞给我。她对着我的丈夫说:蝈蝈,你跟大姐打一会儿。我的丈夫不高兴地说:捣什么乱!我攥着球拍,感到半边膀子都坠垮了。好妹妹，我不会打——我来教你——我笨，学不会，你跟他玩吧——我把球拍放在地上，低头不敢看他们，转过身，扭动着身子快步走，我心里并不难过，泪水却像泉水一样咕嘟咕嘟冒出来……

我从草地上走回家，心里说不清啥滋味，泪水一个劲地流，擦也擦不干。我感到委屈怨恨，但又不知道该恨谁。她就是比我能，就是比我"盖帽"——蛐蛐天天"盖帽""盖帽"地乱嚷——她那两个小奶子长得那么精神，我当闺女时也是膨着，她的腿那么长，屁股上的肉那么结实，难怪蝈蝈喜欢她，难怪蛐蛐也喜欢她。蛐蛐把那么一大堆苦菜花撒在她头发上，使她的脸像男孩子一样招人喜爱。她奔跑跳跃着，我女儿撒在她头上的苦菜花一朵朵往下落着，有的碰撞着她的脊背往下落，有的碰撞着她的胸脯往下落，有两朵沿着她敞开的衣领落下去，再也不见出来。我女儿围着她转，我丈夫围着她看，好像我的丈夫是她的丈夫，我的女儿是她的女儿。我嘴里发苦，我的命更苦。我两岁那年死了娘，跟着爹长大成人。嫁给了蝈蝈，我心里足得不行。我横看竖看看不够你，恨不得像抱奶娃娃一样天天抱着你。可是你一直和我隔着心。前几年你故意把自己弄得埋埋汰汰，没给我一天好气受；这几年你精神得要命，可对我越来越冷淡。我知道我不称你的心,不如你的意,可我给你生了女儿,生儿子我也能,你不要怨我,我给你洗衣做饭,也尽到了做老婆的本分啦,你不该吃着碗里的,看着碗外的……

我越想越冤屈,眼泪流干啦,眼睛里像有沙子,霍嘟霍嘟地响。哭也不顶事,命中没有莫强求,胡思乱想不中用。该干什么还得干什么。我扛起柳条篮子,到村里豆腐房去买豆腐,蝈蝈、蛐蛐,还有那个猫眼,全都是豆腐肚子,天天吃也不够。每逢我们四个人同桌吃饭时,我就不知道该哭还是该笑。蛐蛐总是一本正经地装大人,他和她却像两个调皮捣蛋的孩子,常常为一句一点也不好笑的话笑得弯腰喷饭。

我扛着柳条篮子进了村,大街旁边的排水沟里,全是灰绿色的蜗牛壳,几只鸡在刨着什么,弄出哗哗啦啦的响声。吃蜗牛的风气还是从我们家兴起来的,起初我哪里敢吃,看着他们吃我都恶心,后来,蛐蛐捏着我的鼻子把一个蜗牛塞到我嘴里,没用我嚼,蜗牛就化开啦,味道又鲜又美,强似活鱼嫩鸡。猫眼和蝈蝈还发明了好多种蜗牛做法,名字巧得我连说都不会说。吃了两个月蜗牛,我原来的衣服就穿不进去啦。蝈蝈让我喝凉水减肥,毛艳拉我去草地上做健美体操,弯腰撅腚的,把人都快羞死啦。村里的女人看到我，都捂着嘴笑。蝈蝈训我，看你肥成什么样子啦！我说：我愿意肥吗？他说：不愿肥为什么不练？我说：蝈蝈，就那么比划几下子能瘦了人？我心里话：蝈蝈，我知道你怎么看我都不顺眼，就变着法儿整治我。胖难道不比瘦好？

村子中间那棵白果树下，围着一群婆婆妈妈，一个同辈的媳妇叫我：茧儿嫂子，来呀。我问：干什么呀？她说：这儿有人在抽书算命，预卜吉兆。我的心动了一下，扎着篮子靠上去。白果树上挂满了破扫帚烂铁盆，好像随时都会掉下来。我挤进人圈，看到地上铺着一块两米见方的黄布，黄布上摆着一只黄铜鸟笼子，鸟笼子里养着一只黄色小鸟，小鸟在笼里跳上跳下，唧唧轻叫，鸟嘴是咖啡色的，鸟腿是淡黄色的。鸟笼子旁边，放着一排木格子，木格里放着一张张黄纸折子。守着摊儿的是一个面黄肌瘦的老头，一双黄眼珠子，很慢很阴地转着。一个中年妇女家里丢了一只羊，抽了一书，纸折子上画着一大簇青草，老头儿替她批讲说：狗三猫四，猪五羊六，靠草而去，你顺着草找去吧。女人眉开眼笑，递给老头一块钱，高高兴兴地走了。我出神地看着那只在笼子里蹦蹦跳跳的小鸟，那小鸟也不时地转过头来，用米粒大小的黑眼睛盯着我。我觉得这只小鸟认识我,它轻轻地叫着,不时吐出粉红色的舌头,它的下巴颏上,有一撮胭脂色的羽毛。大嫂,那老头说,你有心事。我摇摇头。你骗不了我,老头说,你有不高兴的事,花上一块钱,或许能找到一个趋吉避凶的方法。老头用黄金般的眼珠盯着我,小鸟也用米粒大的黑眼盯着我。我眼睛里只有老头和小鸟,旁边的老婆婆少媳妇吃屎娃娃全都退出去很远。我蹲下去,看着那只小鸟说:我抽一书。老头说:求者心中事,灵鸟早已知。他从口袋里掏出一个黄铜小铃铛,对着鸟笼晃了三下,然后拨开笼门,小鸟蹦蹦跳跳直奔木格子。在木格子前,它东瞅瞅西瞅瞅,用嘴巴叼住一个纸折,扑棱着翅膀往外拽。老头把纸折递给我。小鸟进了笼子,吃着老头赏给它的金黄小米,还时不时地对着我看。

我捧着这张发黄的纸折,迟迟不敢打开,从纸折里散发出一股发霉的味道。老头说:看看吧,看看是不是你要问的事。

我翻开纸折,看到一幅阴森森的图画:在一棵柳树下,一个长发披散的女子,手托一条白丝绦,看样子准备上吊。我的心一下子揪了起来。画旁还有两行黑字,我说:先生,请您给批讲批讲。老头瞅了一眼纸折子,念道:好鸟枝头皆朋友,一木焉能支大厦。我迷瞪着两眼看着他。老头说：可对你的心思？我头不由己地点了点。老头说：就是啦，玄机不可泄漏。我把买豆腐的钱给了老头。站起来，往外走，撞着人像撞着高粱棵子，稀里哗啦响。我一心想着那棵柳树，那个平伸出来好像专门为上吊的人提供方便的树杈子，还有那根雪白的丝绦。我踩着蜗牛壳回了家，没有心思做饭。毛艳和蝈蝈的笑声从田野里传过来。他们笑得好痛快。我说，你们笑吧。那个女人披头散发，满脸泪水。她对我说，人活百岁也是死，不如早死早托生。妹妹，别糊涂啦。死了吧，死了吧。她站在树下向我招手哩。我手脚不由己地站起来。院子里朦朦胧胧，那架单杠上生长了翠绿的枝条。好妹妹，来呀！那个女人引着我走，自古以来无数多情女子都从这条路上走啦。一了百了无牵无挂。我没有丝绦呀。那不是吗？她指着毛艳晾衣服用的尼龙绳。我把尼龙绳甩到单杠上，尼龙绳像一条河鳗鱼，闪着银子一样的光。我甩上绳子去，找来一个小方凳，踩着方凳固定好绳子，又挽了一个活扣。活扣像个圆镜子，那个女人在镜子里对我招手。我身上有一股酒糟味，熏得我头晕眼花，直想呕吐。阳光从镜子里透过来，光线里游动着一群群蜗牛。我把头伸进圈子去，刚要踢凳子，绳子秃噜一声掉在地上，好像鳗鱼脱了钩。我跳下凳子,再次把绳子拴好,把头伸进去,绳子又秃噜一声落了地。这时,草地上传来了蛐蛐的哭声。我像从噩梦中惊醒一样,看到院子里阳光灿烂,照着死蛇一样的尼龙绳子和青黝黝的单杠……

我们的奶牛忽然得了急病,起初全像醉酒一样,又跳又叫,闹过一阵后,就蔫不唧地趴在地上不起来了。蝈蝈趴在毛艳的书桌上翻书,毛艳也凑过去,那本书是暗绿色布封皮,皮上烫着金字,有两块砖头那么厚。两个人的头几乎靠在一起,毛艳光滑顺溜的长发拂着蝈蝈结实的脖子。我站在他们背后,手心里是冰冷的汗水。牛醋酮血病吗?蝈蝈疑虑地问,毛艳说:牛醋酮血病,是一种新陈代谢障碍疾病。我们太娇惯它们了。应该让它们吃粗茶淡饭,应该每天都让它们去草甸子里吃草散步。蝈蝈赞同地点点头。他从药箱里拿出不锈钢针管,吸足了透明的药水,给奶牛注到脖子上。

奶牛们很快恢复了健康。阳光下的草甸子。毛艳说:多美呀。她跑回自己的屋子。回来时,她的脖子上挂着一个方方的小机器。说:蝈蝈,蛐蛐,大姐,来,我给你们"咔嚓"一张。照相机!蛐蛐欢叫着,五岁多点的孩伢子,竟然认识照相机。毛艳把我丈夫拉到我身边,把我女儿拉到我丈夫和我之间,女儿抱住爸爸的腿,像狸猫上树一样,一直爬到爸爸的脖子上,双手揪着爸爸的耳朵,像骑着一匹马。靠近点,蝈蝈,搂住大姐的腰!毛艳喊着。蝈蝈冷漠的胳膊搭在我腰间,我浑身一阵战栗,乳房上爆起一层鸡皮疙瘩。大姐,抬起头来呀,好,笑一笑,使劲笑,从心里往外笑,不要皮笑肉不笑。蝈蝈烦躁地说:行啦,小姐,咔嚓了就行啦。他的手滑到了我的胯骨上,没有一点热情,好像他不是搂着他的老婆而是搂着一根电线杆子。我从心里漾出苦滋味。毛艳让我笑,于是我就笑,我知道我笑得比哭还要难看。毛艳单膝跪在地上,照相机阴森森的眼睛瞪着我们,机器咔嚓一声响,我感到胸口上像被打了一枪。毛艳又给蝈蝈和蛐蛐照。她让蛐蛐骑上牛背,让蝈蝈躺在草地上,嘴里还叼着一朵金黄色的苦菜花。蝈蝈也给毛艳照。毛艳趴在草地上,双肘支地,双手捧腮,圆圆的眼睛被挤成两钩弯月。蛐蛐站在爸爸背后,喊叫:猫眼阿姨,笑一笑!毛艳咧开嘴,白牙齿在阳光下像玉片一样闪烁,黑黝黝的脸上满是黄灿灿的阳光和从皮里肉里渗出来的笑容。咔嚓!我感到又挨了一枪,前后腔透了气。毛艳打了一个滚跳起来,抱住我的女儿,拉住我的丈夫,说:我们三个照一张。她拿着照相机跑到我面前,说:大姐,帮我按下快门。我不会,我不会呀!我把双手藏在背后，连连倒退着。不难，非常简单，让我两分钟教会你。她连珠般地说了一通话，把照相机递给我，就跑回去摆姿势了。我也是单膝跪在草地上，两只手像筛糠一样哆嗦。我低下头，看着方方正正的取景框。框里出现了湛蓝的天空，一朵白云在懒洋洋地飘动；框里出现了辽阔的草甸子，白云挂在一片青草梢上。我移动着镜头，终于从蓝天白云之间找到了他们。我的心在一瞬间停止了跳动，一股热辣辣的液体把我的嗓子堵住了。在小小的方玻璃上，他们的头像指甲盖那么大，眼睛像半粒火柴头。我的女儿紧紧地搂着毛艳的脖子，还不时翘起粉嘟嘟的小嘴去亲她的黑脸。我的丈夫歪着头，看着我的女儿和毛艳，他是那么专注，嘴微微张开，那个轻易不给我看的大酒窝也显了出来。他和她不断地交换着眼色，好像进行着亲密的谈话。他的头发蓬松着，似乎刷上了一层金粉；他的耳朵比脸还白，耳垂又大又柔软。那双嘴唇，那双曾经发疯般地亲过我的嘴唇现在正对着黑姑娘微微张开。啪哒！一滴水珠落在取景框里，画面变得一团模糊。我把照相机扔在地上，掩着脸跑回家……

自打照相那天后，蝈蝈一直不理我，夜里睡觉时离着我远远的，我只要动动他，他就唉声叹气，吓得我赶紧缩回手。茧儿呀茧儿,这样下去,你痛苦我也痛苦。蝈蝈,好弟弟,是我不对,往后我一定改,我好好跟着你们学。我不顾一切地把他拉到我着火般的怀里。他叹了一口气,慢慢地接受了我的热情。茧儿,他说,从明天起,你什么活儿都不要干了,专门学文化,豁上三年时间。你起码要有小学文化程度呀。我说:蝈蝈,我都三十岁啦,只怕你白操了心,我没有识字的天分。不对,只要有信心,只要能坚持,没有学不会的事情。那,我就试试嘛……

第二天早晨,他竟然温柔体贴地帮我梳头,给我洗脸,还涂了我满脸珍珠霜。我被他弄得魄儿都荡起来,软绵绵地由他摆布着。吃过早饭,他在一块石板上写了十个大字,带着我翻来覆去地念。他让我把每个字抄写五十遍。他说:我去镇上送奶了,回来检查你的作业。

人、手、口、马、羊、牛……我念叨着,心里却想着夜里的事,他从来没有这样温柔地对待过我。我拿起铅笔,横竖不得劲,比绣花针还难捏啊!蝈蝈,我不是干这个的材料呀!我听你的话,好好照顾你不就行了吗?何必要学这些字呢?我想,他也不过是逗着我玩玩罢啦,只要对他百依百顺,不管他和毛艳的事,他就会对我好的。我放下沉重的笔,走到窗前往外望。女儿和猫眼正在廊檐下学跳什么舞,录音机里放着使人心里发痒的曲子。我拉开抽屉,找出一块雪白的布,蝈蝈,我的亲男人,让我给你绣双花鞋垫吧,我给你左脚绣上蝴蝶牡丹,右脚绣上金鱼莲花。老天保佑你步步踩鸿运。

没想到啊,他竟然发了那么大的火。他用鸡毛掸子把我的手抽肿了。朽木不可雕,粪土之墙不可圬!他恼怒地说。我满眼是泪,把那两只已经描好花样子的鞋垫捧到他面前,战战兢兢地说:她爸爸,我给你绣双鞋垫子……他一把夺过鞋垫子,冷笑一声,捞过剪刀,咔嚓咔嚓,把鞋垫子铰成碎片。他的脸铁青色,说:快把作业完成。我拿起笔,手肿得像小蛤蟆,铅笔掉在地上,尖儿折了。我弯腰拾笔,看到遍地碎布片,像风雨打落的白花瓣。蝈蝈,我哭着说,你饶了我吧,我给你当牛当马都行,只是别让我学字……

九

老夫妇相跟着,一步一滑地向白杨树下走。老太婆咕咕噜噜地祷告着,诉说着:蝈蝈,我的儿,娘不该用滚地雷来咒你,咒过来咒过去,老天爷当了真,当真打了滚地雷,你要有个三长两短,娘靠哪个来养活……远处传来儿媳妇悠扬的哭声。一群绿色的乌鸦在他们头上哇哇地叫着,乌鸦群里有一只非常漂亮的鹧鸪,凄凄凉凉地学乌鸦啼,声音如箭羽,直射老头儿心窝。他站住了,目光凝滞,似有所悟。很远的地平线下,还有无声的血色闪电,老头望着那儿,目光游离。走呀,老头子,蝈蝈怕被滚地雷殛倒了。老头却掉转身,朝着来路走去。于是,老太婆向前走,老头儿向后走——反过来说也一样,两人背道而走,各想各的心事……

爹呀,娘呀,他……他要和我离婚。茧儿跪在公公和婆婆面前,断断续续地哭诉着:自从猫眼进了家门,他就一天天地变了,一直变到这一步……爹,娘,你们可要为儿媳做主呀,要打要骂由着他,他愿意和猫眼相好我也不管,只是别让他休了我,被休的女人不算个人……

杂种,反了!公公说,离婚,狗小子,这不是成心给祖宗丢脸吗?

蛐蛐她娘,婆婆说,你甭哭,有我给你做主呢,结发的夫妻,生死的冤家,一根绳上拴着的蚂蚱,跑不了你就跑不了他。我和你爹这就去找他。

那是个大晴天的晌午头,草甸子里热浪滚滚,白杨树上蝉鸣如雨。一只又脏又臭的大鸟在白杨树前爬上飞下，时而像只瘟猫，时而像团阴影。老太婆拉着老头去找儿子算账。牛棚里没有人，各个房间也都关门挂锁。一定是让那个女妖精勾走啦。老太太说着，打着眼罩往草甸子里瞭望。草甸子里斑斑点点是耀眼的阳光，通到苇田去的那条小路像一根焦干的丝瓜。路上飘着一朵红云，一朵白云，红云背上还驮着一朵小小斑马云。他们在那儿！老太婆说，果然是被狐狸精勾去啦。她一来我就看出她不是正道人，跟村西头遭雷殛那个骚婆子是一路货。老太婆忽然怒气冲天，眼睛瞪着老头子，说：根歪苗难正，有骚爹就有骚儿子！老头说：你还有完没有，多少年的陈茄子烂芝麻又抖搂出来。老太婆冤屈地说：伤心的事永世难忘，那时，你一心迷着她，心里哪有我？一年三百六十天，你有二百天睡在她家，在她家里你有说有笑，回家就哭丧着个倭瓜脸，好像欠你两吊钱！——后来，我不是再也不去了吗？不是正儿八经地跟你过日子，很快就生了蝈蝈吗？——那是老天长眼，滚地雷殛死了骚狐狸，你心里害怕遭天谴才回到我身边，要不是天开眼，我这下半辈子还得当活寡妇……老太婆的埋怨话像一条污水河，源源不断地往外流。老头愤愤地转回身，一言不发地走了。他爹，你不管了吗？你就由着他拈花惹草伤天害理？你不管我管，我知道你心里有病腰杆子不硬,没准还眷念着你的老相好,想去吧。

她气喘吁吁追着那三朵云,三朵云隐没在芦苇地里。老太太也追进了芦苇地。前几天刚下了一场大暴雨,芦苇长得青翠欲滴。她沿着依稀的路径向深处走去。芦苇丛中一阵骚动,老太婆低头一看,发现一只青灰色的小狐狸正坐在苇丛中望着她。狐狸的皮毛光滑,圆圆的眼睛上生着两撮白毛。它的眼睛像电光,下巴咧开,露出几颗雪白的牙齿。老太太浑身麻木,如同触电,瞳孔扩大,面前一片迷蒙。她嗫嚅着:仙家,仙家……

等她恢复神志时,狐狸已经走啦。她一时也糊涂了,不知是真碰上狐狸还是假碰上狐狸。她穿过茂密潮湿的苇地,爬到一道颓平的土堰上,面前出现一大湾平静的绿水。浅水处生着稀稀落落的芦苇和一簇簇的蒲草,一只紫红色的大蜻蜓点着水面在芦苇中穿行。堰上没有人影。老太太惊恐不安地喊着:蝈蝈!蝈蝈!奶奶,你叫什么?老太婆一回头,看到孙女正在叫她。女孩坐在堰边一棵柳树下,身穿一件白道道蓝道道的小裙子。柳树干上生着红胡须一样的水根。女孩捧着一本连环画,四眼小狗平伸着两只前爪,趴在女孩面前,一动不动地注视着湖水。

蛐蛐,你爹呢?老太婆恶狠狠地问。我爸爸和猫眼阿姨下湖游泳了。天哪!老太婆绝望地叫着,天!她举起手罩在眼上遮住阳光,向明晃晃的水荡里望去。远远的水里有一片野生的莲花,一枝枝白莲高高地挺出水面,一白一黑两个几乎是赤身裸体的人正在白莲周围追逐着,溅起的水花很高,但一点声音也没有。老太婆嘴唇嗫嚅着,嗓子里叽里咕噜响,好像在念着降妖避邪的咒语。

蝈蝈和毛艳在湖水中畅游着,一只孤独的大鸟单腿独立在湖心的泥渚上,歪着脑袋看着他们。它体长两米,遍身洁白的羽毛,一只长长的大嘴连脖子都坠弯了,下颌上那个粉红色的大皮囊不停地抖颤着。

大鸟注视着湖水,在它的眼里,那两个人就像两条大鱼。一条大鲢鱼,一条大乌鱼。

蝈蝈,会蛙泳吗?

当然会。

大鸟看到那个男人笨拙地模仿着青蛙游动的姿势。

笨蛋,这是狗刨,不是蛙泳。看我给你示范。

大鸟看到女人冲到前边去,身体摆平浮上水面,收腿——划水——蹬夹腿,红色的游泳衣在水中闪闪烁烁。她游得实在是完美无缺。大鸟惊愕地看着这个姑娘。这时候,她仰面朝天躺在水面,四肢一动不动,好像她的身体是用软木做的。

蝈蝈,你还差得远,你离一个农民企业家的气魄还差得远。

姑娘闭着眼睛说。她的线条优美的身体在水面上起起伏伏,湖水忽而漫过她高耸的胸脯,忽而又把胸脯露出来。蝈蝈在她身边慢慢地游动着,几次把嘴张开好像要说话,但又困难地闭上。后来,他猛地向前划动几下,紧贴着姑娘的身体,气喘吁吁地说:毛艳,我……毛艳睁开眼看看他激动不安的面孔,微微一笑,用手掌撩起一股清水,清水直奔蝈蝈的鼻子和嘴巴。她身体一翻,屁股一撅,钻入了湖水,过了约有两分钟,她从离蝈蝈几十米远的地方钻出来。

真不要脸啦,真不要脸啦,老太婆唠叨着,把目光从湖水中收回来,那些裸露的大腿和臂膀仿佛还在眼前晃动。不知为什么,她觉得在湖水中游动着的就是那个青灰色的小狐狸,她和它的眼睛都是又圆又黑,皮毛又明亮又光滑,牙齿又白又尖利。她来无影去无踪,神通广大,天上的事知道一半,地上的事全知道,不是狐狸精是什么?她感到害怕,忧虑,担心着儿子的命运。

连孩子都不管啦，孽障啊！也不怕孩子滚到湖里淹死。——没事。女孩举起手说，你看，爸爸和阿姨把我拴到树上啦。女孩的手腕子上拴着一根细绳，细绳的另一端拴在柳树上。爸爸让我看小人书。还有阿姨的小收音机。还有小狗。阿姨说，要是玩够了，你就大声哭。

你这个小傻瓜，老太婆说，你爹不要你娘啦，你爹被狐狸精迷住啦。

十

花额奶牛站在棚子边上，枯燥无味地回嚼着从百叶胃中返上来的草，眼睛悲哀地注视着白杨树下的草地。

蛐蛐，我的孩子，你醒醒呀你醒醒……

蝈蝈，我的儿，都是那个狐狸精勾引你丧了天良遭天谴呀……

在两个妇人唱歌般的哭声中，太阳从重云背后滑到西边天际。这时，突然刮来一阵强有力的西北风，云层破裂，太阳钻出来，光芒四射地挂在西半天上。阳光把乌云边缘镶上金边，也把草甸子染成金黄，草叶上的水珠儿闪烁着紫色或是红色的光晕。

花额枯燥无味地咀嚼着，当它偶尔侧目东望时，马上把满口草丝咽到胃里：东边的天际上，一眨眼工夫竟跳出了一条跨越万里恢宏壮美的彩虹，光艳照眼，犹如天桥。颜色是内紫外红，紫与红中夹着浓艳欲滴的翠绿。几乎与此同时，在这道彩虹的上方不远处，又生成一道颜色较黯淡的副虹。副虹的色序是内红外紫，好像一个人和他的倒影。奶牛急促地喘息着，眼里闪着惊惶不安的光。过了约有两分钟，在第一道虹的内侧，突然又跃出一条虹，这条虹比较狭窄；紧接着又出现第四道虹，它的宽度只有第一道虹的三分之一。三虹和四虹颜色更加黯淡，紫色和绿色几乎难以辨别，只有深红的色彩还比较醒目。

四道彩虹飞挂天际，草甸子里顿时五彩缤纷。一草一木都空前的美丽，天地间寂然无声。少妇和老太婆抬起头，怔怔地望着奇谲的天空，脸上都是一道红一道绿，眼色像春天的鸢尾花。女孩跳起来，搓搓眼，迷惘地望望彩虹，便咯咯咯地笑起来，她把双手卷成圆桶，罩到眼上，嘴里咔嚓咔嚓地叫着。爸爸，你还不醒呀，天上架起大花桥。女孩喊着叫着，精神亢奋，她把脚后跟翘起来，试探着用脚尖走路，起初走两步就得落脚，一会儿工夫，竟然能弓着脚背走上五六步了。女孩变得忽高忽低，地上晃着她倏长倏短的影子。老太婆啜嚅着：天天天，连这个小东西也中了魔怔啦。

蓝色的硝烟飘遍村庄，村子里很快传遍了蝈蝈遭雷殛的消息，人们从屋子里跑出来，呼吸着雨后的湿润空气，一个个神色悒郁，脚下刮着小旋风，一窝蜂般拥到白杨树下。人们围成一个圆圈，七嘴八舌地议论着。

女孩还在草场上练习脚尖舞，一边练一边喊：爸爸，快来看呀，我也会用脚尖走路了。一群孩子跑过去，也围成一个圆圈，睁着大大小小的眼，看着女孩练。女孩说：来呀，你们也来呀。一个小男孩子用胳膊擦擦鼻子，跳进了圆圈，刚立起脚走了一步就摔了个嘴啃泥。孩子们一齐张开嘴笑。女孩说：来呀。于是一齐喊叫着，挤成一团又散开，散开又聚拢，女孩是中心，女孩是他们的样板，好大一块草地上，密密麻麻地留下了他们用脚尖点出来的小坑。

蝈蝈平静地躺着，打着轻微的呼噜。围观的人有的主张把他抬回屋去，有的反对把他抬回屋。在乱纷纷的争吵声中，透出老太婆疲乏的哭声。正在相持不下的时候，半空中响起了翅羽搏击空气的声音，一团黑乎乎的东西从半空中砸下来。众人齐闭了口，把眼看到落进人圈里的那个怪物上。立刻又响起一片紧张松弛后的吐气声。原来是你这个老疯子！也有人叫他老鸟、老妖怪。

鸟羽老头的身体把泥地砸出一个鲜明的印儿，头上沾了一层黄泥，脸上有好几道干痂的血迹。他的羽毛凌乱不堪，大毛支棱着，小毛沾满泥，湿漉漉地沾在身上，十个手指头蜷曲着，像老鹰的勾勾爪。好一会儿，他才慢慢蠕动起来，转动着两只青蓝色的眼，细长脖颈上那两根大动脉一鼓一鼓地跳着。一个年轻汉子不轻不重地踢了他一脚，说：老鸟，你怎么还不死呢？活着让人寒心。鸟羽老头挨了踢，身子猛然缩得很小，嘴巴一阵痉挛，发出非人非兽的叫声：叱塔乌乌乌凹灰……叱塔乌乌乌凹灰……鸟羽老头叫着，张着黑洞洞的嘴，嘴里一颗牙也没有了。他原来有牙吗？不知是谁小声地像是问别人又像是自言自语，于是众人一齐用力回忆，一个个变得像安静的植物。

草甸子深处传来摩托的轰鸣，大家蓦然苏醒，目光循着车声望去。从那条彩虹阳光辉映着的、两边如茵绿草拥抱着的、弯弯曲曲的褐色小路上，驰来一辆天蓝色摩托车，车轮飞旋，把一块块泥土像弹片一样甩出去。车近了，众人见骑车人戴着巴掌大的变色眼镜，头上系一条鲜艳的红头巾，车飞头巾飘，好像火把在燃烧。

猫眼阿姨！你可回来啦！女孩迎着摩托车跑过去，她的鞋上沾满了泥。阿姨，给我买魔方了吗？爸爸被火球炸翻了。

摩托车紧挨着人群熄了火,空气中弥漫着香喷喷的汽油味。毛艳摘下变色镜,挂在敞开的衣领上,牵着女孩的手走进人圈。她跪在蝈蝈面前,伸出一个指头戳着他的上唇。蝈蝈长长地舒出一口气,睁开眼睛对着她会意地笑了笑,便折身坐起来。怎么啦,你?毛艳问。蝈蝈揉揉后脑勺子,站起来,活动着腰、腿、胳膊。他诧异地看着众乡亲,猛然醒悟说:噢——!你们是为它来的,都看到了吗?真是奇特极了,漂亮极了,我原先以为是人们瞎传说,今日才知道是真的。

众人都莫名其妙地望着他。

毛艳,我看到了球状闪电!还有蛐蛐,蛐蛐还踢了闪电一脚,像踢球一样。你怎么还愣着?就是那可能由等离子体聚集而成,具有重大研究价值的球状闪电呀。你不信,问问蛐蛐。蛐蛐!

蛐蛐从毛艳身后转出来,说:爸爸,我会跳脚尖舞,你看。她把双脚突然立起,身体增高了许多,胳膊平伸着,像大鸟的翅膀,脚尖鸡啄米般点着地,前进又后退,后退又前进,如同鸟在天上飞,如同鱼在水中游。

第二天中午饭后，乌云又从东南方向漫上来，云层中电光闪闪，奶牛棚前聚着一大群披蓑戴笠手擎避雷器的人。女孩带着十几个孩子手扶墙壁练习用脚尖走路——几个月后，一位悒郁的青年小说家偶尔涉足这个小村庄时，发现村里孩子的鞋头上都缝着一层厚厚的胶皮或旧轮胎，这奇怪的现象引起了他很大的兴趣。他问了几个成年人，有的淡漠地摇头，有的微笑不答。后来，他碰到一个女孩，女孩脸上的肌肉一疙瘩一疙瘩的，眼睛深邃得像两泓湖水，整个面部显出一种神秘莫测的风采。青年小说家蹲下身，问：小妹妹，你们的鞋子是怎么搞的？女孩看着他卡腰葫芦一样饱满光滑的额头和某种森林之兽一样的眼睛，突然笑着唱起来：别打我……我要飞……别打我……我要飞……青年小说家大惑不解地站起来，看着女孩像鸟儿一样飞去了——蝈蝈托着一块秒表，聚精会神，连大气都不敢出；毛艳端着一架照相机，聚精会神，嘴里吹出鸟的叫声。

（一九八五年）

金 发 婴 儿

夜色深沉。她大睁着两眼坐在炕上，什么也看不见。她披一件羊羔皮袄，倚着谷子壳枕头，干瘦的身体下垫着蓬松的褥子，身上盖着暄腾腾的被子。儿媳妇刚拆洗过的被褥散发着清雅的肥皂味儿。——俺的儿媳妇名叫紫荆——紫荆嗓子略有点沙哑，语声低低的，很甜，很迷人。——那天她对我说：娘，您摸摸看，我给您换了一条缎子被面。火红的颜色，绣着游龙戏凤。红缎子被面映得您满脸通红，像一朵五月里的石榴花。我说：你是逗着我笑哩，一个瞎老婆子，还石榴花哩，石榴皮还差不离儿。真的，娘，我不骗您，您年轻了十岁——紫荆叽叽嘎嘎笑起来——俺儿媳妇就是爱笑——她的笑声变化多端，有时像两岁女孩被大人高举到空中，又刺激，又惊奇，"咯咯咯咯"笑成一串，还倒嗝着嗓儿，气都喘不过来。她一边笑一边用双手拍打着腰身，身体起伏着，腰弯下去抬起来，抬起来弯下去，笑声，拍打腰身声，衣衫窸窣声，连成一片，这一通笑可真是丰富多彩，热闹非凡，四周的空气都被冲扰得乱纷纷流动。老太婆对儿媳说：紫荆呀，你这个傻闺女，女人家没有你这种笑法的，女人家要笑不露齿。紫荆说：亲娘，咬人的狗才不露齿呢。我的上嘴唇短，一笑就龇出牙来。说完又是一阵好笑。老太婆感到四面吹进春风来，白发飘飘在头上。她仿佛看到了在笑声中东倒西歪的儿媳妇，忍不住也张开凹进去的嘴，发出一连串干干瘪瘪的笑声。老太婆的笑声如残荷败柳，儿媳妇的笑声如同鲜花嫩草。——紫荆有时也轻轻地笑，笑声长长的，平平的，像一声声惆怅的叹息。儿媳妇的笑声是情绪的晴雨表，老太婆从她的笑声里就看到了她脸上的表情，就看到了她的心。

她可不是一个平凡的老女人。——哎，我这一辈子呀——她历尽了人世的酸辛。她知道女人最怕的是什么，最想的是什么，想起自己的往昔，她就完全听懂了儿媳妇那一声声悲叹般的笑。紫荆嫁过来两年啦，从没听她哭过一次。也许那些笑声里就饱含着泪水吧？老太婆看不见。——前年，乡党委书记的汽车轧断了俺女婿的腿，书记不但不给俺女婿治伤，还踢了他两脚，骂了他一顿，骂他是社会主义道路上的绊脚石，骂他螳螂胳膊挡车，真真不讲理呀——老太婆的女儿回娘家找哥哥出主意。老太婆的儿子是解放军的指导员，当时正好在家休假。女儿哭得呼天抢地，紫荆却淡淡地轻轻地笑。女儿急啦，恼怒地说：嫂子，俺碰上这种事，你还笑，亏你笑得出来。紫荆说：妹妹，我盼望着你哥哥也轧断腿哩！女儿顿时不哭啦，老太婆清楚地听到了三个年轻人粗重的呼吸，似乎还听到六道目光相撞的声音。原来是这样！儿子说，我轧断了腿对你有什么好处？紫荆说：当然有好处，轧断腿你就走不了啦，我就甭守活寡啦。她的嗓子哑哑的，话音里透出一股愤愤的怨气。女儿又高一声低一声地哭起来，紫荆继续冷冷地笑，儿子沉重地踱着步。在这几种声音里，老太婆同时感受到了寒冷和温暖，黑暗和光明。

她是四年前突然瞎眼的，她的双眼在年轻时不知道打中过多少青年男子汉；即便老了，也还是黑洞洞如同枪口，亮晶晶如同煤块，就是这样一双眼睛竟活生生地瞎啦。那时儿子刚提了排长，正一片火热的心儿奔前程，女儿急着要出嫁，家中无照应的人，儿子无奈，急匆匆娶过紫荆来。紫荆是一溜十八村的"茶壶盖子"，媒婆夸她长得像尊活观音。老太婆看不见这个儿媳妇，也不知她和儿子和睦不和睦。儿子前年在家待了一个月，很少和娘坐在一起聊聊。她寂寞极了，呼唤着儿子的名字：天球呀，天球，来和娘说会儿话呀！儿子来了，坐在她对面，划火柴点烟，只有烟味儿辛辣没有话。球呀，你说点什么给娘听吧——你想听什么——我也不知道想听什么——那我怎么说——那就别说啦。老太婆叹了一口气，忽然问：你媳妇待你好吗？儿子说：什么好不好的，就是那么回事。老太婆说：她待我可是一百成哩。你常年不在家，她可是不容易，侍候着我，还要下坡种地。儿子说：要不是为了侍候你，我娶她干什么？老太婆说：这么说是我累赘你了。儿子说：娘，别说这些啦，别说啦，生米做成熟饭啦，别说啦。儿子的话像铅块一样沉重地打在老太婆的心上，她心里突然涌起对儿子的陌生感，她感到一阵阵冷气逼人，她不相信这个发着浓烈烟味，用冰冷的语言打人的男人就是那个忠厚老实、聪明俊秀的憨厚小伙子。院子里响起了吱吱嘎嘎的水桶声，紫荆挑水回来啦。

……她伸出手，抚摸着光滑的缎子被面，干枯的手指摩擦得缎子被面嗞嗞啦啦地响。她的手非常敏感，指尖上好像生着明察秋毫的眼睛。她摸着被面上略略凸起的图案，摸了凤头又摸龙尾，她摸呀摸呀，龙和凤在她的手下获得了生命，龙嘶嘶地吼着，凤唧唧地鸣着，龙嘶嘶，凤唧唧，唧唧嘶嘶合鸣着，在她眼前飞舞起来，上下翻腾，交颈缠足，羽毛五彩缤纷，鳞甲闪闪发光，龙凤嬉戏着，直飞到蓝蓝天上去，一片片金色的羽毛和绿色的鳞片从空中雪花般飘落下来，把她的身体都掩埋住啦……

她睡了一小觉。自从失明以来，她就这样没白天没黑夜断断续续地睡觉。视觉丧失了，听觉便加倍灵敏起来。她现在能听到人们听到的所有声音，还能听到人们听不到的声音。她把那只搁在缎子被上冻得凉森森的胳膊缩回来，屏神静气，听了一会，知道已是寅卯时分，儿媳房中的挂钟连敲四响，阳春天气，昼长夜短，辰时就要大亮，离天亮还有个把时辰，黑暗还是又浓又厚，伸手即可触摸，仿佛触摸天鹅绒。被褥暖烘烘的，很舒适。她看不到房子里的、院子里的、田野里的、天地间的一切，但天地万物全在她的耳中。她听到神秘莫测、窈窈冥冥的夜色。夜的声和谐优美，生机蓬勃，有时也嘈嘈切切如同乱弹琴，闹闹哄哄如同狗抢屎。——也许是夜游神在胡闹哩。夜游神应该是个邋邋遢遢的小伙子，面孔黑黝黝的，穿一袭玄色长袍，头发梳成一百条小辫，两只大眼散漫无神，左手提一把黑陶烧酒壶，壶里装着陈年老酒；右手搦一管大墨斗子笔，酒壶咂得"吱吱"地响，墨汁子甩得铺天盖地，如同黑色暴雨。醉三麻四、脚步踉跄的夜游神，就这么懈里咣当顽皮捣蛋地整夜悠荡着。老太婆伸出去两个指头，戳着夜游神的额头，骂他顽皮不长进。他嘻嘻地笑着，呼出的浓郁酒香把老太婆熏得轻飘飘的，酒香弥漫天地，酒气摇动着花草树木，枝叶婆娑起舞，窸窸窣窣。蓝汪汪的星星在天上动荡起来，悠逛起来，有时候，两颗星撞在一起，訇然作响，火花飞溅，调皮的流星高叫着，哧啦啦地撕破夜的黑袍。天上全乱了套，星星们聚在一起，喊喊喳喳，聚首又分手，各说各的理，谁也不让谁。天河里波浪翻滚，白色的河水冲刷着墨绿色的堤堰，眼见就要决口，浪头哗啦啦地响，黄牛哞哞地叫，孩子哇哇地哭，就这样闹了一阵，终于平静下来。露水滴滴答答落下来，田野里的禾苗和青草钻出水面，芽儿或鲜红或嫩绿，不分彼此，你追我赶，噌噌地往高里蹿，往壮里长。晚出的芽苗把大块的泥土掀起来，解放了的欢呼声和失败了的切齿声融进夜声里，一齐扑进了老太婆的耳朵。

一只蛤蟆在泥土里呱呱地叫着。

一群蚯蚓把泥土翻出来。

一只猫头鹰在坟头上大笑一声。

老太婆心里猛一哆嗦,鼻子里满是春天的气息:青草的苦涩味儿和浅黄色迎春花淡淡的香气。

一阵咯咯咯的笑声从儿媳妇房里传出来。这是欢乐的笑声,她分辨出来了。她知道紫荆在被窝里做了什么好梦。但这笑声很短促,像一声欢乐的喊叫,很快就沉寂了。接下去传来的是不断地翻身的声音。她想象着那个年轻火热的身体是怎样在被窝里烦乱地翻滚着。撩开被子的声音也传过来了。几秒钟后,她闻到了那股子年轻人特有的灼热的气味。终于一切又沉寂下去,紫荆轻轻地、长长地笑了一声,这笑声浸满了悲哀和忧愁。老太婆不由地叹息一声,手又下意识地伸出去,单单地摸着那只光滑的凤。凤呀!凤呀!这是你的头,这是你的尾,你活了,你身上有了温度,你的羽毛全挓挲开,好像孔雀开了屏……

她又睡了一觉,醒来时听到太阳正嘎嘎吱吱地响着,像一条老牛车一样在爬着上坡路。红光撞到云霞时,吱溜吱溜叫着,村西头响起一声鸡鸣。公鸡叫声很长,拖腔和回音都是百里挑一。公鸡一叫,窗外鸡窝里的母鸡便焦躁不安了,一个个用头撞击堵窝的木板。养在厢房里的那头小母牛也哞哞地叫起来。

她听到儿媳穿衣的声音。房门响。鸡出窝,鸡翅膀扑棱棱地扇动空气。点燃火柴,柴草哔叭。涮锅声。

娘,起来了吗?夜里睡得好吗?紫荆问着,把洗脸水放在老太婆面前,老太婆探出头,紫荆一手卡着老太婆的脖子,一手拿着毛巾把老太婆的脸洗得噗噜噗噜响。她的动作很有力,但不粗鲁。老人在她手下,像个温顺的孩子,帮婆婆穿衣时,紫荆用三个指头捏住婆婆干瘪的乳房,嘻嘻地笑着说他就是叼着这个东西长大吗?婆婆愣了愣,感慨地说:荆啊荆,你可真能呀,谁家的儿媳妇还跟婆婆说这种话。这怕什么?紫荆说,那怕什么?我想起他那么个大小伙子,再看看您这个干瘪奶子,就觉得心一下子很远很远地移开啦。婆婆说:一辈一辈的,都是这么着。女人的奶子是男人的耍物,孩子的干粮,男人耍够了,孩子长大了,它也就干巴啦,像一朵花,败了,蔫了,没人看啦,也没人要啦。老太婆感慨万端地说着,紫荆呀,你到队伍上去找他吧,男人的心是水上的浮萍,没有根的草呀,离开的时间长了,恩情就淡了,心就凉啦,你去找他,有了孩子,就给他拴上了鼻绳,想跑也跑不了啦……

娘,您盖被子怎么这么费呀。叠着被,紫荆说,您摸摸看,游龙戏凤都发了白,起了毛,难道您夜里摸着它们睡觉吗?——是的,是摸着它们,我摸着凤就像摸着你,摸着龙就像摸着天球,摸着摸着就睡着了,睡着了就梦见你们俩一块儿,高高兴兴地飞上了天。——娘呀,我是只草窝里的母鸡,上不了天,这是您儿子说的——你去吧,去找他吧,别记挂着我,我摸索着也能照顾自己——我不去,我不去,娘,我舍不得离您哪。她笑了笑,很重地吸着鼻子。——孩子,你可别难受,你可别哭。老太婆把枯柴般的手指伸出来,在空中摸索着说,紫荆,碰上你这样的儿媳妇,是我瞎老婆子的福气,可是我连你什么模样都不知道。哪怕让我看你一眼,让我的眼亮那么一霎霎,亮过了嘎嘣一声就死啦我也情愿……

老太婆的喉咙里呼噜呼噜响起来。

哎哟,娘哎,看不见我是您的福气呀!我这副模样呀,三分像人,七分像鬼,一个人不敢看,两个人带着棍子看。你不信?真的,我才不会骗你哩。那年,俺娘家村里来了一个照相的,照相的是个紫脸小青年,大家都去看,我想,到底也算来到这人世上一趟,照张相,美一回,也不枉活了一辈子。我就那么往照相机前一站,只听到机子里咔嚓一声响,那个紫脸小青年从黑布里钻出来,对我说,丑八怪,家去拿钱赔我的机子吧!我说,怎么啦?他说,你长得太难看啦,连我的镜头都给蹩坏了。

老太婆开心地笑起来:紫荆呀,你是逗着我笑哩。东胡同里你大娘说你眼睛大大的,鼻梁高高的,嘴唇肉肉的,让人爱不够哩——我长得不好,你别听大娘瞎咧咧。说着话,紫荆感到一种沉重的东西压住了胸口,话语低了下去,喉咙发哽,她把头低垂在老太婆胸前,双膝跪在炕上,说:不信,那您就摸摸吧,您摸摸您这个儿媳妇是多么丑,您儿子不喜欢她,见了她就翻白眼珠子……

老太婆枯柴棒一样的手指在紫荆粉嘟嘟的脸上移动着。你可别哭,闺女,别哭啦。你的眼睫毛是这么长,像麦芒子一样。闺女,你也知道,儿子不由娘。你的眉毛就像那弯钩月儿一样。他心里想的什么我都知道。你就走了吧,闺女,我不怨你。你满脸的细皮嫩肉。你去给我买点吃了睡觉那种药。闺女,你可不能哭,你一哭,就把我的心揉碎啦。这弯钩月儿一样的眉毛,这一脸的细皮嫩肉,这麦芒子一样的睫毛……

她对着他甜甜地笑着。她那两只充满热情的眼睛正灼热地望着他。稍稍嫌大的嘴微张着,嘴唇微有点噘,像生气又像撒娇。我以前怎么就没发现她是一个迷人的姑娘呢?我怎么会毫无理由地反感她呢?某市警备区七连指导员孙天球独自枯坐在连部里,用汗津津的手指抚摸着紫荆破碎的脸——照片是撕破过的,他认真端详着,眼里流露出惆然若失的深思熟虑的青蓝色光辉。照片重新粘合后,脸上留下两条瘢痕,头发也像梳开了一条深深的缝。前年探家时,妻子塞到他挎包里一双花鞋垫子,回来一看,鞋垫子中央夹着一张照片,他把鞋垫子塞进皮鞋,把照片撕成几半,扔到抽屉里。我为什么要撕破她呢?我真有点糊涂……孙天球懊丧地捶打着脑袋,嗓子里像要冒火。

连部墙上挂着两面临近小学校赠送的大镜子,一面镜子映出他的脸,一面镜子映出他的背。他的脸瘦瘦的,下巴稍稍有点长。这稍长的下巴配上他藏在浓密眉毛下的一双锐利的黑眼睛,面部表情显得坚毅固执,甚至有些残忍的成分时隐时现。在警备区的十几个指导员中,数着他才貌双全,头头们很器重他。他的脸在镜子里晃动了几下。连长洗澡回来啦。他低着头,说:老肖——连长姓肖——我想探家。肖连长狡黠地挤挤眼,说:怎么,禁欲主义者,想老婆啦?——是的,是想老婆啦,他有气无力地说——对不起,老兄,连长从裤兜里掏出一张揉成一团的纸,说,老兄,你把这码子事办完了再走。大旱三年,不差这点雾露。或者,写封信让弟妹来,让大哥也沾点光。你甭瞪眼,仅仅是拆洗拆洗被子而已——他把连长投掷过来的纸团慢慢剥开,展平,看着,说:你不知道我母亲双目失明,瘫痪在炕上,我妻子离不开家吗?——真该往报社写篇稿子,表扬表扬模范老婆!兄弟,你真他妈的好福气,娶着这样的孝顺老婆。弟妹长得怎么样?嘿,管她怎么样,凭着这点心灵美就够意思啦。

在连长杂七拉八的话语声中,他读完了通知,抬起头来,怔怔地望着连长。连长翻腾着衣服口袋,把纸头、烟蒂、空弹壳、玻璃球摆了一桌子。看着我干什么?连长发现他两眼发直地望着自己,便说,这种事儿你不是有兴趣吗?连长把换洗的衣服塞进一个绿色的塑料小桶,几步走过来,从他手里夺过那张皱巴巴的纸片,用手指点着说:政治部里这些老兄,吃饱了没事干就编发通知。"鱼过千层网,网网都有鱼!"听听,都是些什么词儿,有限的水平无限的高度,简直是有点扯蛋的干活。一帮子当兵的,天天执勤训练,上哨挺得像根棍,下哨累得像根棍,到哪里去搞黄色图片。连长发着牢骚，躺到床上，双脚搭在床头上，皮鞋底上不知何时踩进一颗图钉，凸起的钉头已磨得跟鞋底一样平，在窗玻璃里透进来的阳光里，图钉很亮地闪烁着。

让查就查吧，查不出来是一回事，不查是一回事。今晚开个军人大会，我动员一下。他懒洋洋地说。

连长躺在床上，打饱嗝似的笑了一声。行啊，连长说，你看着办办就行了，弄完了你就回去鹊桥会。老孙，你这个家伙，我还以为你是个太监呢。——什么意思？他阴沉沉地问。——没有意思。连长说着，一骨碌从床上翻下来，高声喊叫通讯员。

通讯员是个挺挺拔拔的大小伙子，个头在一米八十左右，膀阔腰圆，耳大面方，一身一号军装撑得绷绷紧，半截子通红的手腕子露在外边。连长让通讯员给他洗衣服。通讯员冷冷地瞅了连长一眼，嘴唇猛地噘了起来。你噘什么嘴？连长说，告诉你，噘嘴骡子不值匹驴钱。我也告诉你，连长，我是来当兵的，是来为祖国服务，不是来当你的老妈子，更不是骡子更不是驴。通讯员恶狠狠地说。他的气派很大，把黑黑瘦瘦的连长比得猥琐渺小，同样是人，为什么要我侍候你？星期天都要为你洗衣服，这是哪个条令上规定的？通讯员虎虎地质问着连长。你必须给我洗衣服，你还得给我打洗脸水，把牙膏给我挤到牙刷上,还得给我铺被子叠被子,懂不懂?这是光荣传统,内部条令。等你熬成连长时,你的通讯员也会这样干。连长训斥着通讯员。通讯员轻蔑地歪了歪嘴,说:我才不当这倒霉连长哩。我回家去卖冰棍也比你这个破连长出息大。通讯员提起绿色塑料桶,嘟嘟哝哝地走出门,在门口,他很响地喊了一句:简直是活生生的第二十二条军规!

连长笑眯眯地看着通讯员走了。他说:这个熊兵,别看他这么顶顶撞撞的,我却是越来越喜欢他。我就讨厌那种像哈巴狗子一样的通讯员,踢他一脚他就摇摇尾巴,连叫一声都不敢——其实,他心里恨不得咬死你哩,你说是不是,伙计?——也许吧!他很疲乏地搭理着连长——伙计,这清查的事,你就看着办吧,牢骚归牢骚,执行归执行。究竟是什么原因惹动了你的凡心?

他淡淡地对着连长笑了笑,什么也不愿说。他知道这种清查如同儿戏,如同水面上打棍子。他知道战士们心里想的是怎么一回事,他知道人们都极力掩盖着内心深处那一点点秘密,大家都互相知道,都心照不宣。

晚上的军人大会上,他宣读了上级的通知,然后讲话,他又讲了巴顿将军用手杖打碎美人照片的故事。战士们在下边窃窃私语,有人佯装打呼噜。他笑了笑,说：各班回去讨论一下，讨论题有两个：一是如何认识这次清查的重要意义，二是在这场清查运动中你持什么态度。

第二天上午，各班班长汇集到连部。班长们一个个面色冷漠，从口袋里掏出一叠叠的照片，很响地、像甩扑克牌一样甩到桌子上，真是"鱼过千层网，网网都有鱼"！一个阔嘴大耳的班长半嘲讽半认真地说。孙天球拿起照片一看，满脸顿时发了红。班长们一齐望着他，看着针尖般大小的密密一层汗珠从他的鼻子上渗出来。照片上，他的战士们摆出不同的姿势，在一个裸体美女身下，有的甜蜜地微笑，有的愁眉苦脸，有的局促忸怩，美女始终傲傲地笑着，端庄娴静，居高临下，如同天神。他抬起头，看到班长们眼里都隐隐约约地闪烁着鬼火一样的东西，这东西使他浑身发冷，他把照片划拉到一起，第一次在战士们面前口齿不清地说：你们回去吧，大家的态度很好，很有成绩，回去吧。班长们面面相觑，一个个无声无息站起来，悄悄地退出去。他急匆匆地跑过去关住门，把那一大堆照片统统扫到抽屉里。

去年春天，那个月牙状的人工湖边塑了一尊裸体女人像，有人说是个渔女，有人说是个村姑，反正这个女人肌肉丰满，魅力很大，一时遍城轰动，游人如蚁。待业青年在塑像前设了几个照相点，照相的人排成很长的队伍等候。塑像前的湖畔，红男绿女成群结队，照相机咔嚓咔嚓响成一片。

当时，他刚从政治学校学习回来。他记得他曾在军人大会上宣布：干部战士一律不准在塑像前摄影留念，一律不准在塑像前逗留，因公路过时，不得歪头仰视。规定一公布，战士们议论纷纷，连长对这几项规定也不以为然。月牙湖前那条三米宽的水泥路，是七连战士去警戒目标值勤的必经之路。连长说：老孙，你这是瞎子点灯白费蜡！女人塑像就像吸铁石，战士们的脖子就像大头钉，一吸就歪啦。我不敢说别人，我就想看，多美呀！你呢？老兄，你说良心话，你难道不想看吗？——我不想看，我坚决不看，我也不能让战士们看。——你能天天陪着他们上哨下哨吗？——我相信战士们的觉悟，只要干部们以身作则，战士们就会自觉遵守纪律。——好吧，我倒要看看你的本事。

那天，他挎上手枪，扎好腰带——腰带扎得很紧，连一个大拇指头也插不进去——戴正军帽，擦亮皮鞋，准备带兵换哨。连长正在对着镶嵌在墙上的小镜子刮胡子，满嘴的肥皂沫子。连长对着他眨眨眼，说：伙计，走吧,我在家里看着你。

四个战士已经披挂整齐,站在门口等他。他说:同志们,这是对我们的一个考验,谁要歪头失态,谁就不是真正的男子汉。

战士们被激得意志如铁,对着指导员坚定地点点头。他的一连串口令短促有力,暗含着杀机,战士们感到一阵阵冷气从脚底升起,脊椎骨好像通了电。

一走上水泥路,粉红色的朝阳便把他的眼睛照亮了。他走在战士们内侧,按照条令要求迈步,摆臂,身体挺直,上体微微前倾,下颌微收,目光平视前方,阳光照着他鼻子尖上的汗珠,反射出彩虹的光芒,水泥路两侧的淡雅花香沁人心脾,还有更浓烈的混合香味不时地一股股扑过来。随着这香味的,是高跟鞋击打水泥路面的橐橐声。女性的气息比任何理论都深刻透彻,热水浇雪般地深入到他的灵魂里去。

水泥路拐了一个九十度的弯,他眼睛的余光瞥见了粼粼的湖水上泛起的金色的虹彩。塑像离他们大约还有五十米的光景,就在水泥路右侧的湖水中,他已听到了男人女人的喧嚷声,听到了照相机的咔嚓声。(嗲一点,嗲一点吆!哎,好!控制住面部肌肉,别动——咔嚓——阿玲,亲爱的阿玲,看着我,稍微有点表演,嘴张开一点，对，表现出对爱情的渴望，对，像六月天渴望喝冰镇汽水，注意——咔嚓——）踢踢踏踏的脚步声从他右边传来，战士们的步伐全乱了。生活的热浪从四面八方包围过来，他的身体仿佛在下沉，思想却在上升。四周全是那种混合的香气，浓郁得化不开，熏得他头发晕，脚发轻，心飘飘地往上冲。一个个花枝招展的倩影从他的面前滑过去，他感到自己仿佛在花丛中穿行。路的右侧，湖里泛起来的光芒更加明亮，他的右脸膛像被火炉烤着一样灼热。他确实感觉到右边有一股强大的力量，这股力量不止是牵动着他的脖子，而且牵动着他的心，这股力量大得出奇，使人几乎无法抵抗，好像他一个人单枪匹马与一个班的战士进行拔河比赛，尽管他立场坚定恨不得脚下生根，但即使有根也要被连根拔除，一绺绺洋黄色的根须像丝线一样拖在地上。他不自觉地把脖子向左扭着，好像风中射击的目标修正。——瞧那几个大兵！——他听到一个酸溜溜的女人在喊叫——瞧呀，好像五个木偶。——他怒不可遏，恨不得扭过头去啐她一口。可是他不敢，他生怕一歪头就看到那尊女裸，那样，这伙小街痞子就会误解他，更多的污言秽语就会喷到身上。他低低地说：保持姿态，别理睬他们。他稍稍放小步幅，把四个战士让到了右前方。一二一，一二一，一二三四五六七，那个女人又在右侧叫起来。她的叫声很响，具有一股臭豆腐的魅力。他看到，四个战士竟在按着那个女人的口令走路。他们动作僵硬，腿和胳膊如同木棍，脖子一律向左歪着，好像四只歪头鹅。——正当梨花开遍天涯，湖上飘着柔曼的轻纱。喀秋莎站在士兵们身旁，眼巴巴地把你们瞭望——姑娘在湖边唱歌。大兵在行进。歌声中，战士们的动作慢慢地柔和自然起来，拧着的脖子也拧了回来。

那座要命的塑像终于被甩在身后，姑娘的歌唱声也听不到了。从湖里吹过来的清风擦着他的脸，这时，他才觉察到自己满脸的汗水。同志们，在交接哨的时候，他说，你们都是好样的，你们为军队争了光，让那些小流氓们见识了军人的志气。四个战士哭丧着脸，不知道说点什么好。

……我为什么那样傻，抚摸着妻子的照片，他想。那天我一回到连部，连长就哈哈大笑，那双漆黑的小眼睛笑成了一条缝。我的指导员！连长拍着我的肩头说，真是绝妙的表演。我说：让他们看看军人的风度。连长说：你别恶心我啦，简直像耍猴。要是有录像机，我录下来让你自己看，看完了你就会去上吊——百分之百地装孙子。我说：连长，你说话客气点好不好？军人难道不应该这样吗?难道你让战士们目不转睛地去盯那女人吗?连长说:别"那女人""那女人"的,那是个女人吗?我没进过什么学校,肚里没学问,但凭着直觉,也知道你们一路歪着脖子佯作悲壮,还不如大大方方地看两眼好。

连长把望远镜装进皮盒,挂到墙上去,我瞥了一眼敞开着的玻璃窗,从窗里望出去,看到月牙湖银光闪闪,那尊洁白的不知是渔女还是村姑的女裸像也在湖里放出耀眼的光辉。我看不清她身体的细部,只能看到一个模模糊糊的轮廓。一个念头在我心里突然一闪,但即刻就被压了下去。太可耻了,我想,要求战士做到的,干部首先要做到。我用力把玻璃窗拉起来,震动得窗框上的尘土飞散起来。我说:连长,不管你施放什么毒气,我还是坚持自己的意见。我们连队驻守闹市几十年,红旗不倒,在我们的手里,难道能让红旗沾上污泥浊水吗?因此——连长打断我的话头,龇牙扭嘴地说:防微杜渐,还有,针鼻大的窟窿牛头大的风,对不对?他抬起头来。用轻蔑的目光看看我说,我建议,星期六下午党团活动时,让全连到塑像下玩一下午,愿意怎么看就怎么看,看个够看个饱,见多不怪,习惯成自然,虱子多了不痒痒!我说我坚决反对。连长说:那么就看你的本事啦,你能天天带他们去换岗?你能给战士们戴上眼罩?你能每个星期天在塑像前监视着?你不能,你没有这么大的本事,你一手遮不住月牙湖。再说,一个指导员不应把精力放在这些事情上,什么是指导员的工作,你比我当然要清楚。

他再也没有去带队换岗,他不愿再受一次罪。后来,当他凝眸渔女或是村姑塑像时,不由地对自己的一些举动感到莫名其妙,不可理解。

在一个风和日丽的上午,只因为片刻的动摇,便使他心中的防线彻底崩溃;他原先以为牢不可破的东西,原来单薄得如同蛋壳。连长到操场上去了,他独自一人关在连部里绞尽脑汁给政治处编写一份材料。屋子里闷热,烟雾使空气混浊,他推开窗户,明亮的湖水和洁白的塑像又跳入他的眼帘。他看到有四块绿色停在塑像前的空地上,心中猛然一惊。他从墙上摘下望远镜,跨到窗前。他把望远镜按到眼上,手调整着焦距,四个战士一下子被拉到了眼前。他记住了他们的名字。他又转动着镜头,搜索着周围人们的反应。塑像前人来人往,大家都很忙,照相点的青年们忙着给人照相,小孩子在学步,老太太在卖奶油冰棍,清洁女工往铁撮子里扫冰棍纸。没有人去注意四个战士。战士们仰望着塑像,好像葵花向着太阳，他们的神情是那么专注，面容平静如同吃奶的婴儿。那个念头又在他心头一动，像有一条鞭子猛抽了脊背一下。他神经了一样紧张，咬着嘴唇，想：不，我决不能这样干！他撤转身，放好望远镜，在一张白纸上写下了四个战士的名字。那四个年轻的面孔像葵花向阳般仰着，是那样专注和恬静。那个念头像烙铁一样烫着他。他坐立不安，窗外盛开的丁香花飞散出紫色的花粉，像毒药一样熏着他。他恍恍惚惚，用力拉上窗户。他仰起脸看着天花板，天花板是雪白的，但从雪白中渐渐透出斑驳陆离的污渍来，有的如青蛙蹲在荷叶上，有的如云团在膨胀、蜻蜓站在云团上。他感到了从来没有过的惆怅孤独，魂儿像出了窍。朦朦胧胧中他又把望远镜取下来，关起门，插上销，然后推开窗户，胳膊肘支在窗台上，望远镜扣到了眼上。一片蓝幽幽的水在他眼前晃动，一个巨大的白影子在他眼前晃动，这白影子烫着他的瞳孔，烫着他的心，一种火一样的焦渴折磨着他。终于，他把望远镜定住了。洁白丰满的渔女或是村姑，一丝不挂的渔女或是村姑，走到了他的面前。他的心怦怦猛跳两下，便再也不跳了。他听到血液在体内发疯般地循环着，遍体肌肤像被无数根通电的银针刺激着。渔女或是村姑侧面对着他，他看到了她的结实的小腿和粗壮的大腿，线条优美的臀部，优雅地弯曲着的腰，耸立的乳房，举起的手背，手中托着的什么东西。一切都是这样近，他听到了她的呼吸，嗅到了她的青春气息，看到了血液在她洁白如雪的肌肤内流动着，看到了热情和欲念在她年轻的躯体内骚动着……

连长的踢门声把他惊醒了。他匆忙装好望远镜，挂在墙壁上，然后，掏出手绢擦擦额头，揉揉又酸又辣的眼睛，才去拨开门插锁。

大白天插门干什么？连长不满地嘟哝着，狐疑地看了他一眼。你是不是病了？连长惊诧地问。没有，我很好。他嘴唇仿佛不得劲地说着，我没事，很好。连长说：你的脸色灰白，像个死人。通讯员！连长大吼一声。那个虎背熊腰的通讯员撞开门，横儿吧唧地走进来，不说话，直着两眼望着连长。去，叫卫生员来给指导员看病，连长说。连长，你这不是脱了裤子放屁找麻烦吗？卫生员和我住在一起，你喊我时，他也听得清清楚楚，你直接叫他不就得了？通讯员理直气壮地指责着连长。连长怔了一怔，双眼一瞪，虎虎有生气，说：我就是要喊你，通讯员负责传达连长的口令，这可是条令上规定的。你这是滥用职权教条主义！通讯员高声吵嚷着走出门去，出门就大叫：卫生员，连长命令你给指导员看病。

这个熊兵，真是好样的。连长解嘲地说。

卫生员习惯性地拿出温度表要往他的胳肢窝里塞，他摆摆手说：有万金油吗？

娘，你不要想那么多，紫荆把脸挪开，翻身坐在炕沿上。老太婆的手在空中悬着，一动不动老半天。咱娘俩凑到一块也是缘分，紫荆说，其实也不能怨他，我没能使他如意，所以他才不理我……她的嗓子突然哑了，两汪亮晶晶的东西在睫毛下闪烁着。老太婆听到儿媳妇不均匀的喘息声。她困难地挪动了一下腿。紫荆把一条毯子盖在她的腿上。她一把抓住了儿媳妇的手，儿媳妇的手背柔软光滑，手掌坚硬粗糙，指头根上的茧子一个个如枣核儿大。老太婆说：紫荆，你去给我买那种吃了睡觉的药。紫荆说：您要是再说这种糊涂话，我就不理你。她戳了婆婆手背一下，说：其实呀，我才不在乎哩。我这个人是猪脑瓜子，一干活通通全忘，您别瞎猜疑。今日又是个大晴天，去年冬天下了一场雪，把地里的坷垃全泡酥啦，地暄得像发面团，咱那三亩麦子，长得黑油油的，每亩地能打六百斤，够咱娘俩吃的啦。那三亩春地，二亩种棉花，一亩种谷子，甭说他一年还往家寄几个钱,他一个子儿不寄也断不了咱的钱花,缺不了咱的粮吃。有钱花,有饭吃,娘,你还愁什么?——不愁,什么也不愁——前几天有两个燕子在屋檐下打着旋飞,看样子要在咱家垒窝呢。你没听到它们叽叽嘎嘎地叫吗?

院门响。老太婆说。紫荆说:八成是黄毛来啦,说好了他今天来帮我耙地。今年地暄,要不早耙耙,春风一起就把肥土刮跑啦。老太婆说:早年间我听你爹这么说过。

紫荆嫂子!

进来吧。

一个细高挑儿的小伙子轻手轻脚地进了屋,他怀里抱着一只红毛大公鸡。

你抱着只公鸡干什么?让它去拉犁耕地?燕子不进愁门,对不对?娘。

嫂子,你怎么忘了呢?前几天你不是让我找个偏方给大娘治治眼睛吗?

紫荆愉快地笑起来。我忘啦,我这人是属耗子的,搁爪就忘。你用这只公鸡来给你大娘治眼睛?

嫂子,我听了你的话,回家就把我爹那些书全翻腾了出来。我爹死后,那些书就被我娘捆成一捆吊到梁头上去啦——你是谁家的孩子？老太婆举起一只手，问——大娘，瞎娘，您听不出来啦？我爹是西头老扁呀！我是他的小四。——是老扁家那个黄头发小四？你不还是个孩子吗？——瞎娘，我二十一啦。——你还是一头黄发？——是，还是一头黄毛。他的脸臊红了。我那个闯青岛的外甥女对我说，有一种染发药水，能把头发随意染成什么颜色，要白就白，要黑就黑，要红就红，要绿就绿——那你怎么不去染了呢？紫荆挪揄道。——我是想去染，可又一想，算啦，生成个什么样就是个什么样，天老爷塑造的。我外甥女说，小舅，你有点像外国人，金头发，白皮肤。我回家找了个镜子一照，是挺好看的——真不害羞，自己夸自己漂亮——黄毛，你小时候不叫这个名，你好像叫"丰收"，叫着叫着就叫成黄毛啦，全村都这么叫。你爹活着时可是个大能人，刲鸡阉狗，抽书算卦，推推拿拿，没有他不会的营生——瞎娘，我爹临死前还唠叨过你呢。我把俺爹的书从屋梁上拿下来，放在太阳底下抽干净灰尘，然后就翻来覆去地找，终于找到了一个偏方：不明原因眼瞎者，用雄鸡冠子血滴鼻，每日一次，复明为止。我把俺家的大公鸡抱来啦。

  黄毛的脸皮很单薄，嘴唇红得有点妖里妖气；上唇上一层细软的茸毛、平平坦坦的狮子鼻。他满脸孩子气，身体却长得十分狼抗，长胳膊长腿，两只手很大。他抱着大公鸡，不住嘴地跟老太婆说着话。那只大公鸡在他怀里，时而一动不动，时而把头转动一下，血红色的大肉冠子颤颤巍巍地抖动着，紫荆说，黄毛，你别来糊弄你的瞎娘啦！瞎眼点鼻子，亏你想得出来——嫂子，你不懂科学。七窍相通，兴许能点好哩。老柴那年眼里出云翳，我爹用劁鸡刀子在他手心里拉开一道口，滴进一滴鸡冠子血，云翳登时就褪啦。——是吗？紫荆拖着长腔奚落黄毛。公鸡在黄毛怀里动了一下，脖子一歪，瞪着黄金般的眼睛瞅了紫荆一眼。这一眼如同一道电光，在紫荆的心上烫了一下。她的目光一下子被公鸡吸引住了。这是一只少见的漂亮大公鸡，遍身火红色的羽毛，像一团燃烧的火苗子。脖子上的细毛像剪开的丝绸条条，柔软又顺溜地垂下来。尾巴是一簇高挑着的绿翎毛。公鸡望着她，使她的皮肤灼热起来。她简直不敢跟它对视，它金黄色的眼珠子中间有一个漆黑的亮点。公鸡傲慢地歪着脖子看她，金色眼睛里的神情既轻蔑又狡黠，意味深长，充满神秘色彩。

瞎娘，我本来早就应该来看看你，来帮助紫荆嫂子干点活，可村东村西住着，这么远，我也不知紫荆嫂子是个啥脾气。那天我的手被镰刀砍破了,我捂着手往家走,血从指缝里往外流,正碰上嫂子,嫂子从地里采来一把蓟草,搓出汁水来,给我滴到伤口上止血。血止了,嫂子又给我把手包扎好。我这才知道紫荆嫂子是个好心人。瞎娘,你甭发愁,我有的是力气,你们家有什么沉活我全包了。

黄毛说的什么话她已听不到了。她被那只公鸡吸引住了。公鸡美丽的羽毛令她心里焦躁不安,她突然非常想抱一抱这只公鸡。黄毛,把公鸡给我。她红着脸说。——就给瞎娘治眼吗?——她把上身探过去,把公鸡接过来抱在怀里,像抱着一个婴孩。她用手抚摸着公鸡羽毛,心跳得急一阵慢一阵。公鸡羽毛蓬松柔软,弹性丰富,充满着力量。她摸着摸着,呼吸越来越急促,胳膊使劲往里收。公鸡拼命挣扎起来,尖利的脚趾蹬着她的胸脯,她感到又痛又惬意。后来,"哧啦"一声响,鸡爪把她的褂子撕裂了,露出了她双乳之间那道幽邃的暗影。她一松手,公鸡跳下地,咯咯叫着穿过堂屋,跑到院子里。她急步追到堂屋门口,望着在院子里跑动着的公鸡。公鸡步伐很大,像一个一年级小学生。她疲乏无力地转回身,一抬头,正碰上黄毛激动不安的面孔。两个人仇敌般地对视着,她发现他的头发像鸡毛一样灼目,目光也像鸡眼一样既诱人又可怕。她忽然恼怒地说:我恨死你啦!

我去抓住它。

你别去管它。

公鸡在院子里咯咯地叫着。

嫂子,他说,你那儿破啦。

她低头看看胸脯上那道血印子,面孔冷冷地走回屋里去,毫不顾忌地脱掉褂子,雪白的脊背在屋里很亮地照着黄毛的眼。紫荆换了一件藕色新褂子。她说:

你把你家的牛牵来了吗?

拴在门外柳树上啦。

你从厢房里把俺家的小黄牛牵出来。

老太婆听到牛喝水的嗞嗞声,又听到那只公鸡站在阳光里,抖擞着全身羽毛,撕肝裂胆地叫了一声。

后来,在那个逢集日的上午,当七连指导员孙天球办完了那件事情,精神恍惚地走出村,穿行在刚刚秀出穗的麦田里的时候,他的脸上表现出一种疯疯癫癫的神情。麦穗子摇摇摆摆地拂动着他的大腿。故乡四月的太阳像火炉子一样烘烤着他满身的冷汗,他听到自己的心跳声如同蛙鸣。麦田前方小河沟里几只青蛙在凄楚地哀鸣着,那个孩子的脸像一个红色的气球在他眼前飘来飘去,从两排咖啡色睫毛间露出来的那线眼白,射出两道蓝色的光芒,刺得他想大口呕吐,大声喊叫。他晃晃悠悠地走到河边,坐在稀疏地生长着细瘦的营草的河边上,面对着银灰色的河水和河滩上一层雪白的碱土,脸上那种疯癫的表情渐渐消退,一种沉思的表情像云层后边灰色的天空一样出现在他的脸上。

……那天,卫生员把一盒万金油放在他手里,转身便走啦。他拧开盒盖子,用指甲挑出两块绿豆大小的油膏,揉在太阳穴上。他发现连长不时用探询的目光打量着自己,突然感到十分恼怒,他把那张写着四个战士名字的纸条拍在连长面前,说:他们四个看那个女人啦。连长惊讶地看着他涨红的面孔,划火点烟,从唇间吐出一个滴零零的圆圈,圆圈在空中久久不散,如同太空飞碟。是吗?好半天,连长才懒洋洋地问。我亲眼看见的,我用望远镜看见的,就用这架望远镜。他伸出手指指着墙壁,辩论似的说:你知道不知道,在望远镜里,塑像下的一切都看得清清楚楚,连他们脸上的表情我都看到了。连长说:你打算怎么处理他们呢?你想给他们定个什么罪名呢?他的两眼使劲眨巴着,眼泪哗哗地流了出来。连长看着他泪眼婆娑的样子,问:老孙,你是不是神经出了毛病？——你说谁的神经？说我吗？流泪是因为万金油。——我不是说万金油。

从此之后一个月里，连部里靠近指导员办公桌的那扇窗户，几乎每天都开着，窗台上明晃晃的，连一点灰尘也没有。大个子通讯员每天早晨擦玻璃时，站在这个窗台前，总是要露出一脸斗鸡般的神情。

他举着望远镜连续观察了五天，全连的战士名字几乎全上了他的白纸，好像一张花名册。但到了第六天，他却把这张白纸揉成一团，扔在墙角的废纸篓里。他发现，战士们上下岗路过塑像时，渐渐地表现出一种无动于衷、麻木不仁的表情，有人偶尔抬头瞥一眼，那神色与看一个老太婆与看一棵白杨树并没有什么两样。他感到战士们在欺骗自己，在伪装，他们一定知道我在窗口监视着他们，他想。他记得在政治学校时曾听过一个老红军讲政治工作光荣传统，他听了一上午只记住一句话，老红军说：同志们，政工干部唯一的诀窍就是拿着自心比人心。他想，同志们，你们没有必要欺骗我，你们看吧，随便看吧，我们都是人。

他专注地研究这座塑像已累计数十小时，拿起望远镜把她捕捉过来，他感到时间凝滞不动，肋间生出翅羽。凌晨，日出前的她是冷峻的，但冷峻里含着委婉的惆怅。他觉得她脸上带着成熟女子孤独的寂寞；日出时她是温暖的，洁白的身体被朝晖映得通红，遍体流动着玫瑰花的浆汁，这时刻她最动人，但这时刻很快就会消逝；日出后，她的颜色一般来说是由浓艳变化为透明，那种轻柔的、充斥着床笫气息的情绪渐渐被一种蓬勃的狂热情绪代替，这时她是灼热的、撩人的。这一段时间持续得最长，从上午九点到下午四点，她始终放射着温柔的热流。这个塑像在他感情浪潮的冲击下，似乎获得了灵魂和生命，他觉得已经和她达成了一种默契，已经心心相印，只要一套进镜头，她的一切美就属于他了。她面部表情丰富，那显得非常结实的嘴唇里正在吹出三鲜水饺的香味。从下午四点到暮色苍茫这一段时间，她的外在的激情逐渐收敛，色调由明艳强烈渐变为柔和舒适。她的周围，笼罩着草窝子庄稼地里的温情脉脉的气氛。在太阳即将沉沦那一霎，湖上往往升起淡淡的薄雾，雾气缭绕中，紫红色的光晕像一片云彩裹住了她的身体，洞房花烛照美人的香艳气氛弥漫湖畔。他如果把望远镜稍一低垂，湖畔的人影便映入他的镜头，暮色像一道纱帘，使湖畔的人物朦胧着。银灰色的法国梧桐下，有两个人在练鹤翔庄，一个白发苍苍的老头子，戴着一副大眼镜，身穿一件中式苎麻蚕布扣大褂；一个长发披散到腰际的妙龄姑娘,面孔饱满,像成熟的豆荚,左耳像只水饺,右耳像只馄饨。两个人先是双腿微曲,双臂平伸,闭目凝神,如同塑像。片刻,他发现那姑娘大张开嘴,大睁开眼,双手狂乱地拍打着胸膛,拍完了胸膛又拍屁股,又拍肩头,身体扭曲成麻花形状,长发像马尾一样拂动着。最后,他看到那姑娘猛扑到树上,张开嘴,咔嚓咔嚓啃着树皮。那老头子却始终不见动静,好像一个瓶装动物标本。

四月一号这一天,原本是星期天,为避免凑热闹,部队把星期六当成星期天过。连长去医院割治鸡眼去啦,连部里就剩下他一个人。他急急忙忙起了床,心不在焉地跟值星排长聊了几句。在伙房里他匆匆忙忙地吃了一个馒头。一个班长拉他去打扑克,他说有重要材料要写,他那副神情把那个班长吓了一大跳。

他走回连部时,与匆匆往外走的卫生员撞了一个满怀,卫生员背后跟着通讯员。他用力瞪了卫生员一眼,大声问:你们干什么?鬼鬼祟祟的!卫生员张口结舌,双手急忙插进裤兜。通讯员把卫生员拉到一边去,大大方方地说:指导员,我们来看看你有没有事情要办,我们想请假去新华书店买书。他说:去吧,你们快去吧,我什么事情也没有。你们上街要注意军容风纪。他伸出两个指头，把通讯员的帽檐往下拉了拉。通讯员和卫生员走啦，他插上门，从抽屉里摸出望远镜，又趴在窗台上。

太阳正在往外钻，无数又厚又重的云团在地平线上方等着它。它在云与地的夹缝里羞怯怯地呆了五分钟，流散出汹涌的霞光。她全身沐浴在光的浪潮里，正眉目含情、哀哀怨怨地向他致以早晨的问候。云下的太阳红得像血，颤抖不止，这是坏天气的先兆，他当时可没有想到什么天气，他只是感觉到她的哀怨情绪要比往日浓重得多。她的脸上似乎还有露珠般的东西在滚动，那洋溢着青春活力的肌肤也像成熟的花瓣那样，暗寓着凋零前的悲凉。

这天早晨，渔女或是村姑塑像的非凡表情触发了他心中最隐秘的感情。他恍然觉得站在湖水中的是他早就熟识的一个女人。也是在一个早晨，他和衣躺在炕上，似睡非睡，阳光穿过窗棂，斜照在墙壁上，又折射回来，在炕角上，直挺挺地立着一个女人，她遍体金黄，正用模糊的泪眼看着他。她手提着一件藕色裤子（裤子的颜色激起他一种生理上的厌恶），仿佛在说：你娶我干什么？娶我单单为了照顾你娘吗？那你还不如花钱雇个老妈子……

塑像好像是从他妻子身上脱下的模子。怪不得，怪不得这样，他很麻木地想着。他忽然记起曾把她的一张照片扔在抽屉里，撕成了八块，那些碎片不会丢失，除非抽屉里跑进耗子。他不明白自己当初为什么对妻子的哀怨无动于衷，记得当初相亲时，她的容貌还令他满意，后来她坐着毛驴来啦，毛驴背上搭着一条红毯子，她两腿在一边，侧坐在毛驴上，穿着一件藕色新褂子。她一下毛驴正踩在一汪泥水上，摔了一个大跟斗，从地上爬起来，她原先红扑扑的脸就变得跟褂子一个颜色，这种颜色使她丑陋不堪。现在回想起来，那是一种多么漂亮多么柔和的颜色啊！

望远镜里，她变成了那种令人心旌摇荡的藕色。太阳钻进了重云，天色晦暗，他的心愁苦不堪，他多次陷入迷惘状态。伸出手去想抚摸一下她，但每次都摸到虚空，从迷惘状态中惊醒。

中午，他在玻璃板上拼凑着照片。他记得这是一张二寸照片，显然是走乡串巷的二把刀照相师的作品，她的脸暗淡苍白。他看了一眼照片，便把她一撕两半，叠起来又一撕，她成了四半。连长正好闯进来，问：老孙，撕什么？他说：一张扑克牌。他把她的残骸扔在一个盛杂物的抽屉里。现在，从生锈的图钉和曲别针之间，他把她的残骸一一拣出来。他先拿起她的一块脸，用胶水固定在一张很白的纸上。这块脸上有她一只乌黑的眼睛，正阴郁地盯着他。他又拿起另一块脸拼凑上去，这时，她的额头出现了，两只眼睛并列起来，那种阴郁的神色减弱了。她的鼻子正中开了一道缝。他很快把她的嘴和下巴以及其他部位拼接到她的鼻子下。白纸上复原了她的半身像。她的脸上有两道裂痕，交叉成一个十字形，裂痕处衔接不好，留下一些锯齿状的空间。她的脸变得很恐怖很残酷，那两只黑眼睛里有一种仇视他的神色。紫荆，他低低地叫她一声，我真不该把你作践成这般模样。让你挂在十字架上，还不如烧了你好。他点燃火柴后，又临时改变了主意。他用三角板把照片压平，取出了一盒金鱼牌彩色绘画笔，开始为妻子涂红抹绿。他用黑笔把她的头发涂得漆黑发亮，又细细地勾勒出两条吊梢的眉毛；他用黄笔把她的脸涂得像一个成熟的金橘；他用红笔把她的双唇涂得鲜红。这样，妻子就面如金橘，唇如樱桃，目如葡萄，照片上洋溢着水果的气味。那两道交叉的裂纹变成了两条浅浅的暗影，退到鲜艳的亮色后边去了。

  他又拿起望远镜时，已是下午两点钟光景，太阳从云层中探出金色的柱脚，斜照着月牙湖水，也斜照着湖中的塑像。塑像也是面如金橘，唇如樱桃，目如葡萄。看着塑像的脸想着妻子的脸他感动极了，这是事情的一个方面；看着塑像美妙的身躯想着妻子那短短的一截花格子布盖着的胸脯，他懊恼极了，这是事情的另一方面，但这个缺憾不久就得到了弥补。在不久后的清查运动中，班长们缴上来一堆照片。那时他精神亢奋地把照片全拨拉到抽屉里去。班长们走了之后，他看着那些照片，灵机发动，把战士们照片上的塑像剪下身体，和妻子的照片头粘接在一起，妻子和塑像合为一体，尽管妻子的头大了一些，与塑像的身体不合比例，但他连续凝视了几分钟之后，所有不和谐的感觉都消失了，他感到妻子就是塑像，塑像就是妻子。

他更加渴望探家，但后来又发生了别的事情，耽误了他的行程。这些事情，等他坐在故乡的小河边泛着白花碱的滩涂上时，都会想到的。

黄毛扛着齿耙，紫荆扛着锹和钩子，紫荆家的黄牛和黄毛家的黑牛驮着各自的挽具，一起出了村。

土地承包到户后，天地好像一下子大多啦，黄毛说，从前地里这里那里的都是一堆堆的人，现在见个人影就像见个鬼影一样难哩。

现在干农活的人少啦,跑买卖的多啦。紫荆说,你呢?你怎么不去跑点买卖?

我笨得要命,啥也不会,跑买卖又不懂行市,不敢瞎折腾,安安稳稳种地,每年挣个千儿八百的,够花的就行啦。

钱不是越多越好吗?

谁都知道越多越好,但挣钱可不是容易事。

我给你出个主意,你去抽书算命呀。

我不会。

你爹不是有书吗?

我不学。

那么你会劁鸡阉狗吗?

我才不去干这些缺德事呢。

怎么是缺德呢?

怎么不缺德?好端端的,硬给劁了,阉了,公不公母不母,不缺德?

我不跟你说啦!紫荆不高兴地垂下眼皮。

黄牛和黑牛在他们前头不紧不忙地走着,坚硬的蹄瓣踩着被风吹打得光滑结实的土路,留下一些白白的花纹。路两旁全是桑树,桑枝上已放出铜钱大小的桑叶。桑树下生着密密麻麻的蒿蓄嫩芽。

咱村的地离村真远,黄毛说,我真不愿意一个人到这么远的地里来干活,孤孤单单走一路,孤孤单单干一天,想说话都找不到个人,只有和牛说,和天上的鸟儿说,从前在队里干活,男男女女一大堆,比现在热闹。

光图热闹,就把牙闲起来啦。

嫂子,你不感到孤单吗?你不感到难受吗?

吃饱了肚子我什么都不想。

骗人吧,你不想天球哥?

你还有完没有?不愿帮我耙就滚你的。

我不说啦。他挺委屈地说,不过是顺嘴问问,发什么火。

他们走全了两大段灰白的路,翻过一条小河,河滩上全是白花花的卤碱土,丛生着红梗的蓬蓬菜。村庄被扔在八里路外。周围一大片褐色的土地,四周望不到村庄。寂静得没有一点声音。到底是熬到了。黄毛把沉重的铁耙猛扔在地上,铁耙齿深深地扎进松软的土壤里。他的肩膀上被耙框压出了一道深深的印儿。他熟练地套好牛,黑牛和黄牛互相看了看,扛了扛膀子表示亲热。鸟儿在明晃晃的天空中嘹亮地叫着。很远的地方,好像在太阳的正下方,有一个人也在使牛耙地,人和牛都显得很小很小。

他和她互相对望着，莫名其妙地红了脸的黄毛被紫荆的目光逼视得垂头丧气。他说：那么，你就倒粪吗？那么，我就耙地吗？

　　紫荆看着他披散下来遮住额头的黄头发，突然感到他非常可怜。于是便柔声说：你耙地去吧，去吧，我望着你哩。

　　她在地头上的粪堆旁站定，先用钩子把粪刨下来，敲打成细末后，再用铁锹翻到一边去。田野里几乎没有风，阳光越来越辉煌，地平线在银色的光芒中跳动不止，远处那人那牛像蚂蚁一样移动着。黄毛踩着耙，像驾着一条船，渐渐离她而去。黄牛黑牛拉着耙，黄毛踩在耙上，劈开双腿，身体有节奏地摇晃着，他把身体重心时而放在右腿上，时而放在左腿上，铁耙在摆动中前进着，耙后的土地上留下波浪般的耙纹，优美平滑。黄毛手持两根联结牛鼻子的细绳，一支短柄使牛鞭搭在肩上，这种鞭足有四米长，挥动起来犹如长蛇飞舞。鞭子从他背上顺下来，拖在身后，在平整的土地上，蛇一样蠕动着。有时留下痕迹，有时留不下痕迹。他迎着阳光耙过去，黄头发如同金丝线。他背着阳光耙回来，黄头发依然如金丝线。他的脸愁苦不堪。一直伸展进天地相接的帷幕中去的田野上好像只有他和她两个人，泥土的腥气撩人心弦，生命的搏动声充斥天地。她机械地劳动着，身体慵倦无力，眼皮发沉，便坐下来，坐在河堤的漫坡上。漫坡上很干燥，松软的黑土和隔年的枯草被晒得暖烘烘的，她坐着，醉眼蒙眬地望着平旷的田畴，雪白的蒸气像鸽子一样飞翔。黄毛抖颤着嗓子对两头牛发号施令——咦咧咧咧——呜啦啦啦——呵哩哩哩——他的喊声粗犷有力，但融进了辽阔的原野后，随即显得单薄无力，仿佛一个浑圆的东西被挤得很扁。温热的河堤太舒适了，她无力地仰下去，头发触着干枯的野草，也触到了干枯的野草下生出的蓬勃的新草芽。天是蓝白夹杂的颜色，没有云，太阳很高很小，光线强烈，一会儿就照得她眼前发黑，黄毛和两头牛变成了一大团暗红色的影子。暗影远远近近地移动着，时大时小，她把双肘支地，目送着暗影远去，又目迎着暗影归来。她看不清黄毛的脸，她只是感觉到黄毛那一头金发在阳光下闪烁如金箔，闪烁如同那只大公鸡的金色的羽毛。

忽然，从很近的地方响起黄毛很浪的歌唱声。他的嗓音又黏又滑，吐字如吐汤圆，给人以水分饱满的感觉。从西南方向刮来的熏风疲倦困乏，有干青草垛的迷人气息，土地上的植物和动物在加速分裂细胞，各种各样的感情在成熟壮大，走向高潮和顶点。

她把头巾抖开,蒙在脸上,静听着黄毛唱。(有一个大姐二十八,男人闯外不在家。)阳光很快就把蓝色的头巾晒热,她的脸在蓝头巾下感到了太阳的温暖,呼出的气流把头巾吹得轻轻翕动,尽管她紧闭着眼,还是感觉到无数个绿色的光点在蓝头巾上跳动。(那天她坐在窗下纺棉花,头插一朵石榴花。)飞鸟在空中追逐嬉闹的叽喳声如乱箭一般射下来,空气像蜜蜂王一样嗡嗡地叫着。(小蜜蜂飞来飞去总不落下,撩得大姐心乱如麻。)你叫吧,你叫吧,她的鼻子酸得要命,心中有架六弦琴,被猫爪子撩拨着,低弦抽噎哽咽,高弦尖声嘶叫,她恨不得把衣服撕成缕缕条条,一把扬到空中,让它们像秋风中的落叶一样乱纷纷飘散。(蜜蜂,蜜蜂,要采花就采花,不采花就飞去吧。)她的两只手在大腿外侧,先是像小兽一样蜷伏着,这时却猛然活动起来。她用力抓着大腿下的枯草,脖子扭来扭去。好长时间,她才平静下来,泪水在头巾下滚烫地流出,沿着鼻子旁的小沟,流到嘴里去。

她听到黄毛轻轻地喝住牲口,站在自己身旁。周围的声音全消逝啦,她感到大地在旋转着飞升,自己的身体被拉成很长的细条。

黄毛站在紫荆脚下,目不转睛地看着她。他先是看到她直挺挺的身体,又看到她那两只已经很平静了的手。她的鼻梁在蓝头巾下耸着,下巴露出来,翘着,脖子上有两道皱纹,藕色的裰子下像藏着两个浑圆的馒头。黄毛浑身发抖,不由自主地打着寒战,一种巨大的恐惧感攫住了他。他困难地转过身,走回耙边。黄牛趴在地上,黑牛站着,都悠闲地反刍着。牛肚子里不时响起饲草运动的咕噜声。黄牛用温柔的蓝眼睛瞥着他,一对杂毛斑鸠在耙过的土地上蹒跚着,把脚爪清晰地印在平坦松软的泥土上。远处那个耙地的人也休息了,人不知躲到哪个沟沟坎坎里去啦,黄毛只看到两头小羊般大小的黄牛立在褐色的土地上。在他眼里跳跃着银色的光点,地里的气流摇摇摆摆地升腾着,升腾着并变幻出幽灵般的幻影。远处传来牛的叫声。阳光愈来愈温热,他愈来愈哆嗦成一团,上下牙齿嗒嗒地撞击着,心脏紧缩,上提到喉咙,他咬着嘴唇,转回身,急走几步,双膝跪在紫荆身旁,把两只大手猛按到她的胸脯上,泪水从他眼里渗出,他断断续续地呜噜着:嫂子……好嫂子……紫荆的身体在他手掌下抽搐着,他听到了她胸腔里有小兽般的叫声。她打了一个滚,趴起来,胳膊交叉在脸下。她呜呜地哭着,身体扭来扭去,双脚把一蓬蓬的枯草连根踹出来。黄毛抚摸着她的背,嘴里还是叫着嫂子，不过声音已不打战，身体也不哆嗦了。他胆子越来越壮，手上渐渐地用力气。紫荆哭了一阵，折身坐起来，泪痕纵横的脸上怒气冲冲，双眼像锥子般地刺着黄毛，黄毛打了一个冷战，手像烫着似的缩了回来。紫荆往前一探身，抡圆了胳膊，啪啪啪，连抽黄毛三个大嘴巴。黄毛捂着脸站了起来，脸色像七月的晚霞一样变幻不止。

你们这些臭男人，没有个好货——嫂子，是我昏了头，你把这事忘了吧——忘了？叫我怎能忘了你！我恨不得把心扒出来炒给你吃了，你连笑脸都不给我，你吃了我的心还嫌血腥气，我在你眼里不算个人，顶多是你的一件家什——嫂子，你冤死我啦——你现在还用得着我，我早就看出来啦，什么时候你不用我啦，就把我像破笤帚疙瘩一样扔到墙旮旯里去啦——嫂子，老天爷作证，我黄毛可不是那种人。

四月一号晚上，连队改善生活，包了八笼屉羊肉大包子。他出现在饭堂里时，忽然发现战士们和几个排长眼神都不对，无论是黑脸上还是红脸上都蒙上了一层怪诞的绿色，从这种荒唐的绿色中，渗出了各式各样的笑容，先是通讯员笑了一声，接着是卫生员笑了一声，紧接着是哄堂大笑，一个战士把一块羊肉咽进了气管，拼命地咳嗽起来。他莫名其妙地看着战士们，他脸上的文章像酵母一样把笑声的面团发得膨胀起来。他大吼一声：笑什么？包子堵不住你们的嘴！值星排长捂着肚子来到他身边，拉着他的胳膊说：指导员，你的眼睛……我的天，你的眼睛怎么搞成这种样子？

他摸摸眼睛，愈加糊涂起来：我的眼睛怎么啦？我连你脸上的汗毛都看得清清楚楚。

值星排长从口袋里摸出一个小圆镜子，递给他说你自己照照吧。

他接过小镜，眼看着值星排长那张白得像奶油般的面孔说：你搞的什么鬼名堂！

饭堂里的干部战士看到他们的指导员把小镜子举到面前，忽然怪叫一声，好像白天见了鬼。他扔掉小镜子，像扔掉一条毒蛇。小镜子在饭桌上弹跳着，碰得战士们的饭碗当啷啷响，后来又蹦下地，在人们脚缝里滚来滚去。战士们全都吓呆了，没人再敢笑。他们的指导员转身跑出了饭堂。在连部里，对着连长镶嵌在墙上的小镜子，他发现自己脸色如纸，双眼周围，套着两个非常标准的同样大小的紫色圆圈。

通讯员端着一盆水走过来，他的脸上第一次流露出对连首长的真诚的关心表情，他说：指导员，洗脸吧。他接着，又从脸盆上抽下毛巾，浸到水中。

洗不掉的，我知道洗不掉的。

很好洗，指导员，一下就洗掉啦。

这是淤血，水是洗不掉的。

不是淤血是紫药水。

通讯员捞出毛巾，对准指导员的眼眶子抹了一把，毛巾上沾满了紫色。难道你还不信吗？指导员？通讯员说，是紫药水。

你，你，是你们搞的？

通讯员和卫生员搔着脖子笑起来。

他气得双手发抖，什么也没说，就把脸浸到脸盆里。他涂了满脸肥皂，把一盆水洗得乌紫。

他的"窥像癖"被紫药水治好了。他把连长的望远镜挂在墙上。清查工作和粘贴妻子的工作也都结束了。营里批准了他的探家报告，就在他即将成行的时候，一件稀奇古怪的事情发生了。后来当他坐在故乡的小河边，面对着缓缓逝去的流水冥思苦想的时候，他认为一切都好像是命中注定，一切事情的发展，都按着早就设计好了的程序。

肖连长被选送到军区步校进修，上级派来一个刚从军校毕业的小伙子来代职。小伙子清秀俊雅，嘴里镶着一颗不锈钢牙齿，他是个摄影爱好者，水平一般，总爱咔嚓。那天早晨，新来的连长心血来潮，想把照相机嫁接到望远镜上，然后给那个塑像拍一张照片。指导员很感兴趣地望着他。他面前摆着螺丝刀子小扳手，铁丝皮线蜡烛头。他年轻的鼻子上挂着汗珠，钢牙龇出来，嘴角抽动着。不知用了什么方法，果真把照相机和望远镜连接在一起，端在手里，很像一件新式武器。小连长把镜头远远地对准塑像时，牙痛似的哼了一声。他回转身，怒气冲冲地说：指导员，你快来看，简直是不可思议，简直是滑稽饱和，简直是创造奇迹。他咔嚓咔嚓按着快门。给你，指导员，小连长把望远镜从照相机上摘下来，递给他，身体退后一步，让出了窗台。

他拿起了望远镜，掏出一条手绢擦了擦望远镜圈。太阳刚出来，湖上像燃烧着一个大火把，火把烧着他，如同烧着他的心。与他的妻子融为一体的塑像消失了。湖上立着一块披着大红布的白石头。渔女或是村姑的头从红布中露出来，好像火炉上烤着的献牲。那张一看到就令他心跳不止的脸在炉火的烤炙下变了模样，变得狰狞可怖，轻佻淫荡。这种感觉像根硬刺一样扎在他的心脏上，使他时刻都不敢忘记。他感到怒不可遏，那块大红布像一帖狗皮膏药牢牢地贴在他的感觉里，使他的眼前不时地掠过鸦群般的暗影。小连长还在滔滔不绝地发着议论，语多涉讥刺，充满硝烟气息。他的思绪像橡皮一样被小连长的一个个冲击波鼓动着，有时膨胀有时收缩，他感到自己所有的灵窍都被这块红布遮住了，思维能力麻木呆滞，好像陷身在红色的淤泥里。他搞不清楚自己为什么对这块红布如此反感，即使他后来坐在故乡小河边冥思苦想时也没搞清楚。

小连长骂骂咧咧地出去啦。他放下望远镜，把妻子那张照片拿出来一看，顿时惊愕得手脚发凉。她脸上的各种色块全溻了，眉眼模糊成一团，原先那么多情娴静的面孔竟变成一个调色碟子，那个洁白如玉的身体接在调色碟子上，产生出一种无法言喻的恐怖感。他把照片扔进抽屉，站起来，脑袋里像装进了一窝蜜蜂。他看到桌子和椅子全飘起来，水泥地面上爬动着成群结队的蚂蚁，月牙湖畔响起湖水般的喧哗声，不用望远镜他就看到湖边五颜六色地站满了人群，人们还继续往那儿涌，还继续往人团上焊接人，一直焊接到很远的交通要道上，汽车被堵塞住了，排成几条长龙，司机焦急地鸣着喇叭，整个城市都被震动了。

他烦躁不安地走进饭堂,那个一向谦恭和顺的一排长正对着炊事班长大发脾气,炊事班长把稀饭烧焦了,竹片笼屉着了火,馒头们全都乌黑釉亮,好像优质陶瓷。

你是怎么搞的?嗯?你的心呢?脑子呢?你这个炊事班长还想转志愿兵?转了志愿兵你会把伙房彻底炸平。一排长大声训斥着,炊事班长垂头丧气,双手不停地抚摸着自己的大腿。

整整一天,七连仿佛在做噩梦,值勤点上那四个战士还没吃早饭,隔五分钟就往连部摇一次电话,催人去换岗。值星排长说,已经派出十二个战士去换岗,全都像石头扔进了大海。最后,小连长亲自带队出发。四十分钟后,电话铃声响了,他拿起话筒,听到了小连长的声音。小连长说;指导员,我在医院跟你通话,湖边发生事故,好多人落水,我们的战士们跳湖救人,耽误了换哨。

那天晚上空气潮湿,熄灯号吹后很长时间,他还丝毫没有睡意,小连长打着很响的呼噜,还不时迸出一句咬牙切齿的梦话。他翻来覆去地滚动着,想尽了各种各样催眠的方法,但一闭上眼睛,那块红布就在眼前飘动,像火焰一样灼着他的面颊。他的心里一阵冷一阵热，间歇性的无名恼怒折磨得他几次想吼叫起来。最后，他把脸贴在枕头上，强迫自己数枕头下手表走动的声响。手表机芯里的齿轮转动声惊天动地，震动得他的耳膜痛，他知道，他必须要去干那件事情了。那块红布，那团邪火，那帖狗皮膏药，那根芒刺，是一切混乱现象的根本原因。他悄悄地穿衣下床，一缕月光射进窗户，照着地板上小连长的皮鞋和拖鞋，皮鞋状如军舰，拖鞋形似舢板，一起停泊在浅蓝色的月光中。他扎好腰带，挎上手枪，又从抽屉里摸出一把锋利的小刀子，便悄悄地出了门。营院门口的哨兵，向他行持枪注目礼，他听到自己干巴巴地说：我要去查哨。

很快地他便走上了那条通向湖边也通向哨所的水泥路，路外侧是一片法国梧桐，半圆的月亮在他右上方的天空上，天空是中庸的银灰色，月光浅浅地照着，法国梧桐叶片闪烁着微弱的光芒，枝叶间不时有飒飒的响动。他走得很冲，在离塑像几十米的时候，他便跳下水泥路，在疏密有致的树木间穿行，他突然想起那个漂亮姑娘啃树皮的情景和化石般的老人，但这些表象如同雷电，一闪即逝，闪电照亮了的是那块红布，那块红布忽明忽暗，但始终存在着，一刻也没有从他的意识里跑掉。

塑像立在离湖边十几米的一块巨石上。十几米粼粼的湖水把他和她隔离开来。月亮又升高了一些，光辉也似乎比刚才更明亮，湖水平静如镜，映出一个长长的朦胧的暗影。他凝望着塑像，那块巨大的红布在月光下是紫色的，一个青白色的头颅浮在紫色的浪潮里。他猛然想起了他在望远镜里抚摸过无数遍的那个白玉般的身体，一股巨大的压抑不住的冲动使他的嘴唇痉挛起来。他脱掉鞋袜，挽起裤腿走进了湖水，湖水不深，但淤泥很深，他往前走了三步，湖水便淹到了他的腹部，他慌忙把手枪摘下，高举在头顶，脚还在往下陷，淤泥好像脂油，直包到他的膝盖，湖水淹到了他的胸脯，他听到自己的心脏在水中扑通扑通地跳动，带着重浊的水音。他困难地走动着，搅起的水花把月亮撞碎了，泛上来的淤泥散发着浓浓的腐败气息。爬上岩石后，乌黑的脚踩着冰冷的石头，走一步就留下一个清晰的黑脚印。在塑像脚下，他仰起脸来，她的身体要比他高大粗壮得多，月光下她的脸上带着凛然不可侵犯的高贵神情。他认为她之所以这样冰冷，完全是因为这块红布。他试试探探地抓住红布，布握在手里柔弱松软，仿佛使劲一捏就会从指缝里流出来。他用力一顿，布很闷地响了一声，但并不滑下来，他又顿又拽，甚至感觉到塑像都摇晃了，但那布还是不褪下来,仅仅是发出狗叫般的响声。他正想爬上底座用刀子把那布拉破的时候,水泥路上响起了脚步声。他急忙转到塑像背后,心像被猎狗追赶着的兔子一样跳动着。

啪嗒啪嗒的脚步声越来越近,在塑像正对着的湖边,他听到脚步声停住,几个年轻的声音在说:为这块破布险些闹出人命——啼笑皆非——这可是块猩红色的高级天鹅绒,姑娘好福气——不伦不类——应该给她戴上墨色眼镜和口罩——这下我们指导员放了心啦——别提他啦——敢不敢把这块天鹅绒偷回去做褥单——走吧,别误了哨。

他紧贴在塑像后边,偷眼看着他的四个战士渐渐远去。他知道下哨的战士很快就要回来,不能再耽搁了。他扯着红布,口叼着小刀子,攀上底座。他站在底座上,从口里拿下刀子,月光下刀光一闪——其实没等他动手,红布就秃噜一声褪下去,渔女或是村姑通身顿时放出月亮一样的光辉。他一下子惊呆了。他站在她的背后,目光正齐着那两块高举物件而凸出的肩胛骨以及因此而变深了的脊沟……

从底座上下来,他用刀子把那块天鹅绒戳上了好几十个窟窿,在破裂的声响中,他感到一种强烈的快感。

后来,他举着手枪和天鹅绒涉过湖水爬上岸,他用天鹅绒擦了擦脚上的淤泥,穿上鞋袜,一脚把天鹅绒踢下水,天鹅绒在水上漂着,并渐渐地散开,像一张肮脏的黄牛皮。他沿着树缝往回走,衣服往下滴着水,鞋子里滑腻腻的,一阵寒冷从脚下袭上来,他忍不住地打起哆嗦来。

第二天早晨,在饭堂里,他发现了战士们脸上那种掩饰不住的狂喜表情。炊事班长好像为了弥补昨天的过失,把稀饭熬出了水米之魂。馒头又白又暄,拳头大的馒头只有一两重。他换了一身崭新的军装,皮鞋擦得锃亮。

指导员,什么时候走呀?一排长问他。他反问道:往哪走?一排长:探家呀!他说:再待一个星期吧,副指导员星期六回来,我把工作给他交代交代就走。

早饭后,他被市里的有关领组织请了去,讨论了天鹅绒被撕掉戳烂扔下湖的事。一个雍容大度的中年妇女在会上激昂慷慨地做了很长的发言。他第一次在开会的时候打起盹来,困意像黏稠的胶水一样从四面八方包围着他。他看到主持会议的领导脸上流露出不满情绪,但也无可奈何。

散会之后,他昏昏沉沉地走回部队。一进连部,连鞋子都没脱就倒在床上。等他醒来时，已是翌日上午九点多钟，阳光灿烂地照着窗玻璃，一浪一浪的浓郁的丁香花的闷香扑进屋来，连空气都变成了紫勾勾的颜色。他眯着眼躺了足有五分钟，才猛然忆起昨天以及昨天以前的若干事情。他发现鞋子被谁脱了，身上盖着被子，昨天泡在脸盆里没洗的衣服洗得干干净净叠得板板正正放在他的办公桌上。衣服上放着一封信。他翻身下床，拿起信，信封脏得要命，没有发信人地址。他满腹狐疑地撕开信封，抽出一张散发着煤油味的信笺，看着看着，他的脸就变了颜色。

他在屋里焦虑不安地走着，眼神都散了。后来，他推开窗户，不用望远镜就看到，妻子赤身裸体地站在湖水中，任凭路人观看。沉重的受辱感使他的胸脯里充满气体。

听到小连长的脚步声，他及时地用毛巾擦了一把脸。

小皮（连长姓皮）我想借你的照相机用用——想给嫂子照相吧？——他尴尬地咧咧嘴——没问题，我有两架照相机，借你一架——那就谢谢啦。

他翻动着台历，发现五月二十一日这一天，是古历的四月十五，是星期日，还是二十四节气中的一节——

小满,时间是二十二时二十八分。

老太婆虽然依然看不见,却强烈地感觉到以往那种昏沉倦怠的生活发生了根本的变化。那只据儿媳说是漂亮的金毛大公鸡闯进了小院之后,真正的春天便开始了。大公鸡每天都按着时辰啼叫,混沌成团的生活在洪亮的鸡鸣声中变得节奏分明。黄毛把公鸡扔在这里后再也没有露面,她听到鸡叫时,一方面感到兴高采烈,一方面感到忧心忡忡。公鸡和母鸡出窝了。她听到公鸡在窗前引颈长啼两声,接着便追着母鸡满院跑。老太婆听到紫荆站在门口,专注地看着鸡们嬉闹。儿媳手里端着一扇葫芦瓢喂鸡,瓢里盛着玉米,儿媳抓一把玉米扬出去,玉米落地,如密集雨滴,鸡群扑上来,鸡吃玉米犹如刮旋风。

她问:那个黄毛怎么不来啦?他不是要给我治眼吗?

你别听他胡说,哪有瞎了眼点鼻子的?

兴许能好呢!老太婆充满希望地说,偏方治大病。

那我就去跟他说说吧。紫荆干巴巴地说。

第二天早晨,黄毛果然来啦,一进门他就高喊:瞎娘,前几天我出去贩了一趟虎皮鹦鹉,把给您治病的事忘啦。

你赚了吗？老太婆问。

赚了两只鹦鹉。

赚了就好，别管多少。

是咧。黄毛回答着。他看到紫荆嘲讽地对着他笑。他说：瞎娘，从今日起，我就开始为您治病。

瞎娘就盼着能重见天日哩，哪怕一霎霎也好。

嫂子，公鸡还在窝里吗？

在，你这个大大夫不来，俺怎么敢放鸡。

你别醋溜人啦。嫂子，帮我抓鸡吧。

老太婆听到鸡窝里群鸡惊叫。大公鸡激烈的反抗声尖锐刺耳。

黄毛抱着公鸡进了屋，公鸡在他怀里，立刻就安静下来，又睁着那两只金黄色的眼睛，居高临下地研究着人。他说：嫂子，你抱着鸡。她哆嗦了一下，心里一阵悸动，但还是伸出胳膊，把鸡抱到怀里，公鸡歪着头看着她。肉冠子憋得通红。

抱紧，嫂子。黄毛说。他从口袋里掏出一根四个棱的放血针和一个酱黄色的小瓶子，小瓶子里放着酒精棉球，他用棉球把针擦了擦，一手提起鸡冠子，迅即地刺了一下，公鸡轻轻地哼了一声，一滴暗红的血从鸡冠上渗出来，黄毛用一根火柴棒把鸡血刮下来，鸡血挑在火柴杆上，像一粒石榴籽儿。行了，嫂子，放走它吧，黄毛说。紫荆把鸡抱到院子里，蹲下身，轻轻地放开，公鸡回过头，在她手指背上狠啄了一口，抖抖羽毛，大踏步地跑了。

黄毛说：瞎娘，把脸仰起来。老太婆顺从地仰起脸，黄毛把那滴鸡血滴进她的鼻孔，然后捏着她的鼻子揉了揉。好啦，瞎娘，他说着，按着老太婆的下巴，把她的头按到原来的位置上去。

老太婆睁着两只明亮的眼睛望着黄毛，瞳仁里水汪汪的，满是梦幻的色彩。黄毛心里颤了一下，他简直不敢相信这双眼睛竟然什么也看不见。他甚至觉得老太婆这两只虎皮鹦鹉一般的眼睛把他内心深处的犄角旮旯全都照亮啦。他感到这两只眼睛深不可测，令人骇怕。瞎娘，他避开老太婆的目光，问，您有什么感觉吗？

老太婆正在用心体味着那滴鸡血，从它热乎乎地进入鼻孔后，她就感到全身的感觉在跟随着这滴鸡血。在仰着脸的时候，它蠕蠕运动到喉咙，喉咙里和鼻孔里都是一股子活鲫鱼的腥气。她说：热乎乎，腥乎乎。

除了热乎乎腥乎乎，您再没有别的感觉吗？黄毛小心翼翼地问。

鼻子有点酸——好,鼻子酸就要流泪——耳朵有点痒——耳道通着眼道——头皮也有点痒。紫荆,我头上是不是生了虱子——这说明鸡血在起作用,瞎娘,您别厌烦,我们每天坚持治疗,保证让您重见光明。

老太婆愉快地说:由着你吧,死马当成活马医吧。不痛又不痒,只要你和紫荆不嫌麻烦就行啦。老太婆说着,自己先笑了。她的笑声又尖又脆,像一个天真烂漫的小女孩。在她的笑声中,黄毛和紫荆一起走到院子里。站在院子里那棵香椿树下,黄毛难为情地说:你还生我的气吗?紫荆说:今年的棉花是不是要水种?黄毛不情愿地回答着:要是这几天能下一场雨,就不用水种啦,要是不下雨,怕是非要水种不可啦。不过你甭害怕,有我哩。我们在地里掘一眼井,种棉花时耠开沟,浇上水,撒种,盖粪,包垄,保证苗齐苗壮,无非是慢一点,累一点。紫荆很沉地看了他一眼,低低地说:那天是你自找着挨打。你不知道我心里多难受。黄毛惶恐地点着头。

鸡血疗法进行了一个星期,老太婆身上开始出现奇迹。她感到浑身骨节隐隐发痒,院子里欢腾的阳光吸引着她。这天早晨,黄毛来得比往日晚,老太婆焦急地等待着。儿媳妇在院子里走来走去的脚步声使她烦躁不安。她听到那头猪在圈里又拼命地折腾起来——这头猪已经养了两年，买来时多大现在还是多大。那么多饲料也不知喂到哪里去了。

紫荆在院子里轻悄悄地走着，鸡还没放，头天晚上扫过的院子干干净净，夜露打湿了一层浮土，印下了她凌乱的脚印。每当她靠近猪圈时，猪就像狗一样地吠叫。这头猪体型矫健，四条腿粗壮有力，身体呈优雅的纺锤形。紫荆对这头猪是敬而远之。每次喂食时，它总是用嘲弄的目光盯着她，饲料里粗饲料稍多一点，它就会把食槽掀翻，掀翻食槽后就在圈里游行示威，大吼大叫。有时候，半夜三更它也发怒，声音如同狼嗥，一蹦一米多高。现在它隔着铁栅门对紫荆发怒。紫荆手持皮鞭抽打它。鞭梢反弹回来，把她自己的脸抽上一道血口。黄毛进来了。紫荆的两颗泪珠明亮地滚出来。黄毛摸过一根木棒，对准猪嘴就是一棒。它怪叫一声，把嘴扎进泥土里。

你怎么才来？你干什么去啦？不是说好了今天打井吗？紫荆委屈地说。

不着急哩，黄毛笑着说。今天中午我们带着饭在地里吃，半下午就掘出来啦，咱这地方水位高，挖上两米就见水。

你手里提着什么？紫荆问。

这就是虎皮鹦鹉呀！他说着，把鸟笼子举起来，两只色彩艳丽的鸟在笼子里跳来跳去。它们身上是黄绿黑三色相间，嘴巴像秤钩一样弯到毛里去，两只眼睛漆黑发亮，狡黠地盯着人看。

你打算干什么？紫荆被这对鹦鹉迷得心神不定，模模糊糊地说，你要把它放在这里吗？

黄毛用力点点头。转身走到房檐下，把鸟笼子挂在一个木橛子上。鹦鹉在鸟笼子里愉快地扇动着美丽的翅膀。

他和她看着鹦鹉，忽然听到眼前有轻微的声音。紫荆惊叫一声：娘，您怎么出来啦？您的腿——老太婆在院子里战战兢兢地走着，好像婴孩学步。紫荆刚想上前去搀扶她，但马上发现没有这个必要，老太婆的步伐顷刻之间就变得稳健踏实，她抟挲着胳膊，在院子里转着圈。紫荆抱住老太婆，兴奋地叫着：娘，您好啦！您的眼睛呢？眼睛也能看见了吗？——眼睛还看不见，老太婆说，黄毛呢？给我接着治，我的眼珠子发热，里边像有小虫子在爬。

黄毛呆呆地站着，心里说不出是高兴还是害怕。他和紫荆一起把老太婆扶上炕。在虎皮鹦鹉吵架般的叫声中，他又把两大滴鸡血滴进了老太婆的鼻孔。紫荆给老太婆盖好腿，说：娘，我和黄毛去打井，午饭在地里吃，您的饭热在锅里，您能走啦，到时自己拿着吃就行啦。

黄毛扛着铁锹和拔水杆子即将走出院子时，那只猪满怀妒意的尖叫声像针一样刺着他的背。他忍无可忍地回过头，见它正后腿直立，两条前腿搭在铁栅门的横格上，像人一样直立着。猪眼血红，牙齿咬着铁栅栏咯嘣咯嘣响。紫荆嗷了一声，退到黄毛身后，手使劲抓住了黄毛的背。她带着哭腔说：这不是个猪，这是个妖怪！它两年没长一钱肉，还用这样的目光看着我，我受不了啦。黄毛，我受不了啦。

黄毛放下工具，手持早晨用过的那根木棍，慢条斯理地走到猪圈门口。他脸上带着微微的笑容，轻蔑地看着猪，猪也轻蔑地看着他，粗大的鼻孔里呼呼地喷着气，喉咙里发出凶残的嗜血动物的叫声。黄毛抡起木棍，对准它的鼻子打下去，木棒打在铁栅栏上，断了，指头粗细的钢筋被打弯成弧形，他的胳膊震得像通了电一样麻木。猪仰倒在地，但打了一个滚就爬起来，对着铁栅栏猛烈撞击。栅栏摇晃着，訇然一声倒下去，猪蹿到院子里，发疯般地折腾着。院子里的鸡食钵子和泔水缸全被它踩碎撞破，不到五分钟，遍地都留下了它肮脏的蹄印。黄毛和紫荆手持铁锹和鞭子，也难以把它重新轰进圈。它就像马戏团里久经训练的钻圈狗一样，优雅地、轻松地躲避着一下下致命的打击。有几次，黄毛已经把它逼到墙角上了，但它轻轻一蹿，便从他的胳肢窝里溜走了。它的弹跳力那么好，空中停留的时间足有三秒钟，好像跃出海面的海豚。他和她气喘吁吁，筋疲力尽，它也口吐白沫，肚子一胀一瘪地喘气。虎皮鹦鹉喳喳地叫起来。太阳已近正午，他俩才想起打井的事。

在以后的十几天里，这头猪一直在院子里待着。它在鸡窝旁边用铲子般的嘴拱出了一个深深的洞做窝。黄毛和紫荆都很怕它，根本不敢萌动把它重新圈起来的念头。它一听到他的脚步声就从窝里把头探出来，喉咙里发出短促有力的吼声。无论在什么时候，只要一想到它，他就坐立不安。后来，他突然想出了一个办法。他从家里带来两个泡了酒的馒头，十分友好地放在了它的面前，它示威性地吼叫着，随时准备从他腋下或双腿间钻出去，他的友好的啰啰声稳住了它。他把那两个馒头放在离它嘴边两米远的地方，便慢慢地退回到屋里去。他躲在屋里，从门缝里看着它的动静。两个馒头就在它面前，散发着浓郁的酒香，引诱得它胃里的酸汁一阵阵直冲喉咙。它到底没能抵抗住诱惑,固然它或许模模糊糊地意识到了这黄头发人的居心叵测,但那种动物的见利忘义、见饵忘命的弱点害了它。它吃了两个馒头,不一会儿就感到筋酥骨软,醉倒在窝里,很响的呼噜从它的鼻孔里冲出来,吹动得窝边的泥屑跳动不安。趁着这个机会,黄毛和紫荆一起跑出来,就在鸡窝旁边点燃了一把麻秆,麻秆火哗剥作响,黄毛把一把大铁勺子放在火上燎着,勺子里两块鸡蛋大小的蜂蜡嗞嗞啦啦地融化着,最后化成一勺蜂蜜一样的汁液。黄毛一手持勺,一手把猪的右耳抖平撑开,把半勺蜂蜡灌了进去。猪哼了一声。猪的左耳里同样灌进半勺蜂蜡。麻秆火灭了,它还在沉沉大睡。黄毛和紫荆把猪抬进圈,用二号铁丝把铁栅栏固定在两根粗大的木桩上——其实这完全是多余,以后的事实证明,即使他们拆掉铁栅门,这头猪也不会离开圈半步。自从误吃蒙汗馒头被蜂蜡灌耳之后,它就变得呆头呆脑,眼里原先具有的那种嘲讽目光一扫而光,换上了一种醉眼蒙眬。它的行动也失去了往日的矫健,一天到晚,除了吃就是睡,体重以惊人的速度增长着。

那天上午,他和她被猪弄得六神无主,打井的事只好告吹。连续十几天，这头猪盘踞在鸡窝门口，连给老太婆放鸡血治眼的事也不能正常进行。这头猪在院子里的穷折腾也严重地影响了老太婆的情绪，所以，病情再也不见减轻。而这时，村里家家户户都开始浸泡棉籽准备播种了。每到夜晚，西南风刮起来，村庄里便弥漫着剧毒农药马尿般的臊气。连续十几天，天空中时时刻刻都有云团飘动，但一滴雨也不下，而且也很难看到近日内能够下雨的征兆。尽管去冬雨雪较大，但开春后滴水不落，持续不断的西南风像火一样把地壳表层的水都蒸发光了。春播必须水种似乎已成定局。土地承包之后，原先的水道和排灌机械全都烟消云散，家家户户都在地里挖井，准备用扁担挑水播种了。

黄毛和紫荆把猪的耳朵封闭，解除了后顾之忧，打井的事当天就进行了。这天，天上的云团比往日都多，但人们还是照旧挖井，谁也不敢指望老天下雨，县广播站那个公鸭嗓子女广播员的声音早晨在落满灰尘的纸壳喇叭里响起，她播讲了县气象站的气象预报，她说县气象站说今天有小到中雨，紫荆半信半疑。黄毛不屑一顾地说：听兔子叫耽误了种豆子。我知道，县气象站有四十多个人，养着一盆泥鳅，一盆蛤蟆。蛤蟆叫他们就说有小雨，泥鳅翻花他们就说有中雨，蛤蟆也叫泥鳅也翻花他们就说有小到中雨。他们四十多人加起来都不如我爹预报得准。我爹背上有块疤，下雨之前，他背上的疤就发痒。

他俩走到地里时，已是半上午光景，黄毛脱掉褂子，只穿一件灰不溜秋的白背心。他一身白肉，但看得出来这白肉很结实，弹性丰富，从他身上发出的那种小野兽的气味使紫荆心里突突乱跳。你先站到一边歇着去吧。等我挖下去两米，你再来戽水。黄毛说。紫荆说：我总不能闲着看吧？黄毛说：你就看吧。还没有个女人看着我干活哩。他深长地叫了一句嫂子。她痛苦地垂下头。

黄毛腿长胳膊长。挖土抡锨的动作大方舒展。他能够左右开弓，巧妙地利用惯性。紫荆看着他干活，在感受到幸福的时候同时感到蚀骨的痛苦。她远远地嗅着他那灼灼逼人的男子气息，感到了男子汉的力量。这才是个活生生的男人，他能用偏方治大病，能贩卖虎皮鹦鹉，还能治疗猪的神经错乱症。她仿佛看到他那黄毛覆盖着的脑瓜子里全是蜂窝一样的格子，每个格子里都藏着成千上万个稀奇古怪的念头，这些念头既实用又有趣，按照他的念头办事就像藏猫猫，一点也不感到吃力。这个男人正日益深入地参加到她的生活中来，他的挺拔光洁的枝干正诱惑着她青春的藤萝往上攀附。这种力量执拗又疯狂，理智的绳索捆绑不住它却又捆绑着它。每当她的感情的浪潮猛烈地冲过来的时候，那个模模糊糊的暗影会突然异常清晰地带着凛然的寒气出现在她的面前。在这暗影的面前，她像中了麻药一样，尽管心里恨不得倒海翻江，但手脚却如同死去一般……

前些天她到集上去，碰到了当姑娘时的同伴双儿。双儿同男人一块赶集。一个头戴人造革皮帽子脚上穿着塑料凉鞋的小男人骑在男人脖子上。双儿怀里抱着一个肉坨子一样的女娃娃。见面后就是一大套家常话。她问：这两个孩子都是你们的？双儿说：是呀。她说：不是不准生二胎吗？双儿说：不准归不准，生孩子归生孩子。她说：那你们领不到独生子女费啦。双儿说：得了吧，别硌硬人啦。一月六块破钱，有它富不了，没有它也穷不了。什么年头啦，钱毛得像大风天刮豆叶，谁还稀罕那六块钱！告你说吧，俺这个嫚（她指指怀里的女孩）是花两千块钱买来的（看着紫荆不解的神情，双儿笑起来），不明白？罚款呀，生二胎罚款两千元，不交钱不给落户口，俺村里呀，三胎四胎都有啦。转过年，等这个娃娃下了地，我还要生一个，男孩女孩都不嫌，生一个赚一个，有人有世界。不就是几千块钱吗？俺这个掌柜的，骑着摩托贩虾酱，哪一个月也挣这个数，（她伸出五个指头，男人责备地瞪了她一眼。）你瞪什么眼？紫荆姐又不是外人！（男人笨拙地笑起来。）紫荆姐，你还空着怀？我说你呀，犯的哪门子傻！快生吧，女人要是二十五岁不生头胎，往后出生的孩子，不是豁唇就是毛孩。李戈庄一个老姑娘三十二岁生头胎，生出来孩子一看，天呀，俩头一条腿！把医生都吓晕啦。姐姐，你们为什么还不生？噢（她恍然大悟），你是军官太太，觉悟高呀，不能跟我们这些庄户老婆比呀。（快走吧，啰唆起来就没完，男人说。）你着什么急，俺姐妹好几年不见啦，想多说几句呢。（紫荆提着一罐虾酱。）双儿说，紫荆姐，你提这罐虾酱，没准就是俺老头子从北海贩来的。（双儿把嘴附到紫荆耳边。）紫荆姐，往后你千万别到集上来买虾酱，集上卖的虾酱，掺盐加水，骗人骗狠啦。（走吧，男人恼怒地说。）走啦，紫荆姐，（双儿拍着女孩的屁股说。）叫大姨。（女孩呜噜着，嘴里含着一根粉红色的指头。）她提着那罐掺盐加水的虾酱，望着双儿一家消融在熙熙攘攘的人流里。

　　她不知道自己为什么要想了一大篇双儿的事。在她想着的时候，黄毛的身体渐渐下沉。犹如太阳慢慢落山，后来只剩下一片金黄的颜色，又后来连那片金黄的颜色也消逝了，只有一方一方豆腐块般的泥土，从地平线下飞上来。

嫂子！她听到他瓮声瓮气地喊。嫂子！他又喊。她惶恐不安地站起来，扯扯衣服下摆，一步步往前走。她听到他的声音是从地底下传来的，她看不见他，翻上来的褐、黑、白三色泥土筑起一圈土堰。向前走着，她感到正在一步步走向深渊。他继续呼唤着她，呼唤声牵拉着她往前走，她终于站在黄毛挖成的长方形大坑边缘上往下看。黄毛也仰着面孔看她。她看到他生动的脸上满是汗水，黄头发一绺绺地粘在额上。他那颗结实的喉结在绷紧的颈部肌肤之间明显地凸着，他的破背心也脱了，赤裸的背上流动着汗水的小溪，雪白的肌肤上溅上一层褐色的泥点。他赤着脚，已经站在水里。井里的水是浑的，几个指头粗细的泉眼在浑水中明亮地喷着。他亲切地看着她说：能行吗？她说：行。她叉开腿站在他的面前，把顶端绑着水桶的杆子伸到水里，一按杆，桶翻倒，装满水，提上来，倾倒，浑水唰唰地渗进干燥的泥土里，连点痕迹也不留。她面无表情地说：这地呀，干坏了。黄毛深情地注视着她说：我来浇！

她也是一把劳动的好手。黄毛站在井里，感动地看着她迅速准确地把一桶桶浑水提上去,看着她结实的腰肢在扭动,乳房在跳动,仿佛进入了梦境,她戽开了水,他往上挖泥。她在上边喘着粗气,也用梦一般的目光注视着他。后来,黄毛一锨掏出了一个鸡蛋粗的泉眼,水喷起两拃多高。她伸下拨水杆子把他拽上来。他的腿冻得通红,浑身上下没有一块干地方。她说:我们都是傻瓜,我们干吗要打这么深的井?他傻乎乎地对着她笑着,浑身打着哆嗦,说:井深水才旺。她的心被他的笑容刺得很痛。她掏出一条手绢给他擦背,她的手在哆嗦,他的身体在她手下哆嗦得更厉害。

今晚上你在俺家吃饭。她说。

他们并肩回村时,天空布满乌云,夕阳淹在云海里,染出血样的波涛。东北边天际上,却哗啦啦地抖动着血红色的闪电。

不久,面对着人民法院那个和蔼的法官,黄毛如实地诉说了这个夜晚的经过,连一个细节也没漏掉。后来,人们把他送到不知什么地方去,他躺在一张窄窄的床上,翻来覆去地睡不着。他一点也不难过,一点也不后悔,他翻来覆去地咀嚼着逝去的甜蜜岁月……

那天他和她走进家门时,房子里已是漆黑一团,乌云压得很低，如同烟雾翻滚，可以用手触摸。猪在圈里安静地睡觉，虎皮鹦鹉在檐下眍着眼站着，大公鸡率领一群母鸡，不知发了什么魔怔，全都不进窝睡觉，飞到院墙上，排成一队蹲着。紫荆点上两盏灯。一盏在老太婆屋里，照着黄毛激动不安的脸；一盏在堂屋里，照着她洗韭菜切腊肉。天气阴郁，被褥返潮，老太太心情不好，嘴里发出叹气声。紫荆说：你给你瞎娘说说话解闷，我剁馅包饺子，一会就好，你们别急。

在紫荆叮叮咚咚的剁馅声中，黄毛把疲乏的身体倚在墙壁上，天南海北地给老太婆讲开了。瞎娘，你听没听说过，王戈庄有一个女人清晨起来打水，突然看到井里有一朵蒲团大的红荷花，红荷花托着一个又白又胖的娃娃，女人被迷了本性，一头栽下去，淹死啦——荷花娃娃是勾死鬼变的，老太婆说——有一天下大雨，八个泥瓦匠跑到一座破庙里去避雨，那个雷呀，闪呀，连了片，成了蛋，火球在庙门前滚来滚去，庙里的人都吓得没了魂。其中一个说，我们八个人中，不知谁办过昧心事，不能让一粒耗子屎坏了一锅粥，谁有罪谁就出去。可是谁肯出去呢？于是你推我，我推你，混成一团，纠缠不清。又一个人说，这样吧，大伙儿都摘下斗笠来，从庙门往外扔，谁的斗笠被风刮出去，谁就出去受死。

有一个人大着胆子拉开庙门,风呀雨呀呼啦啦地扑进来。大家轮流着往外扔斗笠,扔一个刮回一个,一直扔了七个,全都刮回来。只剩下一个人啦,他战战兢兢地拿起斗笠往外一扔,一阵邪风把斗笠卷跑了,那七个人说,就是你啦,出去吧。他哪里肯出?七个人不由分说,抬起来就把他扔出去啦——怎么样呢?这个人给劈死了没有?——瞎娘,你听我说。那个人被扔出去后,跪在地上。磕头如捣蒜,祷告着,老天呀,老天,您可不能冤枉好人啊!他正祷告着,听到身后呼隆一声响,那座破庙整个儿坍了,四面墙往里倒,屋顶往下压,七个人一个也没逃出去,包了一个人馅大饺子——哎哟,竟会有这等事!老太婆连声感叹着。阴郁天气带给她的不快全都消失了。正当她兴致勃勃地听着黄毛讲下一个故事时,紫荆把热气腾腾的饺子端上来了。老太太余兴未消,说好了让黄毛吃过饭后接着给她讲。紫荆端过一碗海蜇皮,一碟松花蛋,对着黄毛噘了噘嘴说:后窗洞里有瓶酒。你喝两口吧,解解乏。老太婆说:喝点吧,出了一天力。黄毛拿过酒来,咬开瓶盖,连喝了三大口,酒劲很快上来,他的脸上泛出桃花般的艳红。紫荆从他手里把酒瓶夺过来,咕咚灌进一口,眼泪顿时盈了眶。黄毛的脸飘浮在袅袅的白色蒸气里,像个幻影一样忽远忽近。

吃过饭后,院子里的水桶叮叮咚咚地响起来,树枝和瓦檐都响起来。三个人都不敢出声。还是老太婆说:下雨啦,紫荆去盖上咸菜缸,落进了雨水会生蛆。紫荆说:盖好啦。黄毛说:这下不用水种棉花啦。今日白打了一口井。紫荆说:你先别高兴,还不知道能不能下大呢。黄毛说:已经下大啦。你听,已经下大啦。

在淅淅沥沥的雨声中,老太太的情绪更好了,她催黄毛继续讲那些奇闻轶事。紫荆也用目光鼓励着他,于是他就说:瞎娘,前屯一头牛生了两个犊,一头五条腿,一头三条腿,家主是个老头,心里难受得要命,儿子却高兴极了。他说,爹,你还难受,咱爷们的财运来了。他把牛赶到集上,卖票让人看,一年就成了万元户。东北有一头牛,天天跟老虎打架……黄毛讲着,老太太打起了鼾。雨还在下,窗口吹进来一阵风,把两盏灯全刮灭了。紫荆走出婆婆的房子,黄毛紧跟着。站在堂屋门口,望着灰白的雨夜,听着成片的风声雨声,两人都不说话。渐渐地,暗夜已经遮不住他们的眼睛,彼此都看着对方朦胧的面孔,彼此能听到心跳声。撩人的雨声一阵密似一阵,从雨里穿过来的风灌进堂屋,凉飕飕的,挟带着很远的田野里的泥土味。她抱住膀子,他也抱住膀子,都感到对方像炉火一样暖烘烘的,他们都想往前跨一步,但中间一个阴森森的暗影挡住了他们。他的心紧张得像要裂了,她的心痛得像要碎了。她哽咽着说:你走吧——要我走吗——你走吧——我不走,我不愿走……他猛扑过去,紧紧地搂住她,把她的骨节勒得咯吧咯吧响。她用力把她推开。他摇摇晃晃地朝外走,她跟在后边送他。冰冷的雨点抽打着他和她裸露的肌肤,使他和她都感到彻骨的寒冷。在院门口,小小的门楼遮住了雨。这个门楼是这样的小,乱纷纷的雨箭抽不着他们的上半身,却把他们的下衣抽打得啪啪响。门口那株垂柳纤瘦的枝条不停地颤抖,冷滞的空气也簌簌颤抖。无边无际的紫云在天地之间浮动着,到处都是令人心痒难挨的秘密。院墙上传来一阵吱吱的呻吟声,那一队鸡还蹲在院墙上,一动也不动。紫荆泣不成声地说:黄毛,这道门槛,我迈不过去啦……她猛地关上门。泪珠密集地涌出来。她手扶着门站着。她知道他也在门外站着。她非常后悔,她觉得通向幸福的大门被关住了。她想:黄毛,你推开门进来吧……雨声愈加响亮和稠密,鸡的呻吟声变成了低低的哀鸣。她感到自己的心在一刹那间猝然破碎了,一种末日来临的感觉攫住了她。她不知道是自己拉开了门还是他推开了门,两个灼热的胸膛紧贴在一起,他把她抱起来,她把脸伏在他的颈窝里,贪婪地咬着他,闻着他身上那种热烘烘的,在阴雨天气愈加浓重的熟羊皮味道。

四月十五这天夜里,一轮巨大的月亮高挂在白花花的天空中,天上所有的星星都黯淡无光,若隐若现,明亮的月亮简直像一个爽朗的太阳。地上所有树木的影子都很浅,几乎难以辨认。老太婆听到檐子下笼子里那两只鹦鹉发疯般地噪叫着,燕子和蝙蝠在空中结伴飞翔。梨花开遍枝头,蜜蜂倾巢出动,忙忙碌碌采集花粉。大公鸡带头冲撞堵窝的木板,撞开一条缝,它钻出来,母鸡们也跟着钻出来。它们在院子里转了一圈,便一齐飞上院墙,在墙头上蹲起来。

连日来,黄毛给老太婆讲了上百个稀奇古怪的故事,使她的心情特别舒畅。她甚至觉得这段生活比瞎眼前还愉快。她经常听到儿媳妇欢喜的大笑,儿媳高兴她也高兴,但她听出儿媳的笑声里有一种微妙的嘈杂之音,这声音使她感到隐隐不安,但自从黄毛来走动之后,毕竟是欢乐的气氛笼罩了这个阴沉沉的家庭。现在,她每天都在院子里晒太阳、走动,对院子里熟悉到了不需要眼睛的程度,当她在院子里活动时,谁也看不出她是一个瞎子。

过分明澈的月光打乱了飞禽和昆虫的生物钟,也使老太婆保持了很长时间的愉快情绪遭到了破坏。她看不到月亮,她感觉到了月亮,她觉得一轮红月亮挂在儿媳妇的脸上,又大又圆。她又失眠了。这一夜里,她听到的声音使她在以后的残年里经常像闪电般忆起,每每忆起这一夜里发生的事,她就感觉到炙人的火焰飞快地啃咬着她生命的蜡烛头。

黄毛是在挂钟敲打九响的时候走的。她听到紫荆出去送黄毛,大门开了又关上。开门声和关门声都带着一种鬼鬼祟祟的杂音。她听到紫荆回来了,紫荆好像故意跺着脚走路,极不自然地咳嗽着,好像要掩饰什么似的。多年前的经验被现在的生活突然照亮了,她惊惧得几乎要背过气去。在一阵急遽的颤抖之后,她终于平静下来,悲哀压倒了惊惧,老年人那种超然的生活态度使她平息了心中的波澜。她想尽力地睡去,但越强制自己,耳朵就越灵敏,儿媳房中各种细微的声响都一无遗漏地被她听到了。她想欺骗自己也不行了,这件事情终于不可避免地发生了。她的手指又痉挛地抚摸起龙凤图案。她竭力想回忆起儿子的模样,但怎么也想不起来,儿子留给她的回忆是一团脏石灰一样的影子,就连这团影子，也总是和那黄头发的孩子重叠在一起……

后来，有一团橘黄色的云不知从哪儿冒出来，在无边无际的空中追赶着月亮。那团黄云毛茸茸的，形状像只长毛狮子狗。月亮不时被狮子狗吞没，又不时从它肚子里钻出来。这种残酷的游戏一直延续了两个多小时，那天晚上出来走动的人都有幸看到了这场只有童话中才能出现的好戏，如果想象力丰富，完全可以听到狗吞月亮时那种野性的咆哮和月亮匆匆逃跑的喘息，还可以看到幽蓝的狗眼和鲜红的狗舌，狗嘴里的涎水像玻璃纤维一样在空中飘舞。

狗状乌云和月亮搏斗着，天地间时而明朗如寒冰，时而晦暗如浓荫，开旷的原野和狭窄的土路，挺拔的佳木和瑟缩的小草，都在这场搏斗中变幻形状和颜色；万物灵长和鳞芥小虫，都能感觉到这变幻的世界。

他在那条乡镇通往村庄的土路上急匆匆地走着，暖洋洋的热风送来小麦花的淡雅香气。路旁的树木枝条不时地拂动着他的脑袋与肩头。月亮钻出来时，他看到头上的树枝在幽冥中闪着银子一样的光芒，昆虫在枝条上啼叫不休；月亮隐进云里时，灰色的道路变成深褐色，树木懵懂似巨人，狰狞如怪兽，虫子的叫声也因天气灰暗而变得阴沉凝滞。若干天后,他曾写过一份很长的交代材料,在这份材料的一节里,他写了这一天的经历。

  我是下午三点钟在乡镇汽车站下车的。这次回来,我进行了周密的计划。我穿着便装,戴着墨镜,提着一个皮包。乡镇离我们村庄有十二华里路程,为了避人耳目,我不能在白天进村。我躲进镇西头一家小酒馆里。酒馆临着大街,街对面是一家挂马掌的铺子。一个肌肉发达的小伙子光着膀子,穿着裤头,腰间围着一块破破烂烂的蓝布,左臂搂着一条马后腿,右臂操着一柄明晃晃的铲状马蹄刀,非常迅疾地切削着马蹄。一个面孔红红的老头子,站在旁边,用挑剔的目光看着小伙子。马掌铺的东边是一家铁匠铺。西边是一家修车铺。买卖好像都很好。我走进小店,掌柜的立即起来迎接我,这是个三十多岁的妇女,身体粗壮,四方大脸盘,说话高声大嗓,热情逼人。我要了一碟花生米,要了一碟鸡脖子,要了一瓶葡萄酒,选了一个靠窗的位子坐下。小酒店里总共有二十几个位子,除了我之外,还有两个花白胡子的老头坐在那儿喝闲酒。女掌柜站在柜台里,手拿着一个油腻的魔方翻来覆去地转。我透过墨镜发现她不时把目光投到我身上。我穿着黑衣黑鞋,黑皮包黑墨镜,从头黑到脚,难免有几分怪诞。女掌柜看着我时,胖脸上的肌肉在微微抽搐。我索性不去管她,枯燥无味地嚼着鸡脖子,把目光投到街上去。小马蹄匠旋风般的手脚令我惊叹不已。他的光背上汗水淋漓,肌肉像一只只小老鼠滋溜溜地跑动。街上不时滑过一两个熟悉的面孔,全都是神色冷漠,急匆匆赶路。他们根本想不到会有一个往日的熟人正透过脏乎乎的玻璃窗观察着他们。一只猖獗的苍蝇在客堂里飞行着,嗡叫声刺耳,苍蝇寻找着光明想冲出去,但一次次都被玻璃挡回来,最后一次,撞得晕头转向,跌落在窗台上,肚子朝天飞速旋转,发出哭一样的叫声。对此,女掌柜和两个老头子无动于衷,不视不见。我几次想起身去把苍蝇捻死,但稍一动作,女掌柜的目光便像闪电般地亮起来。我对她这种目光非常反感,带着报复的心理,我抡起筷子,把苍蝇打成好几段。我把沾着苍蝇血肉的筷子猛掷在桌子上,手插进口袋里,狠狠地盯着女掌柜。女掌柜的大脸立刻就变得煞白。她扔下魔方,拿起抹布走过来。她弄走死苍蝇和脏筷子,又送过一双筷子来,连声道歉道:同志,咱这店条件差,请您多包涵着点,俺一个妇道人家,初次挑着门面做生意,年纪轻,谙事浅,全仗着党的好政策撑腰和上级领导的关怀。她说着,那双眼却紧紧盯着我那只插进衣袋里的手,好像我的手里握着一枚炸弹似的。她说:您是从县里下来的吧?咱店里有政府发的营业执照和卫生合格证,凭着良心做买卖,不坑人骗人,您多来几次就知道啦。我掏出手绢擦擦嘴说:我是从省城来的。她的神色立即缓和了,问我:您还要点别的吗?我说不要,她就款款地走了,走回到柜台里继续转动她的魔方。

我在小酒馆里一直坐到暮色苍茫。两个老头子走了,街上行人渐渐稀少,修车铺和马掌铺收了摊,铁匠炉不打铁却在炒菜,一股新鲜蒜薹炒猪肉的香味直扑进小店里来。女掌柜噘着嘴看着我,好像有话要说。我站起来,走到柜台前,说:算账。她说:块儿八毛的,算啦吧。我把一张大概是五元的票子扔在柜台上,抽身便走了。

在路上我故意走得很慢,十里路磨蹭了两个小时,走到村头时,抬腕看表,已是九点多钟。我走进一块麦田,坐下来。麦子长得很好,麦穗儿又长又大，地上落着一层白茫茫的小麦花。我拽着两根麦芒撕下两颗麦粒，用牙齿把麦粒从糠皮中挤出来，麦粒很软，像饴糖一样香甜。节气刚刚是小满。这是成熟的前夕，收获的季节就要到了，我选择了这样一个时机回家确实很巧妙，我知道假如我明天碰到村里人，他们会说：天球，胖了呀！是回来帮紫荆收割麦子的吧？但我不是回来收割什么麦子的。我是回来收割烦恼和污秽的。什么事情只要开始干，必然有结果。我是要使这件事情有结果的，这结果早就在我的脑子里出现过，我牢牢地掌握着它，它是我网里的鱼，是逃脱不了的。

我在麦田里吸了两支烟，十点整，我拉开皮包，把照相机上好胶卷，挂在脖子上，把一支安了新电池的电筒装进口袋。选择了一个标志，藏好黑皮包，便蹑手蹑脚潜进村庄。那团黄色的狗状云好像为了配合我，又一口把月亮吞掉了。月亮射穿狗肚皮，透出暗淡的黄光，天地万物都变得疯狂神秘。一排排尖脊草屋，一棵棵高树或低树，杨树柳树或者槐树，槐花在渐渐渗透出来的朦胧月色下，像一群白蛾在翩翩地飞动。槐花的闷香像海水一样弥漫着，我感到透不过气来啦……

风吹来,把香气吹成带状。他是沿着村后的小路走的,他不愿走大街。他穿行在香气弥漫的树林里,看到风动树枝时,白花花的花瓣像雪花一样沾着浅蓝的月光飘落下来。槐花有的正在盛开,有的正在凋落,香气来自盛开的花朵,凋谢的花朵发出的是无可奈何的枯萎气息。树下有两团黑乎乎的东西在翻滚。月光猛烈地泻下来,他看清是两条狗在嬉耍,一阵不可名状的愤怒使他弯下腰,摸起一块坷垃,对着两条狗打过去,狗悲惨地叫着,拖拖拉拉地跳到树的暗影里。

站在家门口时,他感到脑海里是一片荒漠般的宁静。小小的门楼,低矮的土墙,寒碜的草屋,全都依然如故。他不敢想象在这个小院里能发生那种事情。他的手几乎要举起来敲打门板,让自己的妻子来开门,然后他堂堂正正地登堂入室,但他的手抬不起来。他明知跳墙入院是深刻的讽刺,但还是要跳。他宁愿一切都是假的,一切都没有发生。如果是那样,他就要跑到村头,找到皮包,返回县城,买上尽可能多的礼物,像一个孝顺儿子多情丈夫一样,正大光明地走进院子。眼下,他只能跳墙头,像鼠窃狗偷,像山猫野兽。令他惊惶不安的是蹲在墙头上那一队鸡。鸡们一律头冲外尾冲里,当头是一只大公鸡,羽毛灿灿地反射着月光,它歪着头,用挑战的目光看着他。他寻找着鸡队的空隙想翻墙入院，可是鸡队在公鸡的指挥下，在院墙上急速运动着，使他无法伸手上墙。他怒气上冲，瞅准空子，一把攥住公鸡脖子，用力一拧，鸡脖子很脆地响了一声。他一松手，公鸡头朝下栽在地上，两条腿蹬着，翅膀扑棱着，转了几个圈，就一动不动了。母鸡们胆怯地挤成一堆，再也不敢捣乱。他攀住墙头，耸身跳进院子。他悄悄地向窗口靠拢，檐下的虎皮鹦鹉叽叽嘎嘎地噪叫着。他踮起脚尖，摘下笼子，伸进手去，捏住一只鹦鹉，用力一挤，那鸟儿的内脏全破裂了。他又攥住了另一只鸟儿，鸟儿的心脏在他手里可怜地跳动着，他的手脖子有点发软，但还是用手把鸟儿捏死了。他屏住呼吸，走到那个熟识的窗户前站定。窗纸被莹莹的月光照得像死人面孔一样惨白。在很长的时间里，他冲动得站立不稳，耳朵里嗡嗡响，什么也听不见。猛烈的心跳声和喘息声连他自己都感到害怕。他咬住嘴唇，感到一股热血顺着牙缝渗进嘴里。他终于稳住了自己，用舌尖在窗纸上慢慢舔出一个二分硬币那么大的洞。他把一只眼睛贴在破洞上往屋里看，屋里的一切都是模糊的，什么也看不清。他坚持着，坚持着，终于适应了屋里的黑暗。他辨别清了悬在墙上的大镜子和挂在墙上的钟表，看清了屋里的箱、柜、橱桌,还有那条磨得溜光的红木炕沿。挂钟突然发了疯,喹喹喹连响十二声,吓得他心脏紧缩。这时,他听到了一个女人和一个男人的低语声。他像野兽般呻吟着,他感到心脏像开花炸弹一样迸然炸开,他依稀听到自己胸膛里发出一声干巴巴的嚎叫,格子木窗在一阵疯狂的打击下全部断裂,窗户像墙壁上豁开的一个大嘴。他没有跳进屋去,他就那么把踞着窗户,揿亮了手电筒,月光和手电光一齐闯进屋去,光柱罩住了两个年轻的躯体……

你们……你们干的好事……他说,他的头颤抖着,嘴唇哆嗦不听使唤。

是你?紫荆捂着眼,遮掩着刺目的电光。

天球大哥,黄毛双膝跪在炕上,哀求着,天球哥,饶了我们吧……

没有他的事,是我招他来的。紫荆说。

你们这两只狗!他看着他的璀璨的黄发和她光滑的黑发,大声骂。

天球大哥,既然你不喜欢紫荆嫂子,就成全了我们吧。瞎娘就是我的亲娘,我一定把她老人家侍奉好,你无牵无挂地去闯世界……

放屁!他怒骂着。在手电光下,紫荆赤裸着的丰腴肉体更激起他满腔怒火。他把手电筒固定在窗台上，举起照相机，把一个胶卷全拍完。闪电灯噼噼闪着蓝色的电火，照得他像春天里的麦苗一样碧绿。他跳上炕，狠狠地踢了黄毛一脚，喊道：滚你的！

他点亮油灯，把电筒熄掉，坐在凳子上，点燃了一支烟，月光一无遮拦地泻进来，油灯火苗儿鬼火一样跳动着，紫荆背对着他跪着，平静安详。

你说：是怎么和他勾搭上的？从什么时候开始？你聋啦？哑啦？

任凭他怎么吼叫，紫荆一声也不吭，他扳着她的肩头转过她的面来。那麻木冷漠犹如塑像的面孔使他闷得好像要窒息。他把烟头按到她的胸膛上，听着烟头烧灼皮肤的嗞啦声，他觉得自己已经疯了。

你说不说？

她眼里涌出成串的泪珠。她扑在炕上，身体扭动着，像刚钓上岸的银鳗鱼。银色的月光涂了她一身，那么白，那么亮，那么光滑。胜过那尊塑像一万倍。他俯身把妻子抱住，说：紫荆，我原谅你，只要你改正错误，我会好好爱你。在他的抚摸下，紫荆的身体像离水多时的银鳗鱼一样，渐渐地僵硬了。

老太婆在房子里低低地呜咽着。

这个皎洁的夜晚像一块巨大的烙铁，在老太婆心头烙下了一块伤。这块伤在她剩余的岁月里一直没有痊愈。她不敢回忆，却偏偏要回忆，就像俗语所说的"牙痛长，腿痛短"一样，十件愉快事一年就会忘记，一件伤心事一辈子难以忘却。那天晚上，她呜呜咽咽地哭着，听到儿子走过来叫娘。她说：球呀，你媳妇没有错，黄毛也没有错，错都是我的，都是因为我这个老不死的拖累你们了。

儿子在家里住了两个月。黄毛再也不见踪影，公鸡死了，虎皮鹦鹉也死了，院子里死气沉沉，只有儿子在院子里踱步的踢踏声。鸡血疗法不得不停止了，老太婆的下肢又麻木不仁，不能行走了。她的目光日益浑浊，听力也一天不如一天，儿子归队时，撕裂嗓子跟她道别，她像墙壁一样坐着，连一点反应都没有。

第二年，第一树桃花猝然开放那天，老太婆清晨起来就让紫荆给她梳头洗脸。紫荆侍奉着她，她笑了一声，就咕咕噜噜地说起呓语来，若干年前的事情她还记得非常清楚。她说十八岁时被卖给一个五十多岁的布贩子，布贩子经常打她，折磨得她遍体伤痕。不久，布贩子的侄子像从天上掉下来一样突然出现在她的生活中。这个侄儿比她小一岁，是一个高高大大的小伙子，性格很腼腆，叫一声婶婶，他脸红她也脸红。那年冬天，老头子出远门贩布，侄儿带着她跑啦。跑到这个土地宽阔人烟稀少的地方……老太婆的话把紫荆吓得遍体流汗，她大声叫着：娘，您醒醒，别说胡话了。

老太婆又笑起来，眼里放出珍珠般的虹彩，她说：好啦，不说了。你把我抱出去吧，抱我去见见太阳。

紫荆在院子里放了一个大笸箩，笸箩里铺上被子，她把婆婆像婴儿一样放进去。阳光照着老太婆千皱百褶的脸，老太太微笑着，好像入睡一样，紫荆喊她她也不应声。正午时分，柳絮像麦花一样飘落下来，老太婆身上落满了白雪……

他回家为母亲办丧事，顺便发现妻子挺起了肚子。于是他拍电报续假。紫荆什么也不对他说。他心里疑虑不安，屡次去医院请教医生，医生每次都很客气地接待他。他跑进县城，为紫荆买来衣服和补品，紫荆好像没看见。婆婆死了，她感到更加孤单，婆婆临死前的独白使她惊心动魄。这个转着圈讨好的男人使她反感透了，听了婆婆临终一席话，她心里那种犯罪感消失得干干净净。现在，当他用泥鳅般的手指抚摸她时，她往往厌恶得想呕吐。

妻子的冷漠态度使他非常烦恼，连续十几天，他一直躲在母亲房里看书,但字里行间往往出神出鬼,搅得他心惊肉跳。他盼望婴儿早日出生,婴儿也许会成为沟通感情的桥梁。他对妻子的冷漠采取忍让态度。有一次他曾试图解释,他说:紫荆,逮捕他我也不愿意,可你要知道,王子犯法,一律同罪,法律是神圣不可侵犯的。没等他说完,紫荆就把一个碗扔在地上,在瓦片的破碎声中,他感到火冒三丈,但瞥见她那大肚子,他又连忙装出笑脸,把瓦片拾出去扔到鸡窝上。

这天傍晚,他正在院子里瞅着香椿树紫红的嫩叶发呆,忽听到紫荆发出压抑不住的痛苦呻吟,他急忙冲进屋去,看到她正弯腰收拾着包袱,豆大的汗珠挂了满脸。

公社卫生院就在他的村前三里远的原野上,他匆匆忙忙找来一辆平板车,想把妻子拖到医院去。紫荆坚决不坐车,她咬着牙,挺直腰,一步步往医院挨,他拖着车跟在后边,一副狼狈相。

公社卫生院只有十几间房子,房子是东西方向,在最西头,靠近厕所那个门口,挂着与妇女婴儿有关的四块白牌子。当他和妻子走进房子时,一个婴儿正在布幔后边呱呱地叫着,一个护士模样的人穿着沾着血迹的衣服出来找剪刀。见到穿军装的他,她把沾满鲜血的双手一挥,怒冲冲地说:男人出去。他只好退回去,房子里还坐着两个大肚子妇女,一个个咬牙瞪眼,惊恐不安。他确实是在退出房间那一霎真情地抓着紫荆的手,那两个大肚子妇女惊恐不安的脸上表现出妇女特有的那种对恩爱夫妻的敬慕表情。紫荆挣脱手,背过脸,说:你走吧,走吧。

他无可奈何地退出这个伟大又残酷的房间,在医院前崎岖不平的空地上徘徊。天黑了,又是一轮巨大的月亮低低地升起来,这月亮似曾相识,面对明月,他思绪纷纭。这时,路上飞奔来一辆马拉的双轮车,一个小伙子啪啪地鸣着鞭,催着马,马车停在那间房子门口。很快,一个头顶棉被的妇女上了车,车上响起了婴儿的哭声。小伙子用手挽着马嚼铁,小心翼翼地,像拉着一车玻璃器皿。

一个陌生的声音在他身后说:到屋里来吧,到屋里来吸烟。他回过头,看到一个三十岁出头的憨厚汉子站在门诊室门口对他说话。汉子脸上的坦诚表情使他很感动,他顺从地走进门诊室。屋里没有医生也没有病人,连他是三个男子汉。憨厚汉子掏出烟给他,他接了。憨厚的汉子又把烟递给那个蹲在椅子上的非常年轻的小伙子。他怀疑地看着小伙子生着一层柔软茸毛的黄嘴巴,问:你也是——是,小伙子说,老婆生孩子,生孩子也要排队挨号哩。他的话语中,透出一股强烈的当家做主的大男子汉的味道。他推开憨厚汉子递过来的纸烟,说:这烟没劲,不过瘾,我还是抽这个。他从口袋里掏出一个油腻发亮的烟荷包和一支假玉嘴湘妃竹竿的铜锅烟袋,老练地吸起来。

他被这个小大人强烈地吸引住了,他专注地看着他,总感到这是一个假冒大人的恶作剧的顽童。

门外传来叫声:陈老三,快点,你老婆生啦。这个一本正经的小大人收拾起烟荷包,不紧不慢地往外走。

他更没想到这个小毛孩子竟叫"陈老三",他感到这个小小陈老三身上隐藏着一种无法形容的气质。他跟出去,看到陈老三把停在路边的小马车赶过来,熟练地吆着马,调转了车头,把鞭子插在后鞴上,提着一床被子进了那间屋。陈老三把被子包着的女人像搬麻袋一样搬出来,粗手粗脚地扔在车上;又进去一趟,抱出了婴儿。他听到陈老三对车上的女人说:哎,接着娃娃,你挺起来,别做出这个熊样,人都是自己娇惯自己,你看到马下驹子牛下犊子了吗?坐好,走喽。车过门诊室,陈老三对着他招招手,说:大哥,明年老婆生娃时再见。

半夜时分，憨厚汉子的老婆也生了。门诊室里只剩下他一个人。他在屋里再也坐不住，便走出去，在房子前来回走动。月亮升到中天，四周寂然无声。突然，紫荆撕肝裂胆般的哭叫声从屋里传出来，他站在门口，双手扶着冰冷的门框，全身上下有凉透了的感觉。紫荆的哭叫声越来越高，他的泪水不知不觉流到腮上。他用力推门，门是插上的，他恍然觉得这不是间产房而是间屠宰房，他的妻子正被人宰杀着，发出那种垂死前的挣扎声。后来，嘶叫声变成有气无力的呻吟，他心里松了一口气，他聚起全部的精神等待着那一声圣洁的儿啼。但是没有儿啼，屋里传出女人的低语声——五百吗——一千吧——紫荆，你是想要个死孩子呢，还是想要个活孩子？孩子已经窒息了，还有半小时，你好好配合，生他出来，我还能救活他，要是超过半小时，就没希望了——让她丈夫进来吗？——不，不，不要他进来（这是紫荆的声音）。

孩子，你出来吧！他默默地祝祷着。在这样的关头，他宁愿天地间存在着无数助人为乐的神灵，而不愿做一个唯物论者。孩子，你干吗不出来？难道你怕见爸爸吗？

第二天早晨，太阳从东边出，月亮在西边落。东边是血光,西边是银光。这时,他听到紫荆惨叫一声,便没了声息,他的心很沉地落下去,不祥的云团一下子蒙住了他的眼。屋子里传来噼噼啪啪的拍打肉体的声音。——哭呀——他听到一个女人说——狠打,打这个狗小子,看他哭不哭。

他站在门口,惘然不知所措。一声响亮的婴啼,把他惊醒,他不敢相信这是真的,听着婴啼,他以为是长时间焦急等待引起的幻觉。

门往外推开了,他被推下台阶。站定后,看到一个花白头发的女医生正在脱血迹斑斑的白大褂,那个年轻的护士模样的女人帮她扯下袖子。女医生对着他点点头,慈祥地说:年轻人,崭新的爸爸,进来看看你的儿子吧。他如履薄冰般地进了屋,每一步都走得异常艰难,在焦虑等待的整整一夜里没出现的现象出现了,他双膝发软,心律紊乱,他恍然觉得,这个孩子生着一头肮脏的黄发。

这个小家伙,懒得真可以,在娘肚里待了少说也有三百五十天。护士模样的女人说。

听着护士的话,他差点没瘫在地上。

进去呀,护士揉了他一把,说,还怕羞呢,看看你制造的头号炸弹。

他站在布幔里,看着紫荆。她躺在产床上,肚子凹下去,脸色惨白,看不见呼吸。在产床旁的一张小床上,放着一个腰扎白绷带的粉红色的婴儿。婴儿正啃着皱皮的手,双目活泼如黑豆,滴溜溜地四下逡巡。婴儿头上,没有一根头发,光秃秃像个小瓢。

他坐在故乡布满白花花碱土的小河床上,回想起了他与这个婴儿持续了两个多月的感情纠葛。他原想靠婴儿联结起他和妻子之间的感情桥梁,可是,当他第一眼看到婴儿那愤世嫉俗的目光时,他的心就凉啦。固然婴儿头上没有毛,但他已从心理上排斥了这个小妖怪。

果然,在以后的日子里,他感到自己像一个局外人一样围着这母子俩转圈。紫荆把全部热情都倾注到婴儿身上,她坐在炕上,目不转睛地盯着孩子的脸,他把饭菜送到她面前,她才把目光从婴儿脸上移开,像陌路人一样看他一眼。

一个月后,他第一次躺在她身边,婴儿拼命嚎哭,嗓子嘶哑得像病猫。她说:求求你,你别靠着我,娃娃怕你。他恼恨地披衣下炕。他一离开,婴儿立刻衔住奶头,咕咚咕咚咽奶水的同时,还从鼻子里发出蒙冤受屈的哼哼声。躺在母亲炕上,他通宵失眠,心中的怒火在时强时弱地燃燃烧着,但始终未熄灭,他脑子里不时跳出婴儿那两只乌溜溜的眼睛。他的手腕子扭动着,痉挛着,他觉得这个小东西什么都懂,简直是某个人的化身。

第二天晚上,他又躺在她身边。婴儿更加愤怒地哭起来。他的哭声老练成熟,经验丰富,绝对不像个把月的婴孩的那种基于条件反射的哭声,那种哭声顶多和饥饱冷热等纯生理的感觉联系着,而这个婴孩的哭声里,则丰富地表现出了某种极端的感情。他没说一句话就从妻子身边走掉啦。

要不,等他睡了你再过来。妻子用一种履行义务的麻木口吻对他说。

你给我滚到一边待着去!他粗鲁地骂着。

半夜时分,妻子来到他身边,刚刚躺下,婴儿又号哭起来。他说:由着他哭。

不,不能让他哭。妻子抽身就走啦。

白天,他跑到卫生院找到那位女医生,详细地询问了许多问题,女医生困惑地看着他,但还是有问必答,不厌其烦。

有一天上午,妻子用一片鲜姜摩擦婴儿光滑的头皮。很快,婴儿头上就生出一层茂密的黄毛,这层黄毛使他无法平静，每看一眼，都会引起一阵触电般的颤动。

逢集日那天早晨，他说：我明天就走。这两个月没侍候好你，你多原谅吧。

紫荆叹了一口气，把熟睡的婴儿放在炕上盖好，说：什么也别说啦，咱们好说好散。你也不愁找不到个人，我等着黄毛出来。现在我还是你的老婆，想怎么着都由你。

生过孩子后，她更加丰腴艳丽，身上洋溢着一股新鲜的奶水味道。他怔怔地望着她，颓丧地说：我早就原谅了你的错误。

那你就送人送到家，行好行到底，高抬贵手，成全了我吧。

他说：你不后悔吗？

她笑了。她说：咱们到底是夫妻一场，你既然要走，我该给你送送行。我去集上割点肉，买点菜，你在家看着孩子，我借辆自行车骑着，半个小时就回来。

她转身向外走去。他看着她运动中的结实的背影，心里一阵阵发热。

阳光照进来，铺满婴儿的脸。那头丑陋的黄发令他心烦意乱。他手心里满是汗水，胸脯闷得透不过气来。

婴孩忽然睁开眼,看着他扭歪的面孔,大声号哭起来,婴儿的五官挤成一团,泪水把眼睫毛浸得湿漉漉的。

他恍惚脚下踩着云团,忽悠悠地飘起来,灵魂出了窍,支配他的肢体的不是他的灵魂而是另一个灵魂。他用虎口压住了婴儿的咽喉,婴儿的哭声消失了,小脸涨得通红。他把虎口松了一下,孩子的哭声又冒出来,这时的哭声非常凄楚,令他毛发直竖。他又把虎口压下去,孩子又无声无息了,小脸像个紫茄子。他又松了手,听到婴儿发出几声虎皮鹦鹉般的叫声。他闭上眼,把虎口用力一紧,手指感觉到咽喉里的破碎声。破碎的是婴孩的咽喉,但一股血腥味却从他的喉咙里直冲上来,他哇哇地呕吐起来。

孩子终于安静了,不哭也不动。阳光照着他满是细绒毛的脸,一道道的云影从脸上飘过。他的脸色渐渐变淡,变白,从小小的鼻孔里渗出两缕鲜红的血。他的眼半睁着,一线蓝幽幽的目光温柔地射出来。他的两只手又白又大,手指甲像透明的贝壳,透过指甲盖,似乎能看到那尚未凝固的鲜血还在毛细血管里运动。这真是个好孩子,这个孩子死啦。

这个孩子被我扼死后,直挺挺地躺在我的面前。他的额头苍白宽阔,双腮饱满,嘴唇微微张开,嘴角上还残留着一缕若隐若现的嘲弄人的高贵表情。我非常后悔,我看到他的头发像一缕缕黄金拉成的细丝,每一根都闪耀着迷人的光辉……

(一九八五年元月于高密平安庄)

图书在版编目(CIP)数据

透明的红萝卜/莫言著.—杭州：浙江文艺出版社,2020.5
(2024.3重印)
ISBN 978-7-5339-5939-5

Ⅰ.①透… Ⅱ.①莫… Ⅲ.①中篇小说-小说集-中国-当代 Ⅳ.①I247.5

中国版本图书馆CIP数据核字(2019)第290960号

策划统筹	曹元勇
责任编辑	王丽荣
封面设计	人马艺术设计·储平
责任印制	吴春娟

透明的红萝卜
莫言 著

出版	浙江文艺出版社
地址	杭州市体育场路347号　邮编：310006
网址	www.zjwycbs.cn
经销	浙江省新华书店集团有限公司
印刷	浙江省邮电印刷股份有限公司
开本	787毫米×1092毫米　1/32
字数	150千字
印张	9.125
插页	4
版次	2020年5月第1版
印次	2024年3月第9次印刷
书号	ISBN 978-7-5339-5939-5
定价	49.00元

版权所有　侵权必究
(如有印、装质量问题，请寄承印单位调换)